O Anjo do Adeus
Sacanas Honestos Jogam Limpo Jogos Sujos

Obras do Autor

Depois do Sol, contos, 1965
Bebel que a Cidade Comeu, romance, 1968
Pega Ele, Silêncio, contos, 1969
Zero, romance, 1975
Dentes ao Sol, romance, 1976
Cadeiras Proibidas, contos, 1976
Cães Danados, infantil, 1977
Cuba de Fidel, viagem, 1978
Não Verás País Nenhum, romance, 1981
Cabeças de Segunda-Feira, contos, 1983
O Verde Violentou o Muro, viagem, 1984
Manifesto Verde, cartilha ecológica, 1985
O Beijo Não Vem da Boca, romance, 1986
O Ganhador, romance, 1987
O Homem do Furo na Mão, contos, 1987
A Rua de Nomes no Ar, crônicas/contos, 1988
O Homem que Espalhou o Deserto, infantil, 1989
O Menino que Não Teve Medo do Medo, infantil, 1995

Projetos especiais

Edison, o Inventor da Lâmpada, biografia, 1974
Onassis, biografia, 1975
Fleming, o Descobridor da Penicilina, biografia, 1975
Santo Ignácio de Loyola, biografia, 1976
Polo Brasil, documentário, 1992
Teatro Municipal de São Paulo, documentário, 1993
Olhos de Banco, biografia de Avelino A. Vieira, 1993
A Luz em Êxtase, documentário, 1994
Itaú, 50 Anos, documentário, 1995

Ignácio de Loyola Brandão

O Anjo do Adeus
Sacanas Honestos Jogam Limpo Jogos Sujos

São Paulo
1995

© Ignácio de Loyola Brandão, 1995

Diretor Editorial
JEFFERSON LUIZ ALVES

Assistente Editorial
SÍLVIA CRISTINA DOTTA

Assistente de Produção
FLÁVIO SAMUEL

Revisão
GAMALIEL INÁCIO DA SILVA
JUSSARA RODRIGUES GOMES

Capa
JOÃO BATISTA DA COSTA AGUIAR

Foto do Autor
BOB WOLFENSON

Editoração Eletrônica
ANTONIO SILVIO LOPES

Dados Internacionias de Catalogação na Publicação (CIP)
(Câmara Brasileira do Livro, SP, Brasil)

Brandão Ignácio de Loyola, 1936 –
   O Anjo do Adeus : sacanas honestos jogam limpo jogos sujos / Ignácio de Loyola Brandão. – São Paulo : Global,1995.

   ISBN 85-260-0517-0

   1. Romance brasileiro I. Título.

95-3944   CDD-869.935

Índices para catálogo sistemático:

1. Romances : Século 20 : Literatura brasileira 869.935
2. Século 20 : Romances : Literatura brasileira 869.935

Direitos Reservados
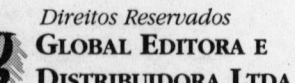
**GLOBAL EDITORA E
DISTRIBUIDORA LTDA.**
Rua Pirapitingüi, 111 – Liberdade
CEP 01508-20 – São Paulo – SP
Caixa Postal 45329 – CEP 04010-970
Tel.: (011) 277-7999 – Fax: (011) 277-8141

Colabore com a produção científica e cultural.
Proibida a reprodução total ou parcial desta obra
sem a autorização do editor.

Nº DE CATÁLOGO: **1964**

*Para
Marcia Gullo, o amor, sempre.
E os amigos:
Oscar e Marly Colucci,
Zezé e Marilda Brandão,
Luíz e Cida Alves.*

Capciosos Tentam Subornar o Autor para Que se Altere a História

Estes fatos se passaram realmente em Arealva e a cidade se lembra deles, ainda que se recuse a comentá-los, assim como evita falar do Enforcador, dos Terroristas que Envenenaram o Leite, do Bispo que Enlouqueceu ou dos Homens Linchados. É bem próprio deste povo querer eliminar a memória. Não alterei datas ou modifiquei nomes, apesar de muitos estarem vivos e outros serem meus amigos. Como Christina Priscila, ex-mulher de Adriano Portella, que não aparece aqui, porém me deu uma entrevista por fax[1] esclarecendo as relações camufladas entre Antenor e o marido dela. Adriano não foi eleito[2] e mudou-se para Flórida após um processo rumoroso sobre *lobby* no congresso. O volume de dinheiro assustou o tribunal e espantou a imprensa, revelando lados ocultos do poder econômico no interior do país. Antenor, por meio do advogado Bradío, forneceu ao tribunal as provas necessárias. Indo a Miami, procure Portella. Ele vende artigos eletrônicos para

---

1) Infelizmente o tratamento químico do papel de fax é precário, de maneira que as respostas de Christina Priscila desapareceram numa mancha cinza.
2) Não estou adiantando fatos nem estragando surpresas, Portella é figura de terceiro plano, não se preocupem.

brasileiros e está abrindo um restaurante para feijoada, aos sábados, e dobradinha às quartas-feiras[3]. Pretende montar um negócio de pastéis para transformá-lo em *franchising*.

Ouvi Rita, a filha de Efrahim que dirige a Academia Aeróbica Vitória L, em Poços de Caldas[4]. Dela vem a versão do incêndio da Focal, tal como o pai lhe transmitiu, era um trauma, a obsessão da vida, um instante congelado numa existência. Rita, alta, de cabelos vermelhos, saiu de Arealva, Efrahim tinha medo que o Padrinho pudesse violá-la. É o que ele tinha prometido ao avô dela, em mesa de jogo. Ela admitiu: Meu avô era um sacana, ficamos na miséria por sua causa, papai demorou a se levantar. Esta cidade repete a história do Brasil, foi desbravada por degredados.

Bradío tentou impugnar esta publicação. Enigma: como teve acesso aos meus originais se estavam trancados no cofre do banco? Não conseguindo, quis comprar o autor. Tivemos um encontro no apartamento 316 do Hotel Nove de Julho[5] e ele ofereceu 100 mil dólares para que a sua altura fosse aumentada em 35 centímetros[6]. E para que fossem retiradas do texto alusões relativas à venda de pareceres prontos a juízes venais. Bradío alegou que, depois do livro, nenhum juiz iria comprar seus textos. Brilhantes, reconheçamos. Quanto às orgias, pediu que acrescentasse detalhes, seria bom para a sua imagem se aparecesse bem-dotado e priápico.

Mantive o original sem modificações, mesmo sob a tensão de uma condenação, tudo é inesperado tratando-se

---

3) Endereço: Collins Avenue, 9877-B, vizinho do Bal Harbour Shop. Atendimento expresso, 24 horas. Portella tornou-se um trabalhador esforçado (Alguém acredita?). É provável que faça fortuna nos Estados Unidos, terra de oportunidades. Não se descobriu suas contas em bancos estrangeiros (Porque não quiseram. Alguém foi procurar?).

4) Descontos especiais para os leitores deste livro. Rua Guido Borim Filho, 450-A, Parque Pinheiros, Poços de Caldas.

5) Rua do Cão Que Caça, 564. No momento em reformas.

6) Admito: não aceitei porque sei que ele me embromaria, não ia pagar, acho mesmo que havia uma câmera de vídeo naquele apartamento.

da Justiça neste Brasil. Não desejo prejudicar leitores e deturpar a história de Arealva. Na cidade me consideram *persona non grata* e me aconselharam a não voltar, mesmo tendo ali nascido, nas proximidades do porto. Há uma série de pessoas proclamando-se modelos dos personagens. Não é verdade. Buscam instantes de glória, querem aparecer, como Iramar Alcifes que, delirante, esteve em várias rádios de São Paulo e o fabricante de sucos que mentiu em cadeia nacional para a mais célebre apresentadora loira de nossa televisão. Felizmente ambos foram desmascarados no ar. Assumo que certas situações (mínimas) foram imaginadas a fim de se fazer a ligação entre fatos que ficaram sem explicação até hoje. Documentos e fotos de Manuela desapareceram do Fórum e das delegacias. Se alguém se der ao trabalho de procurar nos arquivos de jornais, rádios e tevês vai encontrar pastas vazias. Alencastro, dono de uma emissora, entregou tudo a Antenor, que atirou no grande lago do Regatas e Navegantes. Uma testemunha viu. Há quem afirme que Manuela nunca existiu. Que fui um dos seus amantes. Corre uma campanha para me desmoralizar, asseguram que fiquei louco, estou me vingando. Do quê? Deixei a cidade porque quis, volto sempre, tenho uma casa à beira do Tietê. Verdade que foi roubada muitas vezes[7].

 Na verdade, o sumiço de milhares de fotos de Manuela continua um mistério. Alencastro desmentiu a entrega de arquivos a Antenor. Declarou ter se desfeito apenas dos pertencentes à sua emissora. Mas e os outros? Quem terá ficado com a imagem do Baile de Carnaval do Scala do Rio de Janeiro, tão célebre quanto a de Marilyn Monroe no calendário, nua sobre fundo de cetim vermelho? Luisão, editor de *O Expresso*, poderia esclarecer tanto. Porém, ele morreu no começo deste ano, assassinado por um ex-repórter que fugiu do hospício, onde viveu internado inexplicavelmente.

---

[7] Não dou endereço temendo novas invasões.

Arealva atribui a este jovem os crimes do Anjo do Adeus, mas por este livro se verá que a verdade é outra.

Antenor ficou gravemente perturbado com os acontecimentos daquele final de semana (ponto positivo em seu caráter) e interroga todo mundo com obsessão, querendo saber o que se passou. Maníaco, todos se afastam quando ele se aproxima. Não acredita numa palavra deste livro, que apelidou de romance-fantasia, e ameaça me agredir: é a sua linguagem. O Padrinho foi encontrado morto sobre a mesa de *snooker* favorita de Manuela (por ela, o avarento trocou os feltros de todas as mesas), após ter posto fogo na casa do próprio filho. Alguém, muito forte, cravou-lhe um taco no coração, exatamente como os caçadores de vampiros fazem, transpassando o peito. Magro e alto, sem a camisa, os braços abertos, foi comparado por Iramar Alcifes a Jesus na cruz. Católicos indignados publicaram um manifesto protestando por blasfêmia, o que aumentou a audiência deste jornalista prejudicial, que gosta de controvérsia. Lindorley, a faxineira manca, foi quem o achou. Emitindo guinchos, arrancou a roupa do velho e lavou o corpo com o pano encardido que enfiava na água sanitária de um balde de plástico. Depois o envolveu num lençol e o manteve no colo por dois dias.

Sobre Heloísa, afinal, não se soube muito. Mulheres que foram o que ela foi e se transformaram brilhantemente, mudando de identidade, sabem se proteger. *A Lista* chamou-a de pioneira e desbravadora, construtora de homens e empresas, dando um tom ambíguo a tudo. Ela suicidou-se, encerrando a cabeça num saco plástico usado nas embalagens de sandálias. Quanto a Yvonne, que aparece casualmente na trama, sem muitos detalhes, figura nebulosa[8], durante meses escreveu aos jornais e exigiu da polícia empenho na busca do namorado desaparecido. Foi encon-

---

8) Ela poderia ter dado um sentido à vida de Pedro Quimera, evitando acontecimentos nefastos.

trada estrangulada (pelo mesmo ex-repórter?) dentro do túnel da Focal, a fábrica de óleo de algodão incendiada em 1953, em cujas ruínas[9] habitam fantasmas e duendes, alguns dos quais fazem milagres, reconhecidos até pelo bispo de Arealva, clérigo intransigente e ortodoxo[10].

---

9) Finalmente compradas pelo grupo de Antenor, que deve iniciar a construção de um *shopping center*. Houve muito dinheiro por baixo do pano na Câmara Municipal, o terreno tinha sido desapropriado pela prefeitura por falta de pagamento de impostos. As fábricas de sucos terão de mudar os trilhos dos trens ou pagar pedágio, o que gerou nova batalha judicial que atrasará a construção do *shopping*. Bradío fará pareceres para os juízes, posso apostar.

10) Rezem pelas almas ou mandem celebrar uma missa e obterão graças.

Para Viver É Bom Achar os Ossos da Baleia

1

Manuela morreu enquanto o marido babava sobre notas de mil dólares, de joelhos, os músculos tremendo de excitação, adorando barras de ouro. Edevair ateou fogo ao próprio corpo, no mesmo momento em que o Grande Líder da Ciência Fautória, na Baleia de Coral, eliminava das mentes toda a culpa por acumular riqueza, amar o dinheiro e desejar o lucro. Duas mortes na mesma noite. E uma tempestade violenta, minitornado, que derrubou antenas parabólicas, destelhou casas, provocou desabamentos e arruinou a maior parte dos letreiros de acrílico das lojas, o que foi considerado um bom serviço prestado à estética. Sábado que seria lembrado por anos.

A morte de Manuela despertou irritação em alguns grupos, porque ao se espalhar a notícia, como um pássaro noturno barulhento, os grandes acontecimentos perderam a sensação. O jantar de bodas de ouro de Cyro, do truste dos moinhos de trigo, esvaziou-se assim que a comida acabou. O Baile dos Grandes Lucros em comemoração à quebra da safra americana de acerolas desandou. O coquetel de lançamento da primeira competição de *jet-ski* do Regatas e Navegantes dissolveu-se mais rápido que o gelo dos copos de uísque. No banquete dos correligionários políticos de Adriano Portella, adversário de Antenor, o marido de Manuela, não se falou de outra coisa, esquecidos os conchavos e alianças, de tal modo que se propôs novo encontro, para dali a uma semana. O pré-carnavalesco do Clube Recreativo e Cultural Getúlio Vargas foi interrompido por uma hora, enquanto todos desciam à praça querendo ver o corpo de Manuela. Quem lucrou foi Efrahim, dono do Noite do Cristal, o café mais elegante da cidade, que comemorava o décimo aniversário. Para lá convergiram todos. De tal modo que, às duas da manhã, astuto, ele cancelou a boca-livre ou iria à falência.

Desta vez, o Anjo do Adeus excedeu, será apanhado, comentou-se. Ou tomou gosto e começa a aumentar o número de execuções confiado na impunidade, resultado de polícia incompetente? Poucos conheciam os detalhes, não sabiam que Edevair tinha se suicidado diante de testemunhas e que Manuela não trazia a assinatura habitual do Anjo, quatro facadas nas costas, formando pontos de um quadrado e partes decepadas do corpo: braço, perna, dedo, orelhas, joelho, seio, nariz, dentes extraídos. E o santinho grudado na face esquerda. Santinho comum, desses de primeira comunhão, mostrando um anjo de asas descomunais pairando sobre uma aldeia dos Alpes. Quando do primeiro assassinato, dez anos atrás, um homem de voz metálica telefonou à mulher do promotor avisando que o Anjo de Deus ou Verdugo tinha descido à Terra. Ela entendeu mal. Não era de Deus, mas sim do Adeus, como ele esclareceu em telefonema às rádios. Assim como o Enforcador aparecera no começo do século para cumprir seu ofício, ele, o Verdugo, vinha para eliminar pessoas de que a sociedade não precisa. Nem ela nem eu, acentuou em tom irônico. Enviado por quem?, indagou o atilado repórter Dorian Jorge Freire. Ninguém deve saber de onde chegam os enviados, basta que venham para a missão, respondeu o Verdugo.

Enfim, ele cometeu um erro, vai ser apanhado, pensaram todos, aliviados. Ter morto Manuela levaria Antenor a acionar toda a polícia local. Investigadores viriam de São Paulo e detetives particulares[1] seriam contratados. O marido recorreria ao FBI, à Scotland Yard, Sureté, Interpol, aos amigos do antigo SNI, do Cenimar e do Exército, onde ele transitava desenvolto. Desde os anos 70 era íntimo de generais que visitavam a cidade com freqüência e tinham postos nas suas empresas. A menos que Antenor tivesse participação, e então não estaria disposto a solucionar coisa alguma. Nunca se sabia os caminhos deste homem.

Foram nove mortes, uma por ano, a partir de 1985, na última semana de vida de Tancredo Neves em São Paulo. Pouco depois do porta-voz barbudo ter anunciado pela televisão o estado de saúde do presidente, o Anjo do Adeus telefonou para o diretor do Colégio Cristo Rei comunicando que a filha dele estava morta no balcão do Cine Esmeralda, pulgueiro que exibia faroestes italianos de enésima categoria em dias pares e filmes *gays* em dias ímpares. Quem a tinha matado era o Anjo destinado a limpar a Terra das pessoas imundas. O Esmeralda, construído para festivais de cinema[2], tinha sido a sala mais elegante de toda a América Latina, com palmeiras de *papier-machê* (apodrecidas) e fontes artificiais (hoje secas) no saguão de entrada, que imitava um oásis no deserto. Ali acontecia de tudo, todos sabiam. Ao menos quem freqüentava: traficantes, putas, drogados, ladrões, bichas, enrabadores de aluguel, *voyeurs*, trombadinhas, pés-de-chinelo. E certas mulheres que, disfarçadas com perucas, óculos escuros e maquilagens estranhas, passavam horas de

---
1) Muitos acreditam que existam no Brasil, e sejam bons, por causa da televisão.
2) Uma das razões que levaram Pedro Quimera a se mudar para Arealva, queria ver os artistas de perto.

uma poltrona para outra, atuando sobre desconhecidos, a ponto de saírem com cãibras nos maxilares. Uma delas fez enorme escândalo. Ao abrir uma braguilha, reconheceu como a do marido que estava, no momento, levando munição de bom calibre.

A cada ano uma pessoa era morta nas mesmas circustâncias, mudando-se apenas o mês. O Anjo atacava em seqüência. Após a décima vítima, ele aumentaria o número de execuções. Fez questão de assinalar que não era terrorismo político, ele se lixava para a política, ainda que muitos estivessem na lista. Também não era moral ou sexual, porque ele mataria homens e mulheres, *gays* e lésbicas, bissexuais e impotentes, puros, ingênuos (os ingênuos são a peste), corruptos. Enfim, mataria o que lhe desse na cabeça. Gostava de matar e todas as explicações que a mídia desse eram esterco para vender jornal, psicólogos se promoverem e analistas ganharem clientes. No entanto, assim que Manuela foi morta, policiais e jornalistas fizeram cálculos e perceberam que o assassinato não estava na ordem cronológica até então rigidamente cumprida.

Dois corpos na mesma praça, a cem metros da 27ª, delegacia histórica e tradicional, de cujas celas tinham sido retirados os irmãos linchados pelos antiabolicionistas, quinze anos antes do século passado se acabar, e onde, após o golpe de 1964, subversivos[3] foram torturados e mortos. Ai da cidade sanguinária! Estamparia *A Lista* em manchete, no dia seguinte, em edição extra. Porque sempre que tragédias abalavam Arealva o jornal revivia o profeta Ezequiel e a maldição que pesava há um século. Desde que o padre Gaetano, em 1885, ao se dirigir para a missa das cinco e meia da manhã, encontrara os corpos dos homens linchados, carbonizados diante da igreja, a mando do poder local.

---

[3] Terminologia dos anos 70. Subversivos = casta da sociedade cuja eliminação era recomendada pelo poder, apoiada por boa parcela da população.

Naquela madrugada, em tom dramático e peremptório, o padre recusou-se a abrir as portas da igreja. Não mais abriria, até que cessassem na praça as emanações ímpias do crime esperado pela cidade que, inteira, se ocultara. Todos sabiam, porém muitos viajaram, ficaram semanas fora, outros se calaram e fecharam as janelas, enquanto os assassinos executavam a missão. O padre Gaetano excedeu-se, entusiasmado com a própria retórica, grande orador, um dos maiores, disputado a cada ano por diferentes paróquias para emocionar fiéis na Semana Santa, capaz de colocar multidões em transe com o Sermão das Sete Palavras. Tinha diante dele uma cidade apavorada e um tema bíblico. De braços erguidos, como os profetas dos filmes de Gláuber Rocha[4], batido pelo vento gelado de julho, numa pose de Capitão Ahab no filme *Moby Dick,* de John Huston, ele invectivou, condenando Arealva com as palavras de Ezequiel:

Ai da cidade sanguinária! Também eu vou fazer uma grande pilha. Amontoa lenha bastante, acende o fogo. Cozinha bem a carne, prepara as especiarias. Fiquem os ossos bem-queimados. Coloca a panela vazia sobre as brasas, para que ela fique bem quente e seu cobre chegue a arder, de modo que derretam as suas impurezas e a sua ferrugem se consuma.

A Lista recordaria, uma vez mais, talvez a quinquagésima, a fala do padre, de dúbia veracidade, prato saboroso para alimentar os mitos em torno da praça. Dois mortos no mesmo lugar. Apesar dos rumores que, naturalmente, apontaram Antenor, o marido de Manuela, como o principal suspeito (e com que prazer todos faziam isso), ele tinha 350 testemunhas de que estava na platéia da Baleia de Coral. Muitos fizeram confusão, afirmando que se encontrava na primeira fila. É provável que o hábito de ver aquele homem

---

4) Para os jovens que não freqüentam cinematecas: os filmes de Gláuber Rocha (1939-1981) eram épicos místico-violentos, declamados com pompa e afetação.

liderando, sempre à frente de qualquer situação em que pudesse aparecer, tenha induzido tais declarações. Na verdade, Antenor, humildemente, o que não era de seu feitio, tinha declinado da primeira fila em favor de um empreiteiro cujo grupo, ao qual pertence um banco, o apoiaria na próxima eleição. Contentara-se com poltrona na terceira fila. Modesta, entretanto estratégica para objetivas de fotógrafos e cinegrafistas.

Havia também quinhentos revoltados que o viram entrar, quarenta minutos antes de a conferência começar, quando garoava levemente. Protestavam do lado de fora, aos gritos, exigindo que se abandonasse a acanhada Baleia e fossem todos para o amplo Ginásio de Esportes. Inconformados por perder a noite mais esperada dos últimos dez anos. Superada apenas por Paul McCartney que, patrocinado por um *pool* de empresas, fez um *show* na Concha Acústica Monumental às margens do rio Tietê, no meio dos laranjais em flor. O que encantou Paul, um defensor do meio ambiente. Só não o informaram que aquelas empresas eram as maiores poluidoras da região. Vai se falar por muitos anos do perfume da noite durante o *show* do Beatle.

O corpo retorcido de Edevair foi retirado da praça antes que a assistência deixasse a Baleia de Coral e antes que os primeiros carnavalescos chegassem para o pré do Getúlio Vargas, velha gafieira. A mais animada, freqüentada nas noites de terça-feira pelo que havia de melhor. Pessoas que consideravam democrático se misturar aos suburbanos que transpiravam perfumes baratos e desodorantes ordinários, vestidos com grifes falsificadas.

Quando queria, a polícia da 27ª agia rapidamente. Havia na Baleia muita gente que contava, de modo que Edevair, o aposentado que se sacrificou inutilmente, foi metido numa caminhonete e retirado para o Instituto Médico Legal, onde foi despejado como um saco de bosta em cima de um tampo de fórmica manchado, à espera de que alguém da família o reconhecesse e o removesse. Ninguém podia prever, sequer cogitar, que o corpo de Manuela – logo o de Manuela – seria encontrado, horas depois, provocando um terremoto correspondente a 20 graus na escala Richter. A polícia deduziu que o assassino devia ter deixado o corpo ali no momento mais agudo da tempestade, que começou depois de Edevair ter ateado fogo ao próprio corpo, como os monges tibetanos dos anos 60. A chuva violenta esparramou as pessoas, a maioria procurou abrigo na gafieira, as portas da Baleia estavam fechadas, alguns enfiaram-se na Farmácia dos Porquês, que manteve apenas uma das portas abertas, o vento trazia muita água para dentro.

    Tinha que ser na praça! Outra vez! Sempre ali! A abominação dos linchados, a praga da mulher que enfrentou o Enforcador não vão terminar nunca. Cem anos de maldição! É melhor arrasar o lugar, fazer estacionamento. Há anos Adriano Portella procurava uma forma de desapropriar a praça, para ali erguer um *shopping center* e edifícios-garagens, num projeto de recuperação do centro velho que daria muitíssimo dinheiro. Os primeiros comentários sobre o assassinato de Manuela foram de perplexidade, choque, ceticismo. Lembravam o espanto que correu quando se soube da morte de Tom Jobim, ninguém acreditando que Tom pudesse morrer. Havia curiosidade em torno da forma como Edevair havia se matado. Quando se começava a esquecer o estigma do Enforcado e tudo penetrava num limbo de acontecimentos enevoados, a tarde fatídica de 1910 retornava, fazendo pensar que a mulher enforcada injustamente continuava aprisionada dentro daqueles mil metros quadrados de vegetação espessa. A quadra inteira sob o peso de uma alma inquieta, morta num dia luminoso, típico de Arealva.

    Duas mortes, na mesma noite, mesmo lugar. E uma tempestade como há anos não se via na história da cidade. Muita gente viu significados ocultos nisso! Nunca se livrariam.

Bobagens, parem com isso, já se passaram 85 anos, disse Dorian Jorge Freire, jornalista rival de Iramar, homem sério e respeitado, ainda que tivesse gostado de umas bandalheiras na juventude. Está na cara que o pulhazinho matou a mulher. Foi visto por trezentas pessoas? Na Baleia de Coral? Aahh! Quem freqüenta a Baleia é gente dele, pó da mesma carreirinha! Quando existe álibi demais, o santo desconfia. Comentou Efrahim, inimigo declarado de Antenor, a quem só chamava de o pulhazinho. Apesar disso, tinha recebido convite para a noite do Grande Líder, mas o mandou de volta. Vê se vou gastar 200 dólares em vigarices? O pulhazinho só promove vigarices.

    Efrahim ficou inquieto em seu Café, a noite toda ouvindo o zumzumzum dos que entravam. Se habitualmente o lugar ficava cheio, nessa noite extravasou depois das duas da manhã. Era impossível encontrar lugar, grupos se espalharam pelas calçadas. O pátio dos fundos estava aberto e superlotado. Estavam todos acordados, despertados pelo medo da chuva e do vento ou arrancados do sono por telefonemas agitados. Circulavam para ver os estragos, enquanto bombeiros e polícia percorriam favelas, seguidos pela tevê para registrar desabamentos, inundações e mortes. Aos poucos, numa acomodação natural dos acontecimentos, o minitornado ficou esquecido, seria visto nos noticiários, enquanto a morte de Manuela subiu para primeiro plano, flutuando como a baleia iluminada nos céus, nas noites de São Pedro, balão colorido e cheio de luzes. Súbito, como se um sopro tivesse atravessado a cidade, eliminando o esquecimento, cada um passou a se lembrar de uma situação que envolvia Manuela. Pequeníssimos incidentes, corriqueiros quando a pessoa está viva, assumem depois da morte, se esta foi violenta, contornos de indícios, pistas, agouros que denunciavam o que iria acontecer, revelações de personalidade.

Não se falou de Edevair, a tocha humana, por mais insólito que tenha sido o seu fim. A omissão era subconsciente. Um desconhecido, morador da periferia, não interessava. Gente pobre morre todo dia, toda hora, de todo jeito. Manuela correu de boca em boca. Tinha que terminar assim, foi frase constante. Ainda que não houvesse um só elemento concreto. Era a mais acessível, ainda que distante. Impossível fantasia dos homens, inveja de cada mulher.

Quando os assistentes deixaram a Baleia de Coral, na altura da meia-noite, perceberam movimento na praça, agitação. Mas ninguém se preocupou, sempre foi lugar de inquietações e alvoroços. Décadas atrás era reservada ao *footing* dos negros que tentaram comprar o prédio da Baleia para um clube exclusivo, quando a associação estava desativada e o edifício abandonado. Porém, um juiz alegou que era patrimônio histórico, só poderia ser comprado em hasta pública se o município decidisse vender. Procurava-se, na verdade, obstruir um princípio de organização que se esboçava entre a população negra. Alguns eram formados em Direito e Engenharia, vários faziam o curso normal – nas escolas, até então, os negros eram serventes ou faxineiros. Dois eram bem-sucedidos no comércio do subúrbio, um enriqueceu trazendo Cadillacs para a cidade. O mesmo juiz, antes de morrer, redigiu o documento que possibilitou a Antenor a compra da Baleia em nome de uma entidade filantrópica. Cuja filantropia jamais beneficiou algum necessitado.

Na praça havia galhos espalhados, árvores partidas e retorcidas, o chão coberto de folhas, papéis, plásticos, garrafas, lixo carregado pela chuva e pelo vento. O chafariz transbordara, peixes mortos se espalhavam. A assistência nada tinha ouvido, entretida pelo magnetismo do Grande Líder da Ciência Fautória. Um nome desusado, feio, mas coisa boa, estou amando o dinheiro, mais do que nunca, e me sinto bem com isso, concluíam. O corpo de Manuela não tinha ainda sido encontrado, de bruços, entre arbustos.

Quando foi identificado, à uma hora e cinco minutos da manhã, os policiais chamaram um promotor, pedindo que fosse ao Hotel Nove de Julho, onde todos jantavam, para informar Antenor, sem alardes. Entre alguns policiais havia a convicção de que o marido era o suspeito. Ficaram alvoroçados com a possibilidade de meter as mãos naquele homem arrogante que desafiava a todos, comprava vereadores, subornava fiscais, financiava deputados, se exibia acintosamente armado, não pagava multas. Contas fantasmas, loteamentos ilegais, invasão de terras, desvios de impostos, dólares contrabandeados para o exterior, indiciamentos em processos de empreiteiras, manipulação de verbas do INSS, agressões a vereadores, dois tiros num soldado da Corporação de Vigilância, seguranças truculentos, arruaças em festas. Pois Antenor não tivera a petulância de mijar no pé do deputado federal eleito por ele e que votara uma lei contra interesses das indústrias que poluíam a cidade? Devia cheirar muito pó[5]. Quem era o fornecedor na alta classe? Eles não sabiam. Ainda que soubessem: havia quem, dentro da polícia, sabia e se calava. Como eles se calariam, recebendo o que os outros recebiam.

    Corria o boato de que Manuela tentava se separar e apanhava todos os dias de Antenor, razão da sua enorme coleção de óculos. Centenas, assinados por Hermés, Cardin, Ferré, Valentino. Ela viajava muito, no último ano desaparecera, não circulava. Bebia e estava deixando de ser convidada para as casas. Era vista no Civic Honda azul-turquesa, o carro da perua, rodando pelos bairros barra-pesadas, procurando droga, amantes brutais, gosta de peões fedidos, de ser pisada com coturno de soldado. Freqüentava o Snooker do Padrinho, à tarde, naquele horário após o almoço em que mesmo profissionais da sinuca, vagabundos e

---

[5] Juntei aqui o que se falava em todas as rodas, cafés, bares, botecos, clubes, bancos, ninguém parece gostar de Antenor.

malandros estão na modorra, momento em que a faxineira manca limpava o salão. Dizia-se que jogava intermináveis partidas, sozinha, eventualmente tendo o Padrinho como parceiro. As janelas do Snooker ficavam cerradas. Não era a primeira vez que isto acontecia. Os mais velhos lembravam-se de que, quando ela chegou à cidade, era olhada de lado porque freqüentava o salão de Padrinho. Anos mais tarde, com uma enfermeira, celebrava o mesmo ritual depois do almoço com o salão exclusivo. Não tinha sido ali que, numa Sexta-Feira Santa, o filho de Cyro, dono dos moinhos de trigo, tinha levado uma tacada na cabeça, entrando em coma? Nunca se esclareceu. A versão oficial é a de que o menino, 17 anos, foi encontrado à beira de um canavial, agonizante, vítima de roubo.

Quando os policiais, na praça, reconheceram Manuela, viram-se tomados por alegria e espanto. Trabalhar no caso traria notoriedade. Estariam nos jornais, ainda que sofressem pressões. E seria complexo, uma vez que penetrariam (imaginavam) naquele mundo à parte, isolado, das pessoas que contam, como definia o Iramar Alcifes, o polêmico. Uma indefinível sensação vinha junto. A de punição. Manuela escapava, levava a vida a seu modo, com um (aparente) desprezo pelas normas. Policiais congelados pelo desgaste que a violência cotidiana provoca traziam grudados à pele juízos morais arraigados. Para fazer o que faziam, arriscando a vida, imbuíam-se da condição de defensores da sociedade, cruzados, vigilantes atentos aos desvios. Mas acima de tudo existiam os lucros financeiros. Tudo tinha uma tabela: o silêncio, o camuflar ou forjar provas, o conduzir a investigação na direção errada. O espanto vinha de uma pergunta simples: quem e por que alguém teria matado, com tanta raiva, a mulher mais bonita, gostosa, engraçada, estranha, louca e desafiadora de Arealva? Quem era esta mulher? Naquela hora da madrugada o calor recomeçava. E através da atmosfera lavada pelas chuvas vinha o cheiro asfixiante das flores dos laranjais[6].

2

A Baleia de Coral tinha este nome enigmático porque era o reaproveitamento do Sodalício, criado em 1870, pela reunião de pessoas díspares. Abolicionistas, alquimistas, anarquistas, cabalistas, cruzadistas, egiptólogos, enxadristas, escravocratas, esotéricos, filósofos, historiadores, matemáticos, polemistas políticos e religiosos (havia muitos jornais[7], tradição que se mantém), positivistas, teólogos, teosofistas. Não aparece registrado nos documentos, conservados no Museu Lev Gadelha, quem deu nome ao Sodalício. Há esclarecimentos relativos ao significado do nome. A baleia representa a entrada da caverna. Penetrar na baleia é embrenhar-se nas sombras, das quais se emerge renovado. O coral relaciona o eixo do mundo com as trevas inferiores. Iluminar as trevas, diz a ata de fundação.

Os objetivos da Baleia eram imprecisos. Pelo que se apurou, um lugar para discussões, exclusivo para os homens, onde cultivava-se o hábito da conversação e do debate. Sua biblioteca e sala de leitura foram célebres. A quase totalidade dos livros foi queimada em maio de 1964 por um grupo que invadiu a agremiação em busca de literatura subversiva. A grande fogueira ardeu a noite inteira defronte do Recreativo Getúlio Vargas. Exemplares chamuscados podem ser vistos no museu. Os membros da Baleia

---

6) Uma frase poética para quebrar a violência.
7) Estes jornais locais têm boa tiragem, apesar da competição com os que vêm de São Paulo e Rio de Janeiro.

usavam um distintivo azul com um peixe, assim como os antigos Congregados Marianos levavam o distintivo com a cruz. O peixe é símbolo de fecundidade (de idéias, no caso da Baleia) e na China é portador da sorte. Não houve tanta sorte. No começo do século, o Tietê transbordou[8], as águas tomaram tudo e, ao baixarem, a Baleia se viu mergulhada em lama que ressecou. Iniciáticos, os do Sodalício recolheram esta lama (barro, princípio do homem) e levaram-na em carroças para o terreno que ficava no ponto mais alto da cidade, local onde seria planejada a praça. Durante décadas a principal, com Fórum, Igreja, Câmara e Cadeia Pública. Com o desenvolvimento do comércio e as primeiras indústrias incipientes, trazidas por imigrantes italianos e espanhóis, Arealva cresceu em direção contrária ao rio, em lugar de se acomodar às suas margens. É que os portos para embarque e desembarque do arroz e do milho, principais produtos, eram locais violentos, com prostituição, arruaças, cafuas de malandragem, contrabando, todo tipo de negócios ilícitos.

Com o barro batizaram os novos alicerces e ergueram sólida construção com paredes de dois tijolos, financiada por comerciantes para os quais os numerólogos faziam cálculos, prevendo se os negócios dariam certo. Dinheiro e política se misturaram dentro da Baleia, tornando-a uma instituição poderosa que atuava nos bastidores, espécie de maçonaria.

Quando foi declarada de utilidade pública, em 1936, a Baleia vivia sob domínio dos espanhóis instalados no comércio de sucata, papéis usados e vidros. Sem que se saiba a razão, tinham grande força os esperantistas, que se correspondiam na língua criada por Zamenhof. Em 1941, um grupo eminente de arealvenses deixou a cidade rumo à Europa para oferecer os préstimos do esperanto, como língua

---

8) O Tietê era um rio vivo, não a cloaca de agora.

de código, nas mensagens do *front* de combate. O navio foi afundado por um torpedo alemão nas costas da Espanha. Os nomes destes heróis estão gravados numa lápide de granito, em forma de navio estilizado que se afunda em um espelho de água azul[9], diante do Armazém 4, um depósito desativado no porto, centro cultural de um sindicato. Na verdade, é apenas salão com mesas de sinuca, pingue-pongue, aparelhos de *videogame*. Do outro lado do rio, encarando a lápide, as ruínas do Velho Forte Vermelho. Até hoje um mistério. Não se sabe quando foi construído, de onde trouxeram as pedras cor de sangue coagulado, a que objetivos militares obedecia, nem quando foi abandonado. Historiadores, membros da Baleia, percorreram arquivos, ministérios, quartéis, bibliotecas e museus nacionais. Sem detectarem traços da existência deste forte, ocupado, em 1968, por um grupo de terroristas que ameaçou bombardear a cidade no dia em que foi decretado o AI-5. Uma tropa da Aeronáutica reduziu a pó o pelotão guerrilheiro – nenhum foi identificado.

    Durante a guerra os objetivos iniciais da Baleia de Coral foram esquecidos, o Sodalício não funcionava mais. Há uma versão de que o Padrinho quis comprar o prédio imponente (e para que tanta imponência?, perguntavam) para transformá-lo em um *snooker*, sua mania e paixão[10]. Era um homem atirado que tinha feito dinheiro comprando velhos vagões da Estrada de Ferro[11], desmontando e vendendo peças como luminárias, portas e vidros bisotês para antiquários de São Paulo.

    Em 1946 a Baleia foi restaurada por um arquiteto que

---

    9) Foi azul apenas nos primeiros tempos, hoje é verde, podre. Mesmo assim, em dias de calor, trombadinhas felizes tomam banho no espelho.
    10) Seria na verdade cassino, como existia em Águas de São Pedro, Poços de Caldas, na Urca.
    11) Esta é a versão dele. Corre que roubava material da Estrada com a cumplicidade de um diretor que todo mundo apelidou de cara de húngaro, sabe-se lá por que razões.

copiava tudo de Ramos de Azevedo e que a tornou uma réplica da Vila Tabucchi, grandiosa mansão de um intelectual de Vecchiano, vilarejo vizinho a Pisa, na Itália. A reforma foi bancada por Ulisses Capuano, industrial que implantou a fábrica de chapéus, a de cerveja – encampada pela Brahma – e a gigantesca Focal: Finos Óleos Comestíveis de Algodão, incendiada em 1953. Apesar de as mulheres nunca terem sido admitidas, um escândalo de natureza sexual abalou a agremiação, fechada em 1949, depois de uma grande manifestação pela volta de Getúlio Vargas ao poder. Então, a palavra escândalo tinha conotação forte dentro de uma sociedade conservadora, levando ao suicídio duas mulheres. A placa dourada com letras verdes, acima da porta, foi enferrujando, restaram as letras:

BEADCRAL

A Lista publicou, em 1957, artigo dizendo que um dos objetivos secretos do Sodalício era a descoberta dos ossos de uma baleia que, duzentos anos atrás, tinha chegado ao porto de areia. Imensa, ao menos para aquela população que tinha visto baleias apenas em gravuras. Encalhada, ela sobreviveu alimentada pelo povo que atirava peixes em sua boca e se revezava regando-a para que suportasse o calor. Para protegê-la do sol, tinham erguido um toldo em que usaram 150 lençóis e, deste modo, a baleia viveu algum tempo, atração e centro de piqueniques. Em alguma parte do rio estão enterrados seus ossos monumentais. Daí o nome da cidade, conforme escritos do museu: Ossos de Areia. Como a vila prosperou a partir deste acontecimento, a baleia tornou-se talismã, elemento de sorte. À medida que se desenvolveu e se tornou a quinta cidade do Estado, decidiu-se que Ossos de Areia era nome provinciano e reduziram-no para Arealva. O que ainda não agrada a maioria da gente que conta. Gostariam de um nome faustoso, com acento americano, algo como Mineápolis, Sascachevan, Cincinatti. A justificativa é que, devido ao intenso comércio de sucos Arealva-Estados Unidos, seria útil ter cidades com nomes iguais, para serem declaradas gêmeas. Iramar Alcifes, contraditório, sugeriu Whalebones ou Sandbones. O jornalista Dorian Jorge Freire, implacável, publicou relação com sessenta sugestões apresentadas pelos vereadores.

Há uma crença. Quem achar os ossos da baleia encalhada terá sorte, encontrará a fortuna. Empreendimentos vão prosperar, farão com que a pessoa ganhe duzentas vezes na loteria, realize vultosos negócios com empreiteiras, faça empréstimos em bancos estatais sem precisar pagá-los, domine a política. Uma expressão nasceu quando Antenor se casou com Manuela: encontrar os ossos da baleia. Desde então, ela entrou para a linguagem corrente. E neste sábado, quando o corpo de Manuela foi descoberto, a expressão teve uma alteração: Antenor perdeu os ossos. Muitos torciam para que ele os perdesse.

Terminada a grande chuva, a noite voltou a ser quente. De modo que não havia bar vazio ou choperia com vaga. A piscina do clube continuava aberta, lanchas roncavam no Regatas e Navegantes, remadores praticavam regatas no Tietê, as praças estavam lotadas, os *points* de motos ferviam, carros importados deslizavam silenciosos para desespero dos que adoravam o ronco potente dos motores. A notícia da morte de Manuela circulou. As pessoas ouviam caladas, sem ação, paralisadas. Sem acreditar. São situações que nunca vão acontecer, ultrapassam as possibilidades reais. Dorian teve a melhor frase: e eu nem sabia que Manuela pudesse morrer. Quem a matou e por quê?

Aos poucos, os telefones passaram a funcionar. Celulares agitados. Em cada bar, restaurante, clube, casa, lanchonete, hotel, tocavam, num crescendo. A notícia correndo, as linhas para delegacias de polícia congestionavam-se, os jornais não respondiam. Editores foram chamados, vinham raivosos. As edições de domingo estavam prontas, era um transtorno. Como uma inundação, em que a água desce, toma tudo, derruba o que encontra pela frente, a morte de Manuela foi passando, boca a boca. Há uma certa satisfação quando morre alguém conhecido. É quando a pessoa se torna comum, igual a nós, vulnerável. Existe uma inveja subjacente do poder e da glória, explicava Dorian a uma rádio (ele era sempre o primeiro entrevistado), e a morte de alguém conhecido nos alivia um pouco da carga de ressentimento – por que ele venceu e eu não? – e ciúme. Não seria exagero dizer que toda a cidade, ou ao menos aqueles que contavam, como definia Iramar Alcifes, estava acordada, querendo ir para algum lugar, encontrar-se com alguém, falar, ouvir, perguntar, fofocar, esclarecer. Todos dominados não por horror ou piedade, mas por insopitável curiosidade que os fazia deixarem convidados em festas, saltarem das camas de motéis, erguerem-se dos sofás sem desligar os vídeos. Correndo, sem saber para onde deveriam correr. Frenéticos, com uma única pergunta na cabeça: Antenor matou? Ou um dos amantes? O Anjo do Adeus? Foi droga, seqüestro? Queima de arquivo? Vingança? De quem a polícia suspeita? Por que mataram?

    Muitos não acreditavam, achavam que era trote. Principalmente os que tinham celulares, porque havia sempre alguém chamando para nada. Outros como Efrahim recebiam com reserva. Outra jogada de Antenor, garantia. Havia quem mandasse verificar. Um cortejo de carros tomou a direção da praça, a polícia tinha isolado a área. Impossível se aproximar, tinham de descer há quadras e quadras e caminhar. A multidão foi crescendo. Todos excitados para ver o corpo dilacerado de Manuela. Porque, a esta altura, mil versões nasciam, ela nunca foi mulher de unanimidade. A cada minuto despontava uma novidade: quinze facadas, trinta tiros, esmagada por automóvel, haviam cortado as mãos, arrancado os olhos, posto fogo no corpo (aqui misturavam Manuela e Edevair), amassaram sua cabeça com uma pedra, retiraram sua genitália – esgoelava Iramar Alcifes –, a barriga aberta pela espada de um samurai, deceparam todos os dedos, das mãos e dos pés. Nada com Manuela era normal. O exagero a envolvia até na morte, não podia ser assassinada prosaicamente, tinha de ser de maneira extravagante. Todos perguntavam de Antenor. Desaparecido. Foi quando estranho fato ocorreu envolvendo o farmacêutico Evandro.

3

Antenor e seu grupo reativaram a Baleia de Coral em 1974, ano em que todos ganharam muito dinheiro com a gasolina estocada, vendida a preços extorsivos, após a crise mundial do petróleo. Na escassez, fizeram um mercado paralelo no qual quem queria combustível pagava ágio. A velha placa carcomida do Sodalício foi recolhida e colocada numa parede interna. Não podemos ignorar a história de nossa cidade, declarou Antenor. A frase, assim como tudo o que ele dizia e saía publicado em seu nome, vinha de Bride, a assessora de imprensa contratada em São Paulo. Um *néon* discreto, de belo *design*, assinado por Philippe Starck, foi colocado no lugar da antiga placa corroída. E quem é Philippe Starck?, bradou, furibundo, Iramar Alcifes. Não temos na terra artistas suficientes? Por que *design* (ele pronunciava designe), quando a língua portuguesa, tão bela e rica, tem a palavra desenho ou pintura? Quando da CPI do

Orçamento, no Congresso, descobriu-se por que a sociedade tinha sido reativada, porém isto é adiantar um pouco os fatos[12].

A auto-estima, auto-ajuda ou Ciência Fautória, como a denominava o Grande Líder, era o assunto da moda. Livros explodiam nas listas de mais vendidos, palestras eram contratadas por malas de dinheiro[13]. Sem falar no programa de televisão que, apesar do dia e do horário, sete da manhã do domingo, tem enorme audiência. Centenas de bem-sucedidos davam depoimentos sobre a transformação de suas vidas desde que tinham encontrado a Ciência. A maioria destes homens era desconhecida, mas seus símbolos exibidos: mansões na periferia de São Paulo, Rio, Ribeirão Preto, Joinville. Carros importados, motos japonesas, *jet-skis*, barcos, *lear-jets*, eletrodomésticos e computadores americanos, relógios digitais com pilhas nucleares eternas, apartamentos quintúplex com tapetes persas, videofones celulares, sons japoneses, bebidas escocesas, canetas com grife, gravatas Hermés, vinhos brancos alemães em garrafas azuis, ternos e sapatos italianos, camisas abertas mostrando peitos peludos, correntes de ouro, mulheres loiras em vestidos berrantes e saltos de vinte centímetros. Como não se render? Vídeos, reuniões de iniciação, apostilas, troca de *know-how*, *franchisings*.

Milhares viviam nas listas de espera para os Encontros-Chave do Sucesso Pessoal realizados em hotéis-fazendas de luxo, fechados para cerimoniais sigilosos, assim como havia os retiros espirituais nos anos 40 e 50 e os cursilhos nos anos 60 e 70. Os que participavam não revelavam o que ali se passava, afinal pagavam bastante caro para ter acesso a fórmulas eficacíssimas. Conversavam por meio de um código

---

12) Objeto de uma CPI na Câmara Municipal. Jamais concluída, ninguém condenado, por isso somos obrigados a nos abster de comentar.
13) Literalmente. As cédulas verdes vão dentro de belas Samsonites.

particular com palavras normais, mas que tinham conotação diversa do usual, o que os situava num universo particular. Emergiam renovados. Prontos a enfrentar sem culpas a vida e o monetarismo. Dissolvia-se a angústia de especular com dinheiro, ouro, dólar, aplicações, investimentos. Era como se tivessem sido descongelados num microondas.

Em estado de graça, 321 assistentes deixaram a Baleia de Coral, caminhando felizes, levemente intrigados com os ajuntamentos na praça. Mas poderia ser um camelô, um pregador – havia tantas religiões novas –, um poeta, um pequeno comício dos partidos populares. Nem chegaram a ver as luzes dos carros de polícia, a Baleia ficava no extremo oposto. E havia o jardim com centenas de arbustos ornamentais, cada um aparado em formas que iam de estrelas a animais variados, produtos de um fabulário pessoal do jardineiro: insetos, pássaros, planetas, animais desconhecidos, foguetes, aviões, mesas e cadeiras, bustos, taças, o que motivara extensa reportagem no *Fantástico* do domingo de Natal.

Ninguém contara que a obra-prima deste jardineiro fora retirada da praça. Custara seis anos de trabalho, paciência infinita, por trás de tapumes aos quais ninguém teve acesso até o dia em que o escândalo irrompeu. O jardineiro conseguira reproduzir, em escultura viva e usando diferentes tipos de vegetação, o quadro de Courbet, *O Sono*, pintado em 1866 e pertencente ao Museu do Petit Palais, em Paris. Foi o farmacêutico Evandro quem identificou a obra, tendo publicado um artigo sobre Courbet em *O Expresso*. No entanto, o que logo correu, e foi o início de uma campanha para a destruição da escultura, é que aquelas duas mulheres nuas, languidamente enlaçadas sobre um leito, eram Madeleine[14], a mulher de Iramar Alcifes, e a sua amante,

---

14) A mãe dela era leitora de Proust, adorava o biscoito de Madeleine que provoca a memória afetiva. Ela sempre lamentou o casamento da filha com Iramar, um ignorantão que chupa os dentes depois das refeições.

uma jovem vinda de Rincão e que, graças ao programa de rádio, tinha sido eleita Miss Arealva 1990.

Na verdade, era dificílimo reconhecer qualquer rosto, mas a polêmica estabelecida pelo *O Sono*, a partir de um telefonema anônimo, resultou na descoberta de que Iramar era impotente desde os 15 anos, quando o borracheiro de um posto de gasolina o violentara nos porões de um antigo teatro, transformado em depósito de uma indústria têxtil. Foi ali, entre milhares de peças de todos os tipos de tecidos, que Iramar teve sua iniciação. Era esta uma das razões pelas quais jamais trocava um pneu, além de evitar a Rua do Ao Comércio Elegante, um nome dos anos 20 conservado. Que de elegante não tinha nada, era reduto de lojas populares, tecidos baratos, calçados de plástico, restaurantes por quilo, chaveiros, vendedores de quibe e esfiha, pasteleiros, lotéricas, pontos de bicho e portinholas para telesenas. O cheiro de borracha e dos panos excitava Iramar, transtornava-o, deixando-o fora de si. Sofria ataques que pareciam epiléticos, mas não eram. Tinha estes acessos diante do microfone, quando ficava nervoso demais, era um tipo apoplético. Os íntimos, poucos, diziam que as atitudes virulentas de Iramar em seus programas procediam destes distúrbios mentais, provocados pelo estupro e por tudo que passara nas mãos de Madeleine, por quem era apaixonado. Situações que não tornavam fácil a vida de um homem. Meio-homem, como ela dizia, para quem quisesse ouvir. E todos queriam.

Foi uma conferência memorável, asseguraram os privilegiados que tiveram acesso. Iramar, mesmo exibindo sua credencial de imprensa, não conseguiu entrar, era acontecimento fechado, o que o deixou indignado. Porém, ele ouviu o relato de terceiros. O conferencista com a barra de ouro nas mãos apontada para a platéia, como um controle remoto, urrava histérico.

Ajoelhem-se diante do bezerro de ouro!
Curvem suas cabeças e aceitem. A única verdade do

milênio! Na mão direita, a barra de ouro apontada para os homens. Na esquerda, um diamante, exibido às mulheres. Quem poderia adivinhar de quantos quilates?
Esta é a salvação da humanidade!
Inclinado para a frente, atraído por aquela barra, com o nariz encostado nela, desejando cheirá-la, Antenor estava em estado de graça.
Por isso vim ao mundo. Para ensiná-los!
Para tirar da humanidade o pior dos vícios. Para eliminar a culpa que o amor ao dinheiro traz às pessoas. Saibam! Esta é a grande revelação. Cristo só se enfureceu com Judas porque considerou mesquinha a quantia pela qual foi vendido. Ele se sentiu menosprezado, diminuído.
A platéia assustou-se. Alguns se levantaram, passaram pela secretaria e exigiram o dinheiro de volta. Economia é uma coisa, blasfêmia, outra! Antenor não se moveu. Não era abalado por questões morais, religiosas e ignorava a ética. Houve quem garantisse que naquele momento ele sabia que a mulher estava morta, porém fingia a veneração ao ouro para que a platéia fosse testemunha. Como contradizer 321 pessoas? (Excluímos as 29 que saíram.)
Valeu cada um dos 200 dólares que paguei pelo ingresso, declarou o advogado Bradío, conhecido por ter livrado Evandro de 28 processos e que viera do Rio de Janeiro no mesmo *lear-jet* que trouxe o Grande Líder da Ciência Fautória. Tentaram convencer o Líder da necessidade de uma segunda sessão, porém ele tinha apenas três horas, tempo exato em que ficou na cidade. Partiu, deixando decepcionados os organizadores e os que não puderam entrar. Nem cogitou de passar pelo Hotel Nove de Julho, construção decadente vinda dos tempos em que a cidade produzia arroz para o Brasil inteiro. Cujo restaurante, restaurado com material dos vagões de primeira classe da desativada Estrada de Ferro, era uma sala agradável, com muita atmosfera. Com

um *chef* trazido de São Paulo, ao se aposentar do La Casserole, com medo da violência da cidade.

Há meses não se falava de outra coisa em Arealva. A grande conferência sobre a Ciência Fautória. Antenor tinha passado uma semana entre Rio de Janeiro, São Paulo e Belo Horizonte, em conversações, procurando uma brecha na agenda do Líder, o que não foi impossível. Trinta mil dólares esticam qualquer tempo, ainda mais que tudo consumiria somente três horas, um *lear-jet* buscaria e levaria o Líder. Estas condições foram divulgadas porque Antenor (Bride, na verdade) tinha noções precisas de *marketing*. Cada ouvinte pagou 200 dólares, o que proporcionou uma sobra de caixa, deduzidas as despesas de cachê e decoração de 60 mil dólares. O avião foi emprestado por um plantador de acerolas que não teve prejuízo, tudo foi contabilizado e descontado, aproveitando-se leis de promoção cultural. Para isso Bradío, um azougue, era contratado permanente.

O jantar foi incluído em despesas, mesmo com a ausência do conferencista. O que a cidade indagou foi: no momento em que desfrutavam o delicadíssimo e perfumado Carpaccio de Salmão sobre Leito de Rúculas, aqueles homens sabiam que Manuela estava morta? Todos não! Todavia, ninguém duvidava do envolvimento de Antenor. Para a maioria, a conferência não passara de armação para camuflar o crime e montar um álibi. Provar o quê? E como? Que policial teria coragem de intimar à delegacia os homens que participaram do jantar?

Evandro, o farmacêutico, cuja farmácia ficava numa das esquinas da praça, viu quando a polícia se retirava, depois que o corpo do homem que se incendiara tinha sido levado. Um menino com os dedos chamuscados veio, pediu uma pomada, ele passou Picrato de Butesin, o garoto se foi, mãos lambuzadas de amarelo. Súbito, ouviu a sirene da polícia junto ao Navio da Baleia, a mais conhecida das esculturas-arbustos da praça. Soldados apressados, gesticulação intensa, pessoa se aproximando. Neste momento, dona Idalina entrou na farmácia para a injeção da madrugada. Única forma de ela dormir sossegada, sem ser importunada por pesadelos cheios de homens que lhe propunham perversões. Injeção demorada, dona Idalina precisava ser acalmada, tinha medo de desmaiar e do farmacêutico abusar. Evandro estava acostumado, cumpria este ritual há cinco anos, sua vida tinha se transformado em cerimoniais permanentes. O que ele não soube explicar foi a perda da noção do tempo, porque, entre a retirada do corpo de Edevair e a descoberta de Manuela, passaram-se muitas horas.

Dona Idalina saiu, lentamente, em direção ao sobrado vizinho. Mal teria forças para subir as escadas, acontecia de adormecer no último degrau, acordava com dores pelo corpo, descia, tomava injeção de Voltaren. Evandro foi para a porta. A garoa prosseguia e diante do Navio da Baleia divisou um amontoado de luzes vermelhas piscando, frases entrecortadas, um policial isolando a área com cavaletes e fitas vermelhas. Curioso, Evandro caminhou, pedindo licença, empurrando, uma sensação desconfortável nos rins. Como era conhecido, deixaram que passasse. Os policiais cumprimentaram-no, imaginando que viesse a serviço. De modo que ele chegou no momento em que o corpo estava sendo virado para reconhecimento. O *flash* do fotógrafo da polícia técnica iluminou a cena. Um *spot* foi aceso, uma informação gritada, Evandro olhou para aquele rosto e para as pessoas. Aturdido, as pontas dos dedos dos pés formigando. Aquele rosto pareceu se ampliar, explodiu. E então ouviu, outra vez, repetido por um policial, é Manuela, a gostosona! Que desperdício! E eu nunca comi! O nome ecoou pela praça. Evandro desmaiou. Foi conduzido à sua própria farmácia.

Como os Mosquitos Podem Fazer Cocô para Cima?

1

*E*vandro abriu os olhos e se viu deitado num banco. Reconheceu o teto da farmácia. Velhas tábuas recobertas por camadas grossas de tinta amarela, marcadas por milhares de pontos negros. Cocôs de mosquito. Como podem fazer cocô pousados de cabeça para baixo, as patas fixas no forro?, indagava Evandro nas tardes em que, na farmácia deserta, sentava-se, olhando para aquele teto, sua condenação. Ali estava há dezenove anos. Desde o dia em que as tábuas carunchadas tinham sido pintadas por mestre Gentil. O mesmo homem que fazia para seu pai os cartazes dos cinemas, reproduzindo, vagamente, os rostos dos artistas. O pintor estava decepcionado. Considerava tarefa menor pintar um forro, mas era empregado fixo, homem velho que não teria outro trabalho se deixasse a empresa de exibição que o pai de Evandro comandava desde os anos 20. Bem que o velho tentou. Queria desenhar grandes homens da ciência, como Eilhardt Mitscherlich, descobridor do ácido selênico e da Lei do Isomorfismo. Ou Eudoso de Cnido, astrônomo e geômetra grego que, 350 anos antes de Cristo, descobriu que o ano de 365 dias tem seis horas a mais. E ainda Sir Thomas Cliford Allbutt, inventor do termômetro. Evandro chegou a se entusiasmar com a idéia, ter aquela gente sobre a sua cabeça, como um teto da Capela Sistina. Ficava surpreso: de onde o mestre tirava tais conhecimentos? O pai de Evandro trouxe os dois à realidade: pinte direito, de amarelo, sem delongas, isto é armazém para se vender remédio, gente doente não quer saber de arte.

Fazer o curso de farmácia tinha sido o pedido da mãe, que não queria morrer sem ver o filho formado. Nessa época, ela sofria de granuloma inguinal, vivia com o corpo tomado por feridas purulentas. Imaginando que a mãe fosse morrer logo, Evandro concordou. Certo de que era um destino provisório que o encaminhava àquela farmácia. Terminado o curso, recebeu do pai o salão defronte da praça. Tinha sido depósito de filmes, quando, além de exibir, o velho era o maior distribuidor da região. Três portas e muitas prateleiras, boa ajuda para começar a vida. Fotos desbotadas de estrelas como Lilyan Tashman, Bessie Love, Winnifred Greenwood, Viola Dana, Nita Naldi e Laura La Plante enchiam as paredes do fundo e Evandro esforçava-se por descobrir quem eram e que filmes tinham feito, porém a cinemateca local era incipiente, dedicava-se mais a algumas produções rodadas na cidade no final dos anos 40.

A mãe não tinha morrido. Acostumara-se com as feridas que não doíam e vivia numa *chaise-longue* cujo tecido estampado era renovado a cada ano, em cores vibrantes. Ali recebia amigas para uma canastra e muito cuba-libre, sempre a reclamar de enxaquecas, gastrites (arrotava muito) e do marido que possuía mulheres nas poltronas do balcão nobre do Esmeralda, no sofá da gerência (onde ela se recusava a entrar), e algumas, mais depravadas, em pé no banheiro, que tinha sido sensação na cidade, famoso pela luz rosa junto aos espelhos. Iluminação que eliminava as rugas dos rostos.

Quando Evandro entrou naquela farmácia, ainda não existiam os prédios em torno da praça, com galerias cheias de lojas, precursoras dos *shopping centers*. Era uma instalação temporária. Arranjo efêmero, suportável pelo tempo suficiente para poupar o dinheiro que o levaria à Europa. Parte desta poupança viria da farmácia. Parte, das jóias que desapareciam dos cofres da mãe. E ela sabia. Cúmplice secreta, sempre pedia ao marido colares e pulseiras, brincos e broches, pingentes e tiaras, uma forma de ele expiar a culpa pelo adultério, como dizia às amigas, todas embriagadas pelo rum da Jamaica e pelo vermute doce, no começo da noite.

 Evandro tinha certeza de que logo partiria, ansioso por viver em Paris. O sonho era começar pelo museu Jeu de Paume[1], copiando os impressionistas, para depois encontrar seu estilo próprio. Influência dos fascículos vendidos em bancas de jornal. Estava decidido a sofrer, passar fome. Todo grande artista necessita de uma tragédia pessoal, ela impulsiona a criatividade. E que drama profundo me oferece Arealva? Até o nome da cidade é pequeno, provinciano, apesar dos ares de grandeza. Ele tinha uma única amiga, Evangelina. Magra, de ombros encolhidos, dois enormes seios pontudos, óculos de fundo de garrafa, dona de uma voz monumental, fazia parte do Coral Municipal Gilda Parisi. Todo mundo aconselhava, vá para São Paulo, faça carreira, consiga uma bolsa, estude na Europa, cante na televisão. Tímida, ela tentou patrocínio com uma fábrica de sucos, recebeu a resposta que cultura era abacaxi, acerola, laranja e maracujá, e que se fossem dar bolsas, dariam para técnicos.

 Evandro e Evangelina passavam a tarde na farmácia, onde entrava cada vez menos gente. A maioria bêbados, garotos querendo camisinhas, humildes buscando alisador de cabelo, rapazes em semicoma alcoólico, depois dos bailes nos clubes e associações das redondezas. Como a farmácia se mantinha era a indagação, se bem que a maioria

---

 1) Ele não sabe que os impressionistas foram transferidos para o Museu D'Orsay, na Rive-Gauche, uma antiga estação ferroviária restaurada.

atribuísse às jóias da mãe e a uma mesada que o pai, relutante, ainda concedia ao filho único quarentão. Durante algum tempo ele tinha feito projetos de decoração para lojas e bares, porém tinha sido colocado de lado pelo *lobby* dos arquitetos de interiores vindos de São Paulo, com mais nome e poder. Evangelina trabalhava como escriturária numa *franchising* de hambúrgueres e saía às quatro e meia, ia logo para a farmácia, ficavam a bebericar uísque com Pelialyte que, gelado, tinha o sabor agradável de água de coco. Os representantes não entendiam como se vendia tanto daquele soro auxiliar. A farmácia nunca fechava, ainda que Evandro tivesse pavor de assaltos, a região vivia cheia de vagabundos. As coisas só melhoravam quando havia reuniões na Baleia. Então, a polícia designava um efetivo para proteger as pessoas que contam.

    Mas todas as noites – era um mistério, pontualmente às oito – Evangelina e Evandro subiam a ladeira que levava ao norte da cidade e entravam na casa que todos consideravam insólita. Voltavam mais tarde, por volta de meia-noite. A casa era um posto de gasolina desativado que Evandro tinha comprado em ruínas (custou uma pulseira e dois brincos, ouro e diamantes), reformado interiormente, conservando na frente as duas bombas vermelho-amarelas pelas quais a Shell ofereceu uma fortuna, com a intenção de colocar num museu americano. Ninguém entrava ali, Evandro não mantinha empregadas, comprava comida pronta, congelada. Uma vez por mês ia para São Paulo, voltando com grandes embrulhos, transportados no bagageiro do ônibus. Pacotes de papel pardo que despertavam a curiosidade dos motoristas da rodoviária, inquietos para adivinhar o conteúdo. Arriscavam perguntas indiretas, comprou televisão?, Evandro era evasivo, algumas coisinhas pessoais que não encontro aqui na cidade. E os motoristas, com o orgulho típico de Arealva: o que não tem aqui nesta cidade, a melhor do centro-oeste paulista? Mas as conversas não andavam, Evandro punha-se a olhar pela janela, como se jamais tivesse visto aquela paisagem familiar por quarenta anos. Pequenas casas, incompletas, sem acabamento, em uma faltava o reboco, em outra o telhado, havia apenas as lajes, janelas de tábuas de caixote, barracos de zinco e plástico e montes de areia e tijolos que permaneciam por anos, à espera da melhoria financeira, o fim da inflação, planos econômicos milagrosos. Os subúrbios pobres rodeavam Arealva em forma de L, a oeste. Indo para o norte, penetrava-se na classe média e, desviando-se para o leste, entrava-se na região dos que contam.

Evandro pretendia, em Paris, viver no La Ruche, o famoso prédio que tinha abrigado ateliês de todos os artistas, Chagall, Picasso, Soutine, Miró. Passaria fome como Hemingway nos anos 20 ou Henry Miller nos anos 30. Um sentava-se nos cafés tomando vinho tinto e escrevendo contos e o outro batucava infernalmente na máquina de escrever no seu quarto, na Villa Seurat, saindo à noite à caça de mulheres que, depois, transformava em personagens. Cedo, Evandro percebeu que não havia clima para Modiglianis se afogando em álcool e tuberculose (do que ele morreu?, indagava, e Evangelina prometia pesquisar). Nenhuma mulher seria igual a Anaïs Nin. E por que não posso ser a sua Anaïs?, indagava Evangelina, que não encontrava na biblioteca nenhuma referência a esta mulher que habitava os sonhos de Evandro. Não pode porque é muito feia, é pobre, não escreve diários, respondia ele, tomado por uma fúria súbita, irritado com Evangelina e com o forro amarelo cheio de cocôs de mosquito. Ele comprou uma cópia em vídeo de *Henry e June*, e via todas as noites, segurando o pescoço de Evangelina e mostrando Maria Medeiros: essa era Anaïs! Acha que é igual a você com esses peitos de plástico? Evandro sabia e aí nascia o seu desespero: não havia mais Henry Millers ou James Joyces, este hábil no próprio

marketing, inventor das bolsas de estudo para escritores escreverem tranqüilamente sem terem de pensar na sobrevivência. Paris não era mais a cidade? Qual seria, então? Berlim, Londres, Nova York, Calcutá, Medellín, Botucatu, ou simplesmente Arealva, onde se enterrava inexoravelmente?
– O senhor está bem?
– Parece que sim.
Evandro sentou-se, espantado, olhando para o negro barrigudinho, policial com o uniforme ocre da Corporação, uma guarda municipal ligada à Polícia Civil.
– O que aconteceu?
– O senhor desmaiou.
– Desmaiei?
– Bateu os olhos em dona Manuela e caiu duro!
Evandro não se lembrava de ter deixado a farmácia, atravessado o cordão de isolamento, e muito menos de ter visto Manuela. Ao seu redor, um grupinho de curiosos.
– Manuela, mulher do seu Antenor. Está morta.
– Morta?
– Foi encontrada embaixo do Navio da Baleia. Assassinada!
Um dos arbustos mais conhecidos na praça. O jardineiro tinha levado anos para recortar a figura de uma baleia ao lado de um navio. Escultura fora de proporções, como um quadro *naïf*, bom esconderijo para namorados transarem, molecada puxar fumo e assaltantes se esconderem. Um tremor incontrolável tomou o farmacêutico, que percebeu um homem gordo e suarento, cigarro no canto da boca. Ele inclinou-se, Evandro reconheceu Pedro Quimera, freqüentador da farmácia, tipo esquisito, respirava pela boca, eternamente cansado, desprotegido. Com os bolsos sempre cheios de volantes da Sena. Evangelina implicava com ele, mas ela implicava com todo mundo, talvez fosse uma defesa por causa da feiúra que deixava as pessoas

espantadas, a não ser quando cantava, então se transformava, ela atraía o público.
— O que houve?
— Não sei... desmaiei...
— Viu alguma coisa, Evandro?
— Não me lembro. Deveria ter visto?
— A farmácia estava aberta, as portas dão de frente para o Navio da Baleia.
O policial barrigudinho alerta para a conversa, ar desconfiado.
— Não vi. Mas sei quem viu.
Evandro achava que o repórter tinha um jeito de Sidney Greenstreet, sem a elegância daquele ator de *O Falcão Maltês*. Ele sempre ligava as pessoas aos filmes. Era o que o fazia gostar de Quimera, que conhecia atores, diretores e atrizes de muitas épocas. O repórter fora o único a reconhecer os cenários de *Gilda*, o filme de Charles Vidor, no projeto que Evandro tinha feito para o Noite do Cristal. Uma cópia perfeita que deixaria os diretores de arte dos estúdios da Columbia de boca aberta.
— Quem viu?
— O Engraxate Noturno. Estava na porta esperando a chuva passar. De repente, correu para a cabine, eu estava dando injeção em Idalina. Nunca vi o Engraxate tão assustado. Só pode ser isso. Ele deve ter visto!
O policial barrigudinho disparou porta afora. Quimera pareceu despertar. Era um homem inteligente que sofria com aquele temperamento quase abúlico. Porque nada o interessava. Uma noite, disse a Evandro: alguma coisa, um dia, há de me transformar. Sou o que não quero ser e não sei como posso ser o que deveria ser. Ele era ímpar quando tentava se expressar, sem que entendessem. Um homem só é a vida inteira a mesma coisa se ele não quiser enxergar aquele momento em que tudo se abre e basta ter a coragem para atravessar o limite. Ansioso, pediu.

— Para onde foi o Engraxate? Onde eu o encontro? Onde mora?

2

Edevair apanhou o ônibus na Vila dos Remédios. Mostrou seu passe de aposentado e sentou-se, colocando o galão plástico sobre o monte de jornais em cima do colo. Ele tinha saído, nessa noite quente, determinado ao sacrifício que faria o Brasil tremer e chamaria a atenção. Quando chegou à praça, eram dez da noite. Edevair estava consciente. Seguro de que não havia mais nada a fazer.

Do prédio no fundo da praça vinham aplausos, de vez em quando. Fixou a vista turva no letreiro de *néon*, não entendeu o que queria dizer Baleia de Coral. Com esse nome bobo, devia ser alguma república de estudantes, a cidade era cheia delas. Edevair viu pessoas saindo do local, irritadas. Ele foi infeliz na escolha do dia e da hora. Como prever, primeiro a chuva de verão, súbita, que inundou bairros, arrastou barracos e destruiu árvores da praça? Como imaginar que nesta sua noite, longamente pensada por meses, até adquirir a consciência da necessidade do que ia fazer, Manuela iria morrer?

Edevair não tinha a mínima idéia de quem ela era. Talvez tivesse ouvido, acidentalmente, seu nome, ou visto a foto nos jornais ou noticiário de televisão. Não era homem que comprasse essa revista nova que causava sensação, *Caras*. Não ouviu comentários sobre a ousadia de Manuela ao se deixar fotografar numa banheira, entre espumas produzidas por sais de banho da Revlon, abraçada ao marido Antenor, cinqüentão (dizia ele, mas não se sabia a idade real, comentava-se até algumas plásticas) musculoso, queimado de sol, freqüentador de academias de malhação.

No carnaval, Manuela desfilara com o Olodum, na Bahia. Estivera no Sambódromo carioca e no camarote nº 11, de um bicheiro famoso[2], arrancara a blusa diante das câmeras de tevê. Teve azar, na mesma noite o presidente da República desfilou com uma desconhecida sem calcinhas, atraindo tevê e todos os fotógrafos. Inconformada, no Baile do Scala tirou tudo, deixando apenas o relógio Cartier[3] sobre a calcinha exígua. Antenor exibia a foto publicada nas revistas. Porque os seios de Manuela eram perfeitos e ele se orgulhava deles. Os adversários não poupavam: é corno e faz propaganda. Ela era bem proporcionada, ainda que maledicentes assegurassem: antes do carnaval, tinha passado pela clínica de Pitanguy[4]. Esta cidade tem mais língua solta que caminhão despejando frutas nas fábricas de suco em tempo de safra, comentou Iramar Alcifes, pseudônimo provinciano de um jornalista odiado pelo que ele denominava elite corrupta (a gente que conta e que desconta, como explicava, com acidez), porém amado por suburbanos, leitores de sua coluna diária num jornal sensacionalista e ouvintes de quatro programas diários na rádio.

O que os jornais cogitaram, mais tarde, foi pura especulação sensacionalista, novelesca. Escreveram que, no momento em que Manuela estava morrendo, Edevair sentava-se na praça, diante da Catedral, observado por um mundo de pessoas que aproveitavam a fresca das árvores e do chafariz colorido. Gritava para que o povo se aproximasse. Uma sarcástica ironia do grande Deus que se esqueceu dos pobres, escreveu Iramar, no seu estilo clicherizado.

---

2) Poderia ser em outro, mas bicheiros dão uma certa atmosfera.

3) Não se trata de *merchandising*. O relógio andava na moda, Manuela usava o que os colunistas proclamavam ser *in*, uma expressão em desuso pelos melhores.

4) Rua dona Mariana, Botafogo, Rio de Janeiro. Consultei o dr. Pitanguy, porém ele jamais revela os nomes de seus clientes.

Edevair, carregando o galão, jornais e uma cartolina azul enrolada, foi de banco em banco, cortês e suave. Convidando namorados, adolescentes e velhos casais que provavelmente sentavam-se nestes bancos há décadas desfrutando a felicidade (sinto ter de citar tanto Iramar), para participar, com ele, de um momento de repulsa e indignação. Ninguém ligou muito. As praças e ruas vivem cheias de vagabundos, desempregados e loucos, principalmente depois do bloqueio de dinheiro que o governo efetuou em março de 1990.

Edevair sentou-se sobre a pilha de jornais, observado, sem maior interesse, por um grupo de adolescentes que falavam de motos, *skates* e da competição de *jet-ski* no Regatas e Navegantes na manhã seguinte. Gritou: venham, por favor! Ninguém ligou. Gritou duas, três vezes, as pessoas imaginaram que se tratava de um pregador sabatista. Edevair abriu o galão, despejou a gasolina sobre o corpo, umedeceu os jornais e riscou o fósforo.

Alguns segundos foram suficientes para tornar Edevair uma tocha. Nesse momento, a chuva caiu. Tromba d'água de verão, violenta, inesperada. O povo esparramou-se, atarantado. Perturbado. Indeciso entre correr e se abrigar, porque havia granizos pesados, ou socorrer o velho. Não havia muito a socorrer. Edevair era franzino. Os óculos retorceram-se sobre seus olhos. As chamas resistiram às águas por uns minutos. Ao se apagarem, deixaram um toco carbonizado. Um garoto, antes de correr, aproximou-se e puxou o cartaz chamuscado, queimou os dedos. Cartolina azul-clara, com letras escritas por uma Pilot grossa, vermelha:

    TENHO 74 ANOS   CANSADO DE LEVANTAR TODOS OS AS TREIS DA MADRUG   ENTRAR NA FILA DA CAIX   UMA SENHA E VOLTAR DUAS OU TREIS VEZES·   SER MALTRATADO   MARAJÁS QUE NÃO TRABALHARAM COMO EU 46 ANOS   EDEVAIR

CASTELLI LOPES, APOSENTADO, LUZ CORTADA, ÚLCERA   MULHER NERVOSA E HOLERI   ZERO.
Quando os fotógrafos chegaram (demoraram, era sábado), não havia mais nada. A 27ª tinha retirado tudo. Afinal, os que contavam na cidade estavam na Baleia, havia gente de fora. Cinegrafistas e fotógrafos registraram a mancha negra sobre as pedras.

Quando a conferência do Grande Líder terminou e as pessoas deixaram o auditório, não havia chuva, a noite estava fresca. Ninguém tinha prestado atenção à tempestade, devido à excitação provocada pela adoração ao ouro, ao diamante e ao dólar. Poucos souberam do acontecido. Alguns, liderados por Antenor, levaram o líder ao aeroporto e foram para o Hotel Nove de Julho. Parte correu ao Noite do Cristal, tentando mesas impossíveis àquela hora da noite. O Café era o centro nervoso, pulsação da cidade. Tudo convergia para lá, concentrando-se em Efrahim, o dono, homem com trânsito em todas as classes. Grupos espalhavam-se pelas calçadas, copos na mão, esperando a liberação de mesas nos terraços.

Perto de duas da manhã, os da calçada irromperam dentro do Café, em alvoroço. Falavam alto, iam de mesa em mesa, gesticulavam, e à medida que se debruçavam sobre esta ou aquela mesa todos se levantavam, e em poucos momentos o Café inteiro era agitação. O que assustou Efrahim, habitualmente calmíssimo, sempre esfregando lentamente as mãos uma na outra.

– Manuela morreu!

A frase circulou, mulheres deixavam cair os copos[5], os homens engoliam de vez o uísque. Alguns corriam ao telefone, outros puxavam celulares. A calçada encheu-se, carros saíram, acelerando. Mas outros foram chegando, de maneira que o Café acabou superlotando, as pessoas iam e vinham,

---

5) Ninguém deixa cair o copo assim, nem em novelas.

entravam e saíam, inquietas. Foi quando Efrahim decidiu anunciar que a festa de aniversário tinha terminado, dali para a frente seria cada um por sua conta. Quase cinco da manhã, o último esquecidinho[6] partiu.

Noite ainda, garoava. Efrahim disse ao gerente que deixasse a casa do jeito que estava, dispensasse o pessoal. Quando saiu, havia um pequeno grupo na calçada, discutindo se deveriam ir para a casa de Antenor. Fazer o quê?, indagou o vice-prefeito, jovem milionário, dono de uma revenda de motos. Onde estará o corpo de Manuela?, queriam saber duas mulheres de vestidos longos, bêbadas. Uma delas dirigia uma liga de assistência social que recebia verbas do governo estadual, repassando-as para a própria conta. Talvez o Antenor precise da gente, disse o juiz de Direito[7], deve estar arrasado. Efrahim ouvia, debaixo de uma árvore, uma das últimas do centro velho. Estavam retirando todas para alargar a avenida. No ar, o cheiro acre das fábricas de suco, trabalhando dia e noite. Ele adorava a cidade antes de o dia nascer. Quando veio para a cidade, filho de Capuano, um imigrante, o primeiro emprego tinha sido no turno da madrugada na multinacional dos sucos de maracujá[8]. Ele nunca mais se esqueceu do caminhar pelas ruas vazias, contente por ter trabalho. Então, ouviram um ruído familiar, madeira contra madeira.

– Aristeu!

O Engraxate Noturno batia com a escova contra a caixa de madeira, como costumava fazer quando servia os fregueses, a partir das sete da noite. Olhou para Efrahim, para o grupo, as pessoas aproximaram-se.

---

6) Esquecidinhos são os que se esquecem de ir embora, de pedir a conta, tomar a saideira, na gíria dos garçons.

7) Omito o seu nome, é pessoa respeitável, não gostaria de se ver entre tantos sacanas. Ele sofre com seus colegas cooptados por Bradio.

8) O pai de Efrahim o obrigou a trabalhar muito cedo para aprender o custo do dinheiro. Por isso, o Conde revoltou-se tanto com os acontecimentos posteriores que serão aqui relatados.

— Me ajuda, Conde!

Conde era o apelido de Efrahim, pela sua calma, sempre de óculos escuros, esfregando as mãos uma na outra, vestido com ternos Armani, sapatos brilhando.

— Ajudar?

— Preciso me esconder!

— Meteu-se no quê?

— Me ajuda!

— Alguém quer te pegar? Queima de arquivo?

O Conde era irônico e tinha prazer em espicaçar as pessoas, fossem quem fossem. As pessoas em volta riram.

— É que vi. O homem!

— Que homem, meu rapaz? Virou bicha?

— Vi. Quando ele desceu do carro. E carregou o corpo de Manuela. Para trás do Navio da Baleia.

— Quem era?

— Chovia muito. Eu estava na farmácia. Do Evandro. Vi quando o carro parou. O homem desceu. Olhou em volta. Ainda havia um vento desgraçado. Arrancava galhos das árvores. Ele abriu o porta-malas. Puxou o corpo de Manuela. Deixou na praça e se foi.

— Cheirou além da conta, Aristeu!

— O Padrinho me viu. Era só eu. Na porta da farmácia. Iluminada.

— O Padrinho? Tem certeza? Olha o que diz! O Padrinho?

— O Padrinho! Vi! Foi ele. O farmacêutico estava dando injeção. Na Idalina, a seringueira. Parou o carro. Me olhou bem. Como se dissesse: sabe o que acontece, se falar.

— Tenho um lugar! Ninguém vai te procurar lá.

Apanhou a caixa do Engraxate Noturno e levou-a para dentro do Noite do Cristal. Está vazia? Já desovou tudo esta noite? Aqui dentro só tem escova e graxa? Voltou com uma dose de gim nas mãos. O Engraxate estava molhado, por onde teria andado depois da chuva? O Padrinho? Quanto valeria esta informação? O Conde conhecia o Engraxate, agora não tiraria mais nada dele. Era um homem acostumado ao sigilo, sabia o que significava abrir a boca, pelo que fazia. Jamais um cliente do Engraxate se vira envolvido em qualquer suspeita, ainda que o homem tivesse sido preso várias vezes. Era protegido, porém estava consciente de que sua impunidade dependia do silêncio. As pessoas ainda murmuraram: será mesmo o Padrinho que o doido viu? Ninguém levava o Engraxate a sério, a não ser os que precisavam dele, e muitos precisavam. Nos últimos tempos andavam com medo, ele mantinha uma pequena agenda eletrônica na qual registrava os nomes, quem devia, quem pagou, quem encomendou. O grupo se dispersou, com exceção do juiz de Direito. Efrahim puxou o Engraxate Noturno de lado, sussurrou em seu ouvido.

— Vou te levar para a fábrica de algodão. Tem um buraco embaixo da prensa enferrujada. As pessoas têm medo de ir lá. Amanhã te procuro, levo comida. Não se mexa dali. Tenho que pensar no que fazer, para onde te mandar.

— Desde que não me mandem para a Mansão Floral. Para aquele lugar, não, pelo amor de Deus!

— Fique quieto, já abriu o bico demais, está ficando esclerosado. Venha, vamos para a fábrica, deixa o povo se mandar.

— E os fantasmas, Conde? E se o maquinista louco aparece? Se passa a locomotiva? Em cima de mim?

— Gente viva mata mais que gente morta!

— O Padrinho! Vai me matar, Conde.

Efrahim olhou, o juiz de Direito parecia atento.

3

Por muitos anos, a cidade haveria de se lembrar do dia seguinte, 18 de outubro, conhecido como o Domingo de

Manuela. Data histórica, registrada na cronologia popular. Do mesmo modo houve a Noite do Linchamento. A Quinta-feira em Que o Enforcador Chegou. A Noite do Grande Incêndio da Fábrica de Óleo de Algodão, a Focal, que deixou fantasmas vagando pelas ruínas, onde ninguém entra. A Tarde em Que o Trem Entrou no Bar da Estação, matando 37 pessoas. A Madrugada em Que Terroristas Envenenaram o Leite dos Laticínios Gerais. A Sexta-feira Santa em Que o Bispo Enlouqueceu e Derrubou Cristo da Cruz a Machadadas. O Meio-dia em Que a Bomba Destruiu o Cofre do Banco do Brasil e todo o dinheiro foi levado por subversivos. O Sábado em Que o Vendaval de 150 Quilômetros por Hora Destelhou Metade das Casas.

 O Noite do Cristal foi reaberto às nove e meia da manhã, como todos os domingos. Precariamente Efrahim comandou uma faxina provisória. Não tinha certeza se os habituais ao *brunch* dominical viriam. Vieram. Mais cedo que de costume. Muitos tinham tentado chegar à casa de Antenor. Havia apenas uma avenida larga, ajardinada, que conduzia ao Jardim das Hortênsias, fechada por barreira policial, o que provocou congestionamento[9]. Os jornais foram abertos, redações convocadas. Esperava-se edições extras. Sonho de editores românticos. Daquelas antigas edições que se esgotavam rapidamente. Há anos, com a evolução da televisão, não circulavam mais edições extras, vendidas pelas ruas por um batalhão de moleques jornaleiros.

 Não havia atmosfera de domingo, parecia dia normal, faltava apenas o comércio abrir as portas. Restaurantes previam grande movimento. Dois acontecimentos de uma vez só. Era demais! Manuela morta e um homem incendiado em

---

[9] Congestionamento notável formado por Mercedes-Benz, Mitsubishis, Hondas, Alfa-Romeos, Camrys, Toyotas, Renaults, Audis. No interior, o povo é indiferente – para dar a sensação de que não é provinciano – ou extremamente curioso.

plena praça, protestando contra o governo. Ideologias acionadas nas redações, bate-bocas. Quem dar na primeira página? A burguesa ou o homem do povo massacrado? Discussões entre militantes dos partidos operários, os habituais socialistas de plantão, redatores de meia-idade, mais maduros – portanto, cínicos quanto ao papel da imprensa –, os editorialistas conservadores e os porras-loucas que tendem ao anarquismo.

Uma estonteante[10] mulher ou um miserável, sem eira nem beira, que cometeu a bobagem de se incendiar, imitando os monges-budistas-tochas-humanas dos anos 60? Não vamos nos esquecer da *socialite* morta em Búzios nos anos 70. Como se chamava? Rendeu milhares de linhas, centenas de páginas, vendeu adoidado. Ângela o quê? Corram aos arquivos, vamos mostrar que o Brasil continua igual, machista, cheio de impunidade! Manuela. Foi o marido quem matou? Ela suicidou-se? Vamos explorar o aposentado. Debitar ao governo a sua morte. Fazer um caso nacional, colocar o povo nas ruas, agitar de novo os caras-pintadas. Onde estão as organizações feministas de Arealva? Como ligar os dois casos? Por que não os dois na primeira página?

Manuela ganhou direito de manchete. Repórteres insones, saídos da cama, vindos dos bailes e dos bares, tinham de pensar rápido. Que interesse Edevair podia apresentar? O grande público não gosta de histórias que conhece, não quer as próprias desgraças. A do aposentado era familiar. Acontecia todos os dias, com o vizinho, o sogro, a mãe. A única diferença era a tocha em que ele se transformara. Esta a excitação. No entanto, nenhum fotógrafo chegou a tempo. Seria imagem para se abrir em página inteira, vender para o Brasil todo, chegar às agências

---

[10] Termo que Luisão adora, muito usado nos anos 50.

internacionais. O fotógrafo ficaria rico. Impacto para derrubar governo, ministro, abalar prefeito. Para quem acredita que estas coisas aconteçam no Brasil, suspirou a diáfana Angélica.

    Manuela era prato delicado, saboroso como o Carpaccio de Salmão do Nove de Julho. Mulher que todos viam, da qual sabiam tão pouco. Casada com um homem mais velho, tido como sacana. Ela desaparecia por semanas, reaparecia, atravessava as ruas, a toda, com o Civic azul-turquesa ou o BMW vermelho conversível, ostensivo demais. Manuela, a irascível que esbofeteara a bilheteira do cinema que ousara garantir que ela tinha amante em Novo Horizonte. A que buscava maquiadores no Rio de Janeiro, alugava apartamento em Miami, esquiava em Las Leñas, jogava nos cassinos de Aruba. A piedosa que não perdia novena na Igreja de São Judas, em São Paulo, levando três velas do seu tamanho. A que tinha desafiado todos exibindo os seios com mamilos de silicone, garantiam as mulheres. A que dava gorjetas enormes para manicures, professoras de aeróbica, funcionárias de butiques e massagistas, mas que também podia despedi-las com uma reclamação. E despedia por puro deleite.

    Cada redação tinha pastas abarrotadas. Os negativos em que Manuela aparecia podiam cobrir a estrada Arealva-Manaus[11]. Nenhuma foto, no entanto, com mais de doze anos, quando ela conhecera Antenor, casando-se com ele um ano depois. Podia ter se casado antes, mas aconteceu no Baile da Primavera, em setembro de 1983, em pleno clube. Antenor vestindo um *top-summer* comprado na Europa teve de se atirar à piscina gelada antes de o baile começar, para provar seu grande amor. Você pula, eu me caso, ela gritou, e ele foi para a água[12]. Não vacilou. O fim do *playboy*, desmoralizado

---

11) As estradas andam em péssimo estado de conservação.
12) Loucuras inocentes, absolutamente ingênuas, vejam só. Quase coisa de criança!

diante dos amigos, o Grupo dos Perversos. Célebre por ter despejado, certa noite, centenas de quilos de Tang de morango na caixa d'água de um bairro, ligando para as pessoas, dizendo que o sangue de Jesus sairia pelas torneiras. Pessoas correram para a rua e se ajoelharam, rezando[13].

Uma edição extra seria grande tacada nesse domingo em que a população estava nas ruas, enchia o clube, o Noite do Cristal e o Regatas, e todos os restaurantes que tinham mesas para fora. Jornal para se vender nos bairros[14]. Quem não estava curioso para ver o corpo esfacelado de uma das mais belas da cidade? Todos esperavam revelações fantásticas sobre uma vida misteriosa. Não havia ainda a foto nem informações. Não havia nada, o boca a boca correndo, telefones ocupados, celulares congestionados. Televisões e rádios se postaram em frente da entrada do Jardim das Hortênsias, o condomínio onde morava Antenor. Tudo bloqueado. A polícia reservou um acostamento, por onde entravam certos carros. Pela marca e pela chapa sabia-se de quem eram: empresários, comerciantes, banqueiros, políticos. E os outros com vidros fumê? Traziam quem? Chapas enviadas para que as redações pesquisassem. Só que era domingo, somente amanhã saberiam, se é que se ia identificar. Um helicóptero verde e branco desceu no interior dos muros. Meia hora depois subiu. Antenor fugindo? Para Miami, Londres, Paris, Bangcoc, Salzburgo? Estaria acompanhado de sua vidente? Os dois não se separavam. A vidente previu a morte de Manuela? Ou o avião viera buscar um daqueles ricos que nada tinham a ver?

Edições extras decididas. Gente despachada para reco-

---

13) O Grupo dos Perversos fornece material para um romance ou para um filme que bem poderia ser dirigido por Mario Monicelli, do *Quinteto Irreverente*.
14) Os contatos comerciais foram acionados para conseguir, junto aos empresários, anúncios ou patrocínio. Criou-se um impasse. Anunciassem, teriam Antenor contra eles; não anunciassem, teriam os jornais como inimigos. *O Expresso* seguia a linha do jogo duro, chantagem mesmo.

lher depoimentos, levantar a vida de Manuela. Quem era, além dos boatos, fofocas, diz-que-diz-ques? Não tem nenhuma amiga íntima? Com quem andava? Havia, sim, uma antiga enfermeira, fiel escudeira, estavam juntas por toda a parte, mas desapareceu após a morte do filho. O que temos sobre a morte desse filho, afogado numa piscina? Quem era o médico que tratava dela? Localizar o ginecologista Maciel, proibido de clinicar; era uma figura constante ao lado dela, diziam que eram amantes. Todos os jornais com a mesma idéia ao mesmo tempo. Todavia, os telefones dos amigos não respondiam, repórteres iam para clubes, igrejas, praças, casas. Maciel não tinha endereço nem se sabia se morava, surgia pela cidade e se evaporava. Eclipse total da sociedade, comentou o editor de O Expresso, um dos mais antigos. Fundado no tempo em que a cidade era o pólo de onde se ganhava o oeste do Estado, atravessando para Mato Grosso, ou se podia subir para Minas, descer para o Paraná. Expresso era uma companhia de entregas rápidas, uma *intercities*. Hoje, *holding* intrincada que mantinha um dos jornais mais vendidos. Se os amigos não querem falar, vamos ouvir os inimigos. E se ninguém falar, faremos uma edição com fotos, neste Brasil só tem mesmo analfabeto. Quero a foto mais *sexy* que existir. Ainda era a do Baile do Scala, tão recente, ela deslumbrante, no máximo da forma física e da beleza, como a definiu Iramar[15] no programa da manhã. Mesmo ele, sempre tão irado, tinha poupado Antenor. Advogados percorreram redações pedindo tempo, calma no noticiário. Se o pedido parecia pronto a ser recusado, os homens exibiam misteriosas pastas fechadas[16].

Pedro Quimera entrou na redação depois de um cochilo

---

15) Iramar, que gosta de atacar gente importante para conseguir audiência, jamais criou uma só frase original.

16) Os políticos têm estranho medo de pastas misteriosas. Lembram-se de famoso debate na tevê entre dois presidenciáveis, em que um se acovardou e perdeu a eleição ao ver a pasta que o outro trazia?

de meia hora. Sentia-se melado, mas faltava água na *kitchenette* em que morava. Estava alvoroçado ante a perspectiva de mudar o tédio da manhã de domingo. Quem não era sócio de nenhum clube, não tinha carro ou moto ficava sem o que fazer, reduzido à televisão, seus programas rurais, ecológicos, desenhos infantis, missas ou pregadores de religiões cada vez mais novas. Havia as quadras de futebol de salão e handebol, mas era preciso alugar com meses de antecedência, viviam superocupadas. E se tinha algo que odiava, com aquele corpanzil, era se esfalfar ao sol, suar, correr, cansar, ficar ofegante. Um cirurgião plástico tinha recomendado lipoaspiração, cobraria em parcelas, porém imaginar-se sugado pela barriga com um aspirador horrorizava Quimera. Até mesmo sua relação com Yvonne o deixava abismado. Como podia gostar dele, com o físico disforme, objeto de ironias dentro da redação? Mas ela confessara que ficava excitada com a gordura, a carne fofa, o ser esmagada debaixo.

  No domingo, outra perspectiva que o deixava irritado era a de ficar bebendo cerveja em padaria, comendo salaminho, queijo empanado, salsichas oleosas ou tira-gostos que provocavam azia só de olhar. Na periferia, as pessoas jogavam futebol, solteiros *x* casados, com os times veteranos de carecas e barrigudos, infartados e aposentados, ansiosos por demonstrar boa forma física. Os mais calmos contentavam-se com dominó, dama, canastra, malha ou bocha. Programas nada animadores. Uma faceta completamente ignorada da personalidade de Quimera[17] era participar do secreto Grupo Antitorcidas Organizadas. Desde que foi atingido no estômago por uma pedra atirada por um torcedor do Arealva Futebol Clube, time da segunda divisão, Pedro passou a sofrer de gastrite, o que o incomodava muito, sempre imaginando que tinha mau hálito quando

---

17) Um homem esconde tanta coisa!

tudo começava a arder dentro dele. Num jogo do AFC contra o Palmeiras, na guerra de torcidas percebeu que havia pessoas que batiam contra os dois lados. Aproximou-se e viu que estas pessoas se identificavam por uma minibraçadeira onde estava escrito Gato. Seguiu o grupo, soube dos propósitos e vestiu com tal empenho a camisa, que terminou líder regional. Os Gatos atacam agredindo, furando pneus dos ônibus, colocando bombas nas sedes, amarrando cordões fedidos junto às narinas, obrigando a beber água dos rios poluídos. Mas quando não ouve apitos, chutes nas bolas, palavrões, Quimera é tranqüilo, acomodado, indolente.

Luisão, editor de *O Expresso*, acreditava nas imagens difundidas pelo cinema e pela literatura. Gostava de fazer gênero. Gritava, insultava, batia telefone, dava socos na mesa, e só não podia rasgar matérias porque os textos eram escritos nos computadores. Mas ele ficou célebre por picar em pedacinhos reportagens mal-escritas. Usava óculos na ponta do nariz, charuto no canto da boca e uma inacreditável viseira verde, saída de filme americano dos anos 40, escrito por Ben Hecht.

— Levantei uma pista, comunicou Pedro que se sentia inseguro diante de Luisão. Aos 31 anos ainda não tinha certeza se queria ser jornalista, ao passo que o outro era, e dos melhores, independentemente das fantasias que usava para criar sua imagem.

— Levantou com as mãos ou precisou de guindaste? Pista de Kart ou Fórmula 1?

— Tenho uma boa informação! Consegui com o Evandro dos Porquês, respondeu Pedro, indiferente à ironia. Quando suava, não prestava atenção em nada, sentia-se mal.

— Evandro. O ET?... Pensando bem, da farmácia dele pode-se ver tudo. O Navio da Baleia fica em frente.

— Ele desmaiou quando viu Manuela!

– Estranho! O sujeito é esquisito, sempre com aquela magrela peituda. Aquilo é bichona enrustida.
– Mas sabe alguma coisa.
– A Manuela vivia na farmácia, comentou Angélica, a diáfana, que tinha o nome porque a mãe se apaixonara pela série *A Marquesa dos Anjos* durante a gravidez.
– Lá no centrão? Naquela farmácia só se trafica Lexotan, Prozac, Valium.
– E ela se entupia, andava feito zumbi nos últimos tempos.
– Tenho que mandar um repórter.
– O assunto é meu, protestou Pedro.
– Comprou?
Luisão tinha desprezo e admiração por Pedro Quimera. Implicava até com o nome, ainda que, em momentos de bom humor, o considerasse poético. O repórter era devagar, chegava atrasado, faltava, demorava para escrever. Se bem que, quando se decidia, fazia textos sensíveis, sabia manejar frases, mesmo que inventasse muito. Sacava demais, metera-se em dois processos, estava advertido. Mais uma e rua! Parecia não se incomodar. Luisão procurava observá-lo, tentando descobrir qual era a de Pedro, para que lado queria ir na vida. Não existiam pistas, ele dava a sensação de trafegar na contramão, sem atinar com a direção. Vez ou outra, um lampejo de excitação transparecia naqueles olhos.
– Eu é que levantei!
– Não posso mandar um bundão, não sei em que dia vai voltar com a matéria. Mas o Farmacêutico dos Porquês disse alguma coisa? Quem sabe hoje seja o teu dia? Vai ver apanha o Anjo do Adeus.
– Esse anjo é uma obsessão, han?
Naquela manhã, Luisão estava de mau humor, tinha sido chamado do bar, onde se entupia de rabo-de-galo,

comendo coxas gordurosas de frango frito.

— O Engraxate Noturno viu o homem! O que retirou Manuela do carro e colocou atrás do arbusto. Estava num Civic.

— O azul? O carro da perua?

— Não se sabe. Com a chuva violenta, via-se mal. Não era um homem forte, teve dificuldade para arrastar o corpo. Foi puxando pelos pés, a cabeça deve ter se esfolado toda.

Pedro Quimera inventava. Divertia-se. Não faltava muita lógica no que dissera, alguém tivera de arrastar o corpo.

— Vou mandar verificar no Instituto Médico Legal. Se liberarem para a imprensa. O corpo está trancado, vigiado. Você vai atrás do Engraxate. Quem sabe a gente decifra qual é a desse homem! Alguém sabe onde ele mora?

Ninguém na redação tinha idéia. Ele surgia depois das sete da noite, batendo a escova na caixa, tocando uma gaitinha mínima. Mas a escova não ditava o ritmo, era tique nervoso, ou marca registrada. Circulava pelos bares, portas de clubes, fliperamas e reclamava que os jovens de hoje nunca engraxam os sapatos. Odiava tênis, tinha tentado agredir garotos por causa deles.

— Alderabã! E o Antenor? Localizou o homem?

— Desde ontem desapareceu. Ninguém viu, depois da suruba no hotel. Passei pelo IML, ele tinha acabado de sair, o repórter da Rádio Nascer do Sol disse que Antenor se pegou com Morimoto, o legista.

Alderabã era o melhor repórter da cidade, esperto, furão, tinha trabalhado na *Manchete*, no Rio de Janeiro, e sua maior glória foi ter ajudado a levantar a pista do cabeleireiro assassino de Claudia Lessin, a jovem que morreu drogada.

— Entrevistem Morimoto, ele vai abrir o bico, é da turma do Portella.

— Sumiu também. Hoje, o que mais tem saída na

cidade é chá de sumiço. Bradío anunciou entrevista coletiva ao meio-dia.
— A raposa velha estava na suruba do hotel.
— Um dia, essa vai ser a grande matéria, as surubas do Nove de Julho. Que gente decadente, um bando de cinqüentões barrigudinhos, comendo meninas de programa!
— E Maciel?
— Foi visto ontem à noite, passou pela farmácia. Parece que, à tarde, esteve na casa do Evandro.
— Naquele posto de gasolina? O que tem lá?
— E Manuela onde foi vista?
— Passou pelo Noite do Cristal, todo mundo passou, era boca-livre, depois de deixar o marido na Baleia.
— Cacem o Antenor. O Maciel, o Engraxate. Quero todo mundo em cima. Alderabã, você tem que entrar na casa do Antenor. Vai pelo lago, aluga um barco. Não entrou em Cumbica quando o Jânio renunciou? Não é famoso por ter sido o único?
— Naquele tempo, ele tinha 18 anos e era porra-louca, hoje é um gagá-louco.
O sucesso de Alderabã, jornalista à moda antiga, irritava a turminha nova da redação.
— Quem pode me fazer entrar no Regatas? É a única passagem pelo grande lago. Aquela gente é muito nariz em pé.
— Vê se o Alencastro está em casa. Ele é sócio e tem barco, é amigo da gente!
— A meteorologia promete mais chuva violenta!
— Quero o Antenor, o Engraxate, quero histórias, entrevistem as amigas da Manuela, arranquem o que puder do farmacêutico, achem o Morimoto, apertem o dono do café, ela vivia ali, naquela sala do fundo.
Luisão estava excitado, era um editor dos velhos tempos, o sangue circulava melhor quando farejava um bom assunto. Apontou Pedro:
— Vai conversar com o Padrinho.

— O velho do Snooker? O que ele pode saber? É outro mundo.

— Manuela freqüentou o Taco de Cristal, anos atrás, quando chegou à cidade. Foi quando ficou famosa, o Taco de Cristal enchia-se de gente para vê-la jogar, era boa demais. Ninguém sabe de onde veio, quem é a família. Boa hora para se levantar isto no registro civil, vejam os papéis de casamento, abram o cartório, ela tem que ter nascido em algum lugar.

— O Snooker? Quem diria? Aquele muquifo?

— Era o salão mais bonito da região. Gastou-se uma nota nele. Vai descobrir o que Manuela fazia lá... Quem sabe existe alguma coisa mais, faça um conto sobre as tardes de uma jovem solitária num *snooker*.

— Se sabe tanto, por que não faz sua reportagem?

— Já fiz matérias suficientes na vida. Porque há matérias que não posso fazer e outras que não posso publicar.

Pedro Quimera teve um lampejo. Gostaria de ser Luisão. O que ele sabia e não podia contar? Que relação teria o Padrinho com Manuela? Um velho marginal, dizia-se que milionário, agiota, figura pitoresca da cidade, temido não se sabe bem por quê. Luisão, às vezes, indagava-se sobre sua estranha ligação com Pedro. Achava-o enigmático, nunca dizia o que sentia, mostrava-se submisso, porém via-se que estava furioso em certos momentos. Vivia sonhando com a sorte na Quina, Sena, Supersena. Fazia intermináveis combinações de números, rondava pela cidade, um jogo em cada lotérica diferente, o fim de semana era passado em planos para gastar o dinheiro, dar entrevista à tevê. Tinha a neurose de ganhar e o gerente da Caixa fugir com o comprovante dele.

Nos últimos tempos ele vivia perseguido pela noção de que estava se transformando em homem invisível. Olhavam para ele e não o viam. Até Yvonne não o encontrara dentro do *shopping*, uma noite, procurando por todos os lados, enquanto ele estava à frente dela. Seria uma capacidade nova que adquirira ou estava perdendo a personalidade, chegando a desaparecer?

Falava numa Yvonne que seria namorada, porém nunca ninguém o viu ao lado dela. Luisão pensou que, na sua ingenuidade, com sua cara de sonso, Pedro pudesse levar o Padrinho na conversa. Talvez conseguisse descortinar o que Manuela fazia no Snooker naquelas tardes em que as janelas ficavam fechadas. Luisão fora o primeiro a publicar uma reportagem sobre ela em *O Expresso* e tinha sentido que Manuela dissimulava, dava respostas evasivas. Quem sabe não fosse tão inteligente, apenas uma boneca de sociedade[18]. Então um contínuo chegou com um exemplar de *A Lista*. Com duas fotos na primeira página. Um *close* de Manuela e Edevair queimando. Como tinham conseguido?

---

[18] Outra expressão do vocabulário de Luisão. Será melhor um glossário no final do livro, para que as novas gerações entendam?

Champanhe nas Cascatas do Jardim

1

Quando *A Lista* chegou às ruas, estava sozinha, disputada a tapa. O jornal não vendia mais de dois mil exemplares entre associados de sindicatos e de organizações classistas, aposentados da Estrada de Ferro e do extinto Departamento de Estradas de Rodagem. Era comprado por inércia, colocado debaixo do braço, esquecido. Na época dos vestibulares atingia boas tiragens com as listas de aprovados, uma vez que existem na região oito universidades, algumas criadas para servir de cabide de empregos e apoiar propósitos eleitorais. O nome do jornal vinha das origens. Tinha sido o boletim que divulgava listas de aprovados em concursos para a Estrada de Ferro, Caixa Econômica e Coletorias nos anos 30/40. Eventualmente publicava anúncios, quando grandes firmas da época, as fábricas de latas, sapatos, chapéus, lenços, tesouras, necessitavam de pessoal. As primeiras notícias e reportagens surgiram quando líderes de organizações classistas viram fechadas as portas dos grandes jornais para a discussão de reivindicações salariais ou queixas trabalhistas.

A Lista chegou a vender 70 mil exemplares nos anos 60/70, quando Arealva rompeu o marasmo em que viveu por décadas, iniciando um processo desenvolvimentista gerado pela cessão gratuita de terrenos e isenção de impostos por vinte anos. Findo o prazo, o dinheiro passou a entrar e a cidade foi eleita a terceira em nível econômico[1], atraente pólo para se investir. Ao ver o sucesso de *A Lista*, a grande imprensa penetrou no segmento, abrindo espaço para áreas até então vetadas. *A Lista* resistiu com editais da prefeitura, pequenos classificados, anúncios de falecimento e subsídios de políticos menores que não encontravam espaço na mídia dominada por Antenor e Portella. *A Lista* foi fechada em abril de 1964, apesar de ter apoiado os militares, e reaberta em 1970. O jornal mudou de mão, de ideologia, tornou-se reacionário, porta-voz de evangélicos que o abandonaram por uma emissora de televisão, e outra vez combativo, só que ganhou o apelido de camaleão.

Sua edição extra mostrava a primeira página dividida ao meio. Num lado, um homem ardendo em praça pública. No outro, Manuela, sorridente, com fio dental, na piscina do Regatas. O homem ardendo não passava de montagem grosseira feita por computador. No programa das onze da manhã, desagradável aperitivo para quem é corrupto, como anunciava, Iramar vociferou: vamos enfiar um *roto-rooter* nos esgotos da elite corrupta! A morte desta *socialite* será a chave da prisão para muita gente!

O povinho rejubilava-se. Os que contavam desligavam o rádio. Não que costumassem ouvir Iramar, porém, neste domingo, não havia informação, o jeito era tentar saber se de algum lado viriam novidades. O que tinha prometido ser um dia pacífico, com a competição de *jet-skis*, mudara. Telefonemas ansiosos. O telefone de Antenor dava ocupado. Mesmo os números secretos. Os fones deviam estar fora dos ganchos. Foram verdadeiras romarias em

---

[1] Essa eleição, forjada por uma importante revista econômica, custou milhões à prefeitura, declarou Adriano Portella. Fita 12, das gravações feitas em Miami.

direção aos clubes. Ali, reunindo trechos de cada um, teceriam histórias. Qual a verdadeira? Ninguém estava interessado. Nunca esteve. A verdade se usa segundo a conveniência, é admitida ou recusada se não nos serve.

 O acesso ao Jardim das Hortênsias mostrava-se cada vez pior. Os termômetros dos Alfa-Romeos registravam: temperatura exterior, 37 graus. E o funeral? Seria hoje? O corpo estaria liberado? Havia enorme curiosidade, todos se coçavam de vontade de ver o corpo de Manuela. Estava em casa ou ainda no Instituto Médico Legal? Antenor obstruíra as investigações? Olhar o cadáver. Manuela desfigurada? Com tal calor, a putrefação estaria começando. Afinal, ela tinha morrido na noite anterior. A que horas? Somente o legista sabia. Celulares ensandecidos. Não havia como ir para a frente, dar marcha à ré ou escapar pelas calçadas cheias de gente. O povo chegava, vindo dos subúrbios. Ver aviões no aeroporto, o programa usual, tinha sido esquecido. Fragmentos de conversa. A cancela do condomínio abria, a multidão murmurava, empurrava, apertava, pescoços esticavam, uns apoiados nos outros. Queriam olhar quem entrava ou saía.

 As pessoas arquitetavam uma forma de passar pelos seguranças e correr até a casa de Antenor para vislumbrar o mais esplendoroso jardim da cidade. Com seus labirintos de vegetação. Ver se era verdade que havia uma cascata. Natural em dias normais. Onde corria champanhe ou cerveja em dias de festa. E o tobogã de 760 metros que terminava na piscina com a forma de um abacaxi. Fora com ele que Antenor iniciara a fortuna, vendendo raspadinhas nas praias do Rio de Janeiro[2]. O jardim tinha sido desenhado por um paisagista do Rio de Janeiro, pago com verbas desviadas do INSS. Somente *A Lista* tinha divulgado esta informação e corria contra ela um processo, movido pelo advogado Bradío.

---

2) Há tantas versões que me perco. Nem se garante que Antenor tenha ido para o Rio. Há uma versão de que ele esteve preso em reformatório.

Não, nesta manhã não haveria gente nua na piscina, como se comentava. Manuela não estava viva para exibir o corpo aos amigos. E a gruta dedicada à Santa Luzia? Teria feito milagres, como afirmaram empregados, despedidos por contarem aos repórteres sobre as manhãs de domingo? Gruta erguida por Antenor, por não ter perdido a vista direita após os tiros que levou, logo depois que se casou com Manuela. Disparados pelo dr. Maciel, belíssimo e elegante naqueles anos, educado e cheio de boas maneiras, a tal ponto que era o responsável pelos cerimoniais da Prefeitura e da Associação Comercial quando vinham governadores, ministros – recebeu dois presidentes do Brasil – ou empresários estrangeiros.

Uma Brasília amarela, caindo aos pedaços, parou atrás do último carro da fila anunciando: pamonhas, pamonhas, pamonhas! Pamonhas de Piracicaba. O puro creme do milho! Vendedores de raspadinhas viam as barras de gelo desaparecerem entre xaropes verdes, amarelos, azuis e vermelhos. Os alto-falantes de um carrinho de cachorro-quente, no máximo do volume, tocavam *Geni*, do Chico Buarque, até que um segurança obrigou a desligar, é muito desrespeito.

Quimera vagou observando a turba. Muita gente o colocava em pânico. O cheiro de suor e de perfumes baratos, misturado ao fedor insuportável do restilo de cana-de-açúcar que vinha dos campos, o deixava enojado. Tinha pensado em escrever sobre a curiosidade que tragédias provocam nas multidões, mas desistiu, o suor empapava sua camisa, sentia-se mal. Pensou na sua utopia, o sonho de ser admirado, ter êxito. Olhava aquelas pessoas, sedentas do sangue de Manuela, e cogitava que, uma vez instalado no sucesso, necessitaria de toda argúcia e esperteza para se manter, porque no Brasil sempre se procura derrubar quem chegou lá, empregam todas as artimanhas. Talvez por pensar assim admirasse – sem o admitir – Antenor e suas empresas, os golpes que dizia dar, a vida que levava e, até ontem, a belíssima e estranha mulher que tinha. Agora, certamente, Antenor capitalizaria a emoção popular, viraria o jogo, se faria de vítima, porque tinha em Bride a melhor assessoria para chegar ao governo do Estado. Pedro sabia que Bride preparava um programa de modernização do país para ser gradualmente divulgado pela imprensa. Autoridade, abertura do Brasil ao capital estrangeiro, entrada no Primeiro Mundo, total desestatização eram pontos que vazavam ocasionalmente, chegando aos meios de comunicação nos momentos certos. Quimera decidiu ir para o Snooker. Andou um quilômetro a pé, até chegar a uma transversal e apanhar o ônibus. Atirou-se no banco com tal força que o cobrador chamou à atenção: qual é meu, vai depredar?

Diferente daquele condomínio classe alta[3], ilha superprotegida, o centro velho estava deserto. Passou pelos muros do Museu Lev Gadelha, pensou em entrar. Devia estar fresco, era o lugar mais acolhedor da cidade. Quimera era solitário freqüentador do museu, os salões viviam vazios. Pensava-se desativá-lo, colocá-lo na periferia, onde o metro quadrado valia pouco, para aproveitar o terreno monumental e erguer arranha-céus e galerias de minibutiques. O projeto existia, era uma cópia do La Defense, de Paris. O impedimento era o documento legal, muitíssimo bem-feito pelo escritório Hugo Fortes, um dos mais poderosos de Brasília. O velho milionário Lev Gadelha, apaixonado por ciências antigas, leitor de hieróglifos e do sânscrito, cultor do esperanto, fizera fortuna fabricando espiriteiras econômicas, vendidas para a Índia, China e países africanos. Doara o prédio e centenas de terrenos para a municipalidade, com a condição de por 120 anos nenhum empreendimento comercial

---

[3] Gueto. Aquilo é um gueto de luxo. São riquíssimos prisioneiros, argumentava Dorian Jorge Freire tomando suco de maracujá com vodca, que o fazia lembrar sua juventude em Mossoró. Onde ele nascera e para onde voltaria, decidido a assumir uma vida monacal. Só o ascetismo salva o homem, suspirava.

tomar posse deles. Mas uma assessoria jurídica, contratada por Antenor, Portella e outros empresários, buscava uma forma legal de romper o contrato.

Pedro tinha calafrios ao pensar que aquele casarão de trinta cômodos – corria que Lev Gadelha, que vivera anos no Egito, mantinha um harém –, paredes grossas, sempre fresco, com seu quintal repleto de árvores frutíferas, um anacronismo em pleno centro, fosse desaparecer debaixo de tratores. O terreno ocupava três quadras e Lev Gadelha construíra altos muros, cobertos de hera, entre uma quadra e outra, sendo que o jardim passava sob a rua, tudo tinha sido escavado, rebaixado. Quimera imagina quando as vitrines, que ostentam documentos, objetos da história da cidade, do Brasil e tanta coisa do estrangeiro, passarem a abrigar *jeans*, sapatos, calcinhas, sutiãs, bolsas, camisolas, calças, vídeos. Para onde irá o pequeno dragão chinês de quatro séculos que tem uma sala somente para ele? Objeto feito de platina e pedrarias que, fechado dentro de uma hermética redoma de vidro, sobre um pedestal de concreto, balança continuamente a cabeça, como que impulsionado por leve brisa. Pedro é dos poucos que ficam abismados diante deste mistério, ele se comove com tal preciosidade.

Chegou ao Taco de Cristal. Ele nunca tinha subido a este lugar, entre a Estação Ferroviária e o Teatro Municipal. Tocou a campainha, duas, cinco vezes. Ouviu um estalido, a porta se abriu. Velha escada de madeira, com corrimão trabalhado e ensebado, degraus gastos, conduzia ao andar de cima. Paredes de um vermelho remoto. De alguma parte vinha o som de uma ópera, *Carmem*, de Bizet, ainda que ele preferisse *Carmen Jones*, a versão de Otto Preminger, com Dorothy Dandridge[4]. Parou, lembrando-se de Dorothy com

---

[4] Em *CinemaScope*. Bizet foi adaptado por Oscar Hammerstein II. Uma das cenas de que eu, o autor, mais gosto, é a de Husky Miller, o lutador, cantando *Stan'Up an'Fight*.

uma rosa vermelha na boca, cantando *Dat's Love*. Por um segundo pensou na atriz morrendo de câncer, tão jovem ainda. Diante dele, parada, uma criatura gorda, de olhos muito verdes, barrando o caminho, desconfiada.
– Quem és? Está fechado. Hoje é domingo!
– Quero falar com o Padrinho, sou repórter.
– Ele está fumando sua cigarrilha número 6, só atende depois de acabar. Fiques aí! Não subas um degrau, nem um, ou conto para ele e ele não te recebe! Não conheces o Padrinho!

Subiu mancando e soltando peidos. Demorou e ao voltar trazia uma caneca de chope na mão. Venhas, autorizou. Pedro entrou no salão. Nunca imaginou que fosse tão grande. Uma vez leu uma reportagem ufanística sobre Arealva que citava o Taco de Cristal como semelhante ao Salão dos Espelhos de Versalhes. Pedro tinha prometido conferir, se um dia fosse à França. Espelhos descascados, cobrindo a imensidão das paredes, presos a molduras cusquenhas, lustres empoeirados, um quilométrico balcão de mogno digno de clube inglês. Atmosfera *art déco*. Garrafas vazias, a maioria de pinga, Fogo Paulista, Licor de Ovos, Kimmel, Old Eight, vermute, Jurubeba, conhaque e cerveja, sobre prateleiras que, remotamente, foram prateadas.
– O Padrinho?

A mulher resmungou, apontando o velho que fumava encostado à janela que dava para o Velho Mercado Municipal. Ficou a observá-lo, depois curvou-se, apanhou um pano, enfiou num balde, começou a esfregar o chão. O pano era mais sujo que o assoalho carcomido.
– O que quer, garoto?
– O senhor é o Padrinho?
– Para quem me conhece! Quem não me conhece me chama pelo nome.
– E qual é?
– Só depois de me conhecer. O que quer?

— Conversar sobre Manuela.
— Conversar o quê?
— Disseram-me que este foi o primeiro lugar da cidade onde ela entrou, quando chegou.
— E daí?
— Daí que o senhor a conheceu bem, tem muitas informações.
— E para que estas informações?
— Para o jornal! Sou repórter. De *O Expresso*.
— Ah, o Luisão te mandou? Por que não escreve sobre ele? É mais interessante. Te ajudo. Sobre isso sei muito! Se as fofocas correm no Noite do Cristal, também correm por aqui. Gente diferente, claro. Muito antes que a polícia descobrisse o corpo, já se sabia aqui que Manuela estava morta. Escreve sobre o Efrahim. Vai ver ele soprou ao Luisão para você vir aqui. Por que nunca nenhum judeu da cidade implicou com o nome do café?[5] Se bem que não há muitos judeus nesta cidade.

Pedro estava incomodado. O Padrinho exalava estranho cheiro, indefinível. Tinha olhos de rato, parecia muito velho e ao mesmo tempo exibia uma rigidez que impressionava. Há pessoas que espalham mal-estar em volta, sem que saibamos determinar o que é. Voz seca, autoritária, o Padrinho olhava direto nos olhos de Quimera.

— Me diz! Manuela! Como morreu?
— Assassinada.
— Desembucha! Com tiro, facada? Envenenada, estrangulada, enforcada, com porrada, paulada, machadada, atropelada, estuprada? E o que eu tenho com isso? O que o Luisão pretende? Ele é assim (esfregou dois dedos, um no outro) com o Efrahim, o dono do Café. Estão armando para mim. Como ela morreu, essa Manuela?

---

[5] Até que enfim um alerta sobre o nome do Café.

Pedro não tinha nenhuma resposta, só pensava em pamonha. Era hora para se pensar nisso?

2

O Taco de Cristal era frio, como se tivesse ar-condicionado. Cheirava a cigarro, álcool, corpos amanhecidos e suados pela tensão do jogo na ansiedade de encaçapar a bola definitiva. Tudo parecia velho. Até as paredes ostentavam estrias, como varizes prontas a estourar.

– Lindorley, me tira um chopes. Colarinho alto.

A faxineira manca virou-se com expressão de fúria. Retirou o pano molhado do balde, esparramou água pelo assoalho de tábuas largas.

– Sabes que odeio tirar chopes!
– Ninguém te perguntou! Traz dois. Para mim e para o...
– Pedro.
– Me dá alergia tirar chopes. Já faço muito de trabalhar no domingo!

O Padrinho foi até Lindorley, deu-lhe dois pescoções, puxou-a pelo cangote e colocou-a diante da chopeira. Pedro Quimera incomodado. Havia lugares nesta cidade que ele jamais desconfiou existir. Ouvia falar do Padrinho, mas era tudo vago, referências a coisas acontecidas que não lhe diziam respeito, ligadas a contravenções, violência, sacanagens. Até então o Padrinho era um personagem distante, pertencente a outro mundo, ele jamais pensara em se aproximar. O Taco de Cristal, mesmo na sua deterioração, localizado como estava num lugar poluído e sujo, estava voltando à moda, freqüentado pela gente que contava, na onda de nostalgias e *revivals*. Elegantes ali estavam à noite e as fotos das colunas sociais registravam um *background* com malandros e marginais que pareciam se divertir. Até a Vogue tinha ligado, reservando o lugar para uma locação, pretendiam trazer Cindy Crawford e Gisele Zeluaye até Arealva. O Padrinho era incômodo e ao mesmo tempo fascinante. Parecia bêbado ou estaria drogado?

– Só falta agora colocares na vitrola o Nati Quingue Coli cantando Facinêichon, aí completas sua maldade. Você é mau, Padrinho!

– E você uma porca fedorenta, mal-agradecida. Devia beijar minha mão!

– Mão de lepra, hás de pegar lepra, Padrinho, hás de pegar câncer. Tuberculoso do cacete. Aids. Só Aids te mata!

– Ela é assim, mas tira o melhor chopes da cidade!

Pronunciava no plural, devia ser um paulistano, ainda que arrastasse os esses como um carioca. O repórter teve a sensação de que os dois tinham prazer nesta agressão mútua. Um jogo cujas razões somente eles sabiam. Talvez nem soubessem. Eram assim e se acabou. O problema é que vivemos procurando justificar cada ato, gesto ou palavra. Essa gente não. Vai vivendo, sem se preocupar. O chope veio e Lindorley tinha uma dócil agilidade acrobática ao segurar a bandeja, mancando acentuadamente. Dava a impressão de um marinheiro bêbado. Padrinho tomou um gole, arrotou, desculpe, bateu o copo, saudando o companheiro. Ficou olhando para a faxineira, como se esperasse alguma coisa mais.

– O que é? O que tem hoje?

– Nada. Pensando em como te matar. Despejando óleo fervente nos buracos do teu nariz.

– A cadeira, cadela! A cadeira!

– Domingo não tenho que carregar a cadeira.

– Domingo de visitas, tem!

Ela resmungou, deu a volta pelo balcão, voltou com uma cadeira Taunay, a palhinha do assento resplandecendo de nova, e colocou. O Padrinho sentou-se, ela ficou ao lado.

— Então, Pedro?

E agora? O que vim fazer aqui?, pensou Quimera. Deveria ter perguntado antes. Mas onde, a quem? Não tinha idéia de qual poderia ser a relação entre Manuela, Antenor e este homem decrépito que vestia uma roupa que tinha sido de boa qualidade, só que agora cheia de manchas de cinza de cigarro e buracos de queimados. Pareciam pertencer a mundos tão semelhantes quanto uma freira e um rinoceronte. Pela janela veio o som de um piano. Alguém fazendo escalas, repetidas.

— Lindorley! Desce e diz àquela maldita porca que vou dar um tiro no caralho do piano dela, não agüento mais, é dia e noite, quatro filhas, e a mãe obrigando todas a tocar piano, o que pensa essa cadela?

Falava rápido, atropelando palavras, espumando, saliva misturada a espuma cremosa do chope. Muito bem-tirado pela Lindorley. Vou ficar bêbado, mas tomo outro, cogitou Pedro, que começava a gostar deste homem, considerá-lo[6]. Uma pessoa não-comum, nesta cidade de pessoas normais, iguais e repetitivas, como as escalas que fugiam aterrorizadas do piano, refugiando-se no interior do Snooker.

— Diga! A que veio? Por que é tão calado?

— Por que Manuela veio primeiro a este lugar, quando chegou? O senhor a conhecia?

— Nunca tinha visto. Subiu aqui porque era o seu destino. Como foi seu destino morrer ontem.

Calou-se, abaixou a cabeça, como se estivesse dormindo ou em profunda concentração. Passaram alguns minutos, Pedro sem saber o que fazer, um tanto atemorizado.

— E o que havia aqui, todas as tardes? Ela jogava *snooker* num tempo em que era jogo só de homem. Falavam dela?

---

6) Curioso como estas coisas acontecem. Como explicá-las?

— De quem?
— De Manuela.
— O que tenho a ver com Manuela?
— O senhor ia me contar de quando ela chegou.
— Não ia contar nada, nada tenho a contar. Perde seu tempo aqui.

O Padrinho respirava pela barriga. O silêncio voltou, prolongado, constrangedor, como dois colegiais no primeiro encontro. Quimera atirou no que não viu. Não havia outra chance senão arriscar.

— Tive uma informação de que o senhor sabe onde está o Engraxate Noturno.
— E por que devo saber onde está o corujão das graxas?
— Dizem que se escondeu.
— Viu, irmão, como você fala? Tive uma informação. Quem deu? Dizem que... Quem diz o quê? Pensa que sou basbaque? Que me leva nesta? Você veio buscar alguma outra coisa. Qual é?

Ele me dobra fácil, admitiu Pedro, agora sem se perturbar. Vou maneirar como der; se não der, azar! A reportagem que vá para o inferno, nem sei se quero ser repórter.

— Lindorley! *Fascination!*
— Põe você!

Ela atirou o disco, um velho 45 com um enorme orifício central. O Padrinho mostrou agilidade. Levantou-se e encaixou o disco, como bom goleiro.

— Qualquer dia te quebro a outra perna.
— Faz anos que espero por isso, assim me alivias de vez!
— Abre o jogo, irmãozinho.
— O que o senhor sabe sobre a Manuela?
— O que haveria de saber? O que todo mundo sabe. Uma perua. Uma bela mulher. Inteligente, esperta. Um anjo

que teve as asas quebradas pelo Antenor. Tinha um tornozelo maravilhoso, torneado na Ford, só podia ser lá. Como é que o jornal disse outro dia? *Climbing* social.

Pedro espantou-se. O homem tinha pronunciado com perfeição. Sem o mínimo sotaque. Como alguém que conhece a expressão realmente usada por um jornal. Pedro estudara na Alumni e conhecia inglês o suficiente para perceber nuances.

— Passei pelo Noite do Cristal, o Efrahim me disse que aconteceram coisas estranhas no Snooker, quando ela chegou à cidade.

Pedro adorava inventar, criar em cima das situações. Havia alguma coisa que homens da cidade como Luisão, Efrahim e o Padrinho sabiam. Alguma ligação secreta entre fatos. E eles tinham prazer nisso. No deter esse conhecimento. Como os sacerdotes egípcios que possuíam o saber e, fazendo o jogo, mantinham o poder. Pode dar uma confusão danada, refletiu Pedro, embalado pelo chope. Estava de estômago vazio e queria outro. Decidira jogar, sem saber que jogo, sem conhecer as regras. O Padrinho caminhava pela sala, Lindorley atrás, mancando e resmungando, carregando a cadeira. Pedro considerava a cena um tanto estranha. Quando o Padrinho ameaçava sentar-se, ela, mais que depressa, colocava a cadeira estrategicamente. Não se olhavam.

— Mataram Manuela, Lindorley!
— Mataram? És mentiroso, filho do cão com macaco.
— Assassinaram, bem-assassinada.

Lindorley guinchou e correu pela sala, apanhando bolas de sinuca soltas pelas mesas e atirando contra o Padrinho. Pedro Quimera teve de se abaixar, uma daquelas bolas podia estourar a cabeça. Os espelhos manchados estilhaçavam, garrafas se partiam nas prateleiras. Curiosamente, nenhuma bola atingiu o Padrinho, não pareciam destinadas a ele, eram uma explosão de dor ou raiva.

— Sua escrota de uma figa! Agora chega!

O Padrinho tinha um pequeno revólver nas mãos, cano curto, cabia na palma. Lindorley aquietou-se, foi para o balde enfiando e retirando da água o pano sujo. O Padrinho voltou-se para Pedro, como se nada tivesse acontecido.

— Devia publicar a história do Efrahim! Interessante, irmãozinho, bem interessante. Então ele contou? A Manuela vinha? Veio. Eu não gostava de mulheres aqui dentro. Nunca tinha entrado nenhuma. Podia dar azar aos jogos. Depois apareceu a ceguinha do taco, e então Manuela com a enfermeira.

— Quando foi isso?

— Foi... foi... Lindorley, outro chopes!

O Padrinho, de repente, perdeu a postura alquebrada e esticou-se na cadeira, como um boneco se distendendo. Era um homem alto. Os olhos adquiriram uma vivacidade espantosa, ele atirou o toco do charuto pela janela. Agora, duas irmãs deviam estar estudando juntas, tocavam *Pour Elise*.

— Você não é esperto, irmãozinho. Efrahim não te disse nada. Não podia dizer! Você não é repórter! Você é tira! Um filhodeumamãe de um tira nojento querendo me entrutar nessa história de Manuela. Tem sujeira atrás, mas vá atrás do cara certo!

— E quem é o cara certo?

— Descubra.

— Confesso, não foi Efrahim! Saquei de uma conversa na porta do Baleia de Coral, semanas atrás.

— Baleia, Baleia. A turma que freqüenta lá é mais bandida que os pés de chinelo que aparecem aqui para jogar Vida.

— Por que não continua a me contar sobre Manuela? Sinto que isso faz bem para o senhor.

— Faz bem! Faz bem! Como faz bem? O que sabe de mim? Nunca me viu!
　　Contudo, o Padrinho não parecia irritado. Continuava excitado e Quimera sentia que acertara uma tacada, apenas não tinha noção por onde continuar. Havia alguma coisa envolvendo este homem e, se Pedro fosse hábil, não perdesse a lucidez e conseguisse manobrar, estaria cavando o túnel na direção certa. Túnel. Como adorava filmes em que as pessoas cavavam túneis para escapar.
　　— E Antenor?
　　— O que tem Antenor?
　　— Vinha aqui?
　　— Nunca veio! É um bostela encardido. Metido a sebo. A ser o que nunca foi.
　　— O senhor parece odiá-lo.
　　— Ele não existe. Não circula na minha. Para que falar do Antenor?
　　— É o marido, um figuraço. Suspeito.
　　— Acha que vão pôr as mãos nele? Um futuro senador!
　　— Senador? Vão indicar o Portella, todo mundo sabe, ele tem força no interior, no partido, o governador apóia, o presidente vem para a campanha. Quanto ao Antenor, os jornais de São Paulo começaram a mostrar quem ele é, as obras superfaturadas quando esteve na prefeitura, na Secretaria de Obras, na presidência do Metrô.
　　— Portella vai renunciar.
　　— De onde tirou isto?
　　— Quanto quer apostar? O que sabe das jogadas?
　　— Nunca ouvi falar.
　　— Jornalista babaca!
　　— Estou começando.
　　— Terminando.
　　Talvez ele tenha razão, pensou Pedro. Nem sei por que entrei naquele jornal, não é o que quero fazer. Só que não é hora de puxar problemas existenciais, neste domingo,

neste lugar, com a faxineira manca trazendo outro chope gelado e carregando a cadeira de lá para cá. O outro nem olha, simplesmente senta-se e a cadeira tem de estar ali. Nunca pensei que aqui pudesse ter um chopinho tão bom.

— Faz uma coisa, irmãozinho! Vai saber como a Manuela morreu e vem me contar. Você não sabe, ninguém sabe. Pode ter até a certeza! Olhe o que vou dizer, eu conheço bem esta cidade, as pessoas, conheço Antenor.

Admitiu. Tenho que anotar isto, pensou Pedro Quimera.

— É, conheço todo mundo, os sacanas que existem aqui, e não existe um único que se salve, um sacana conhece outro. Preste atenção, ouça o que vou te dizer sobre a morte desta pobre Manuela.

3

O Padrinho, exaltado, olhava pela janela o movimento em torno do Velho Mercado, com os pontos de ônibus clandestinos e o comércio de troca de sapatos usados. Ao virar-se para o balcão, Pedro Quimera surpreendeu o olhar vidrado de Lindorley acompanhando os movimentos do Padrinho. Seguia-o como uma câmera apaixonada.

— Anote. Onde está o bloco?

Tinha uma expressão mordaz, como se não acreditasse em Pedro, estivesse a gozá-lo. Quimera, diante de um Padrinho atônito, tirou o lápis, gostava de escrever com um Johann Faber nº 2, a ponta grossa correndo rascante pelo papel. No jornal, todos usavam gravador, alguns levavam o *lap-top*, escreviam direto. Pedro ainda não se adaptara, confundia arquivos, janelas, não sabia editar, deletava páginas inteiras prontas.

— Ninguém, irmão! Ninguém. Ninguém vai saber como Manuela morreu. Vão encobrir tudo.

— Não dá mais! A notícia correu!

— E desde quando eles ligam para notícias? Para o que é que eles ligam? No que deram todas as denúncias, inquéritos? Pois todos não sabem das contas fantasmas?

— Não é mais assim. A coisa está mudando, desde o *impeachment* do presidente.

— Que *impeachment*, que nada! Ainda demora muito para se tirar o poder de fogo dessa gente. Eles voltam, ressuscitam.

— O senhor está por fora, vivendo dentro deste Snooker.

Até então o Padrinho estivera de costas. E virou-se movido por mola. O corpo rijo, estirado, pronto para explodir; assustador. Pedro recuou, por que tenho a língua mais rápida que o bom senso? Bem me diz o Luisão. O Padrinho, com ar dramático, ergueu os braços. Como Charlton Heston-Moisés diante do mar no filme *Os Dez Mandamentos*, o filme que Pedro via, quando foi chamado à redação, na noite passada.

— Nem em mil anos! Nem em mil anos você conhecerá o que conheci!

Um ar astuto correu ligeiro pelas suas faces, como uma cobra escapulindo para a toca.

— Ele é mau, menino! Vais-te embora! Ele é mau. Para que viestes?

Lindorley, alvoroçada, corria de uma ponta a outra do balcão, guinchando, agitando o pano de chão, esparramando água suja por todos os lados.

— Vais-te, Vais-te! Quando ele fica transtornado, o mundo pode acabar.

— Cala a boca, pá do rabo.

— Não faças nada para o menino. Não faças!

— Quem disse que vou fazer?

– Já vi esse teu jeito! Vi muitas vezes. Quando fica assim, ninguém te segura.
– O que está dizendo? Quer a Mansão Floral, quer?
No mesmo instante ela se aquietou, foi para um canto do salão, sentou-se numa banqueta, a imagem refletida no espelho embaçado. Tinha levado o balde e chorava mansinho. Que dia!, pensou Pedro Quimera. Onde tinha se metido? Andava tudo estranho na cidade, a atmosfera era pesada, como nos piores dias, quando todas as quarenta fábricas, de todos os sucos, lançavam ao ar mil cheiros de frutas ácidas e uma neblina espessa envolvia os edifícios, como o antigo *fog* londrino. Estava magnetizado. O Padrinho colocou as mãos em seus ombros. Eram pesadas.
– Eu devia ter morrido há muito. Para não ver este dia.
Pedro arriscou:
– Da morte de Manuela?
– Dia amaldiçoado! Amaldiçoado seja Antenor!
– Você o odeia, não é? Por que não me conta?
– O Engraxate passou por aqui de madrugada.
Calou-se. Por um momento, Pedro teve a certeza de que se encontrava diante de um ator que sabia colocar bem suas falas. Frase a frase, aguardando o resultado, sondando o efeito. E aquela faxineira? Que coisas dizia?
– E por que sumiu?
– Porque vai morrer, depois do que viu.
– Afinal de contas, o que ele viu?
– Antenor saindo do carro.
– Mas ele estava na conferência. Foi visto na Baleia, no aeroporto, no restaurante do hotel.
Mesmo em seu alheiamento, Quimera percebeu uma indecisão sutil, um brilho maldoso nos olhos do Padrinho. Lampejo momentâneo. Como se estivesse satisfeito ao passar aquelas informações. Falsas ou verdadeiras?
– E foi visto saindo do carro.

— O que o Engraxate estava fazendo naquela farmácia? Vai ser a palavra dele contra a de todos os poderosos.

— O Engraxate é uma chance para os inimigos de Antenor. Não vão deixar escapar. Se uma turma encontra o homem, ele está perdido. Se for a outra, estará salvo.

— E o senhor, de que lado está?

— Do meu!

— E qual é o seu?

— O do dinheiro.

— Seria capaz de vender o Engraxate para qualquer dos lados?

— Qual é? Você, com a tua reportagem, também vai entregá-lo. Qual a diferença? Vale muito. Só que me escapou. Estava assustado, demais.

— O songamonga tinha idéia de onde se meteu?

— De songamonga não tem nada. Não conhece o Engraxate!

— Tem idéia para onde foi? Onde mora?

— Vizinho à rodoviária, ao lado daquele alemão que faz regadores de lata.

— Hans das Enchentes? O doidão que quebrou todas as janelas do Noite do Cristal?

— Que doidão? Ele sabia porque fazia. O nome do Café era uma provocação para ele. Não bastasse o que sofreu na Alemanha, ainda viu a mulher morrer na enchente de 1959. O rio arrastou a cama, eles flutuaram por quilômetros, à noite, o coração dela não resistiu ao medo, estourou. Por que não escreve estas histórias da cidade?

O Padrinho desapareceu por uma porta ao lado do balcão. Demorou e voltou com um bule e xícaras, ordenou à faxineira manca: vai ver se o Gullão abriu, traz rosca doce, com açúcar cristal em cima. Um bom café, admitiu Pedro Quimera, esfomeado. As roscas eram tranças quentes, com uma camada de açúcar cristal por cima do verniz de ovos. A manteiga derretia e escorria pelas mãos. Comeram sobre a mesa de bilhar, o feltro verde coberto por irrepreensível guardanapo de linho bordado. O Padrinho tinha requintes. Lindorley emborcava uma caneca de chope espumante.

— Te levo. Me dá meia hora, então a gente vai atrás dele. Volte às dez em ponto. Detesto atrasos. E não me chegue antes, detesto adiantamentos.

O que ele vai fazer nesta meia hora?, pensou Pedro. Saiu, o sol peneirava, provocando miragens fugazes, como se o asfalto estivesse molhado ao longe. A Rua XV de Novembro — Quimera implicava com a quantidade de datas históricas nas ruas da cidade, comemorava-se tudo — ensolarada e vazia. Ninguém descia para o centro velho aos domingos. Mendigos dormiam nas soleiras das portas, debaixo das marquises dos bancos, muito chumbados para dormir com tal calor. Numa esquina, bóias-frias esperavam condução, traziam sacos amarrados pela boca e cantavam um sucesso sertanejo. Ele foi até o Belvedere da Nina, construção de granito rosa, numa curva do Tietê. Sentou-se num banco debaixo de chorões. Dali, uma noite, uma gata siamesa chamada Nina, no cio, tinha se atirado ao rio, numa história que comoveu a cidade. Desde então, há quinze anos, a dona senta-se no banco, todas as noites, à espera da gata.

As águas espumavam, poluídas. Quimera estava satisfeito por estar no caso. Sentia-se detetive. Philipe Marlowe, Inspetor Chafik J. Chafik, o pequenino Jo Car, das Filipinas, Rex Stout, Ellery Queen, Hercule Poirot, Sam Spade. Este devia ser um caso simples para alguém com experiência. Antenor matou Manuela e forjou um álibi. Como descobrir alguma coisa, sem saber como a mulher foi morta? Não tinha idéia de como conduzir uma investigação, interrogar uma pessoa, relacionar o que com o que, quem com quem. Tinha visto Manuela na Farmácia dos Porquês e ficara fascinado com a beleza de seus braços fortes[7], a pele morena, lisa

---

7) Às vezes, por acaso, Yvonne quase o estrangulava na cama e ele sentia prazer enorme ao se ver sufocado. No entanto, tinha vergonha de confessar, pedir que ela repetisse, não era coisa normal.

como o quê? Como uma bola de bilhar? Ele nem achava bonitas as bolas de bilhar.

4

Quando voltou, o Padrinho estava na porta. Apanhou Quimera pelo braço e caminharam debaixo do sol. Nuvens apontavam no céu, cairia outra chuva à tarde. No Estacionamento dos Artistas, a Vemaguete reluzente estava debaixo de um telheiro de zinco. O povo deu este nome ao estacionamento porque o fundo era a parede lateral de um supermercado macro, antigo cinema *drive-in*. Ali ainda estavam os rostos desbotados de artistas dos anos 50, pintados por mestre Gentil: Maureen O'Hara, Deborah Kerr, James Dean, Zia Santana, Tyrone Power, Burt Lancaster, Marlon Brando, Tony Curtis, Anselmo Duarte, Eliane Lage, Dadá Zebalos.

— Belo carrinho, bem-conservado!

— Gosta de carros? Quer ver minha coleção? Ouviu falar no meu museu? Comprei aquele armazém de café perto da Focal, tenho coisas preciosas, raras.

Há uma cidade que não conheço dentro desta cidade, pensou Pedro. O domingo saía melhor que a encomenda. Yvonne nem tinha idéia do que estava acontecendo. Ia passar pela *kitchenette*, ela adorava churrascarias-rodízios que cheiravam a gordura, nas quais a gente passa mais tempo recusando espetos que comendo. Ficaria puta da vida, ela ficava puta por tudo e por nada. O carro estava insuportável, abriram todas as janelas, o ar que entrava era igualmente quente. O Padrinho acelerou, entrou na Free-Way 37[8] a toda

---

[8] Free-Way. Idéia de um vereador que foi aos Estados Unidos visitar a Disneylandia e adorou o termo *free-way*. Viajou à custa do erário público. Erário? Nossa!

velocidade possível para a Vemaguete. O Padrinho dirigia bem, a cigarrilha nº 6 no centro da boca, presa entre os dentes. Subiram pela Colina do Coentro, onde migrantes do Espírito Santo tinham feito um cinturão de hortas, penetraram numa ruela, o carro virou para a direita, esquerda, esquerda, direita, seguiu. Como se estivessem seqüestrando alguém e necessitassem desorientar.

– Não foi Antenor quem matou Manuela.
– Quem matou, então?

Pedro Quimera, inquieto. Via-se com um furo de reportagem nas mãos. Transformado em herói, comentado em todas as rodas, apontado pelos clientes do Noite do Cristal. O Café poderia ser mais barato, para que ele pudesse freqüentar com Yvonne. Descobrindo a trama em torno da morte de Manuela, ela deixaria de considerá-lo fracassado e preguiçoso. Discutiam sobre isso e ela jogava na cara dele que aos 30 anos muitos americanos já tinham feito milhões de dólares. Numa destas discussões que começavam a irritá-lo, Yvonne dissera: não precisa ir longe, não! Quando Antenor chegou à cidade, vinha com dinheiro. Sabe como começou, quando estudava no Rio de Janeiro? Levava regadores de água doce para a praia e dava banho nas pessoas, tirando a areia e o sal do mar. Com uma escovinha limpava os pés das mulheres que iam entrar nos carros. Assim ele juntou dinheiro. Pedro retrucou: pois todo mundo sabe que ele ganhou dinheiro denunciando pessoas em 1964. Havia uma organização de empresários que pagava por cada preso ou morto. Coisas sussurradas, jamais demonstradas. Nada comprovado. Houve presos que mais tarde, durante a Abertura, nos anos 80, entraram com processos, porém Antenor safou-se e processou acusadores. Um, Adriano Portella, descendente de espanhóis, dono do monopólio de carros usados na região e o maior empregador de mão-de-obra coreana clandestina, recorreu, ganhou. E reprocessou Antenor. Que tinha bem-montada máquina de assessores que lubrificavam mãos de políticos, usavam *mailings*, dossiês sobre inimigos, gente infiltrada nas administrações, secretários de Estado que deviam favores. Manuela estava incluída entre os favores, era o comentário.

    Adriano em seu segundo mandato como deputado federal queria disputar o Senado ou o governo do Estado. Estendia sua base política por todo o interior. Tinha se indisposto com Antenor ao dominar a prefeitura da cidade e metade da Câmara. Lutava-se pela outra metade. Em público, eram jurados de morte. Nos bastidores, davam-se bem, dividiam territórios. Ou seria o contrário?

    Pedro Quimera tinha o costume de viajar com o pensamento. Embalava e disparava, era preciso um beliscão de Yvonne para trazê-lo de volta.

    – Não sei, não sei...

    O Padrinho gritava, Pedro se recuperou, assustado. E se estivesse dirigindo? Poderia bater, causar acidente feio. Por sorte, não dirigia, sempre deixava para amanhã. Para que dirigir se não tinha carro?

    – O que não sabe?

    – Quem matou Manuela.

    – E por que garantiu que não foi Antenor?

    – Porque o filhodamãe era apaixonado demais por ela.

    – Quem te contou?

    – Você é jornalista. Revela as fontes? Então? Digamos que sei!

    – É a sua palavra. Por que acreditar?

    – E quem pediu para acreditar? Você perguntou, respondi. Se quer acreditar é problema teu. Não te conheço, não tenho interesse em jornal. Você quis saber!

    – Falavam dos dois.

    – Falam de você, de mim, do padre, do papa, do cachorro. O melhor produto desta cidade é a falação. Se pudesse exportar, como sucos, soja, cerveja, o equipamento pesado que andam fabricando, seria o maior PIB do Brasil.

Vivem uns para os outros. Se os outros não existissem, seria uma desgraça. Os outros dão a nossa identidade.

Puxa, falar em identidade. Será que estou no bar com a turma da Yvonne? Parece que o Padrinho leu Sartre, pensou Pedro, que tinha descoberto *A Náusea* e *O Muro*. Atrasado com a vida, atrasado com as leituras, comentou a namorada. Esta gente foi lida nos 60. Está faltando você tomar LSD e fazer desenhos psicodélicos.

— Ninguém sabe o que se passava no interior daquela casa imensa. A casa vivia fechada. Só moravam os dois ali. Fechada desde que o filho deles morreu. Uma tragédia.

— O senhor fala como se fosse íntimo.

— Tudo me chega no Snooker.

— Ela freqüentou o Taco um tempo, a cidade inteira sabe, viu, tem gente que jogou com ela.

— Volta ao assunto? Vai entrevistar essa gente.

— O senhor jogou muito com ela, naquelas tardes?

O Padrinho não respondeu. Continuou dirigindo. Tiveram que dar uma grande volta. Numa rua havia feira e cheiro de peixe no ar. Uma avenida fechada, destinada ao lazer, cheia de gente dançando, patinando, praticando o *skate*, camelôs vendendo cachorro-quente e todo tipo de tralha. Uma feirinha de antiguidades, amontoado de móveis de segunda e terceira mão, eletrodomésticos com *design* anos 50 e capotes pesados. De onde vieram estes capotes, imaginava Pedro, se a cidade é tão quente, jamais tivemos um inverno? As mãos do Padrinho se mostravam tensas ao volante.

— Antenor foi levado à Baleia, ontem, por Manuela. Havia quinhentas pessoas na porta, quando eles chegaram no carro azul-turquesa, inconfundível. Chovia um pouco e, mesmo assim, Manuela desceu para cumprimentar amigas, elas insistiram para que Manuela ficasse, ia ser divertido. Ela riu, disse que bastava Antenor gostar tanto de dinheiro. Ela

preferia outras coisas. Riram e os que estavam em volta ficaram supondo que coisas seriam.
— Detalhe demais.
— Eu estava lá. Fui à conferência. Quando Manuela desceu do carro, eu estava ao lado. Antenor entrou na minha frente, ela se foi, seu carro bloqueava o trânsito, um guarda veio pedir que ela, ao menos, encostasse.
— O senhor assistiu à conferência sobre a Ciência Fautória?
— Me acha um ignorante? Bronco? Posso até ser. Mas me diverti muito. Confesso, não fiquei até o fim. Você, meu rapaz, acredita nos anjos? Nos magos?
A Vemaguete contornou a rodoviária, atravessou os trilhos da Estrada de Ferro desativada, entrou numa ruela de paralelepípedos irregulares. O Padrinho resmungou, vai me desregular o carro. Chegaram a um portão com batentes de plástico. No quintal da minúscula casa vizinha um grupo cantava e lia a *Bíblia*, os homens de terno e gravata, suando, as mulheres com os cabelos pela cintura. O Padrinho empurrou o portão, havia um caminho lateral cheio de mato, uma torneira aberta, uma poça de lama. Um cachorro amarrado a uma corda estava morto, com uma mancha de sangue. O chato latiu para a pessoa errada, disse o Padrinho. A casa fechada. Rodearam, de dentro vinha o som da televisão ligada, o locutor explicava como raspar cascos de bois atacados por doença.
— Fechada. O Engraxate não viria para cá. Só parece maluqueto!
O Padrinho e Quimera experimentaram portas e janelas. Travadas. Foi quando viram os pés de um homem saindo de uma touceira de erva-cidreira, nos fundos do terreno. Touceira grande, velha, de folhas amareladas. Era um quintal de vinte metros de fundo e a touceira ficava num canto, ao lado de um monte de tijolos enegrecidos, cobertos por arbustos e ervas daninhas.

Pedro não esperava deparar com um cadáver, não estava no programa. Sentiu ligeira tontura, talvez fosse o sol. Respirou um pouco ao passar debaixo de uma ameixeira cheia de flores e de abelhas. Num dos galhos havia uma caixa de engraxate, velha, apodrecida.

— Será que o pegaram?
— Vai o senhor na frente!
— Qual é, bostela? É um homem deitado. Nem sabe se está morto. É pior um homem vivo, não conhece o ditado?

No quintal ao lado, todos cantavam com vozes esganiçadas, dando aleluias e graças ao Senhor. Deus seja louvado. Que nos leve para a salvação eterna!

— Estou na sombra.
— Como pode um cagão investigar? Querer saber de um crime e ter medo? Nem tem idéia de onde está entrando.

Ou ele sabe muito, sabe tudo, e nem posso imaginar como, ou é um fantasista, mistificador, se divertindo. Respirou fundo, sentia ânsias de vômito. Foi necessário afastar com cuidado as folhas da erva-cidreira. Cortavam como lâminas. O rosto do homem estava para cima, os olhos abertos embaçados. No peito, furos. Quimera não podia dizer se eram de faca ou tiros, jamais tinha visto o cadáver de um assassinado. Só em filmes.

— Quem diria? A cidade vai ferver mais ainda. Olhe só!
— É conhecido?
— Olhe bem! Claro, conhece. Saiu muito no seu jornal.

Pedro, mais calmo, rodeou, olhou o rosto de frente. Claro que era conhecido.

O General se Foi
aos Seis Minutos da Valsa

A morte altera a expressão das pessoas. Pedro Quimera lembrou-se de que, no velório de seu pai, não o reconhecera no caixão, o rosto amarelado. Era outra pessoa, com vagos traços familiares. Até o dia em que, ao acordar com violenta ressaca, viu um rosto massacrado no espelho. Não era o seu. Mas sim o do seu pai. O mesmo rosto do caixão.

– Dr. Maciel!

Os cânticos cessaram no quintal vizinho. A voz metálica de um homem ressoou: o ímpio aceita um presente debaixo do manto, para distorcer o direito.

– Provérbios de Salomão, definiu o Padrinho.

– Conhece a *Bíblia?*

– Anote: Salomão puro. Se estiver errado, te dou dois litros de uísque. Knockando. Puro malte escocês.

Moscas zumbiam sobre Maciel. Um cachorro atravessou a cerca, começou a lamber o sangue da ferida maior, perto do estômago. Estava coagulado, o animal não conseguiu muita coisa. Levou um pontapé do Padrinho, saiu ganindo. Ouviu-se do outro lado, amém, Jesus.

– Por pior que fosse, Maciel não merece um vira-lata lambendo seu sangue ruim.

O que estaria o médico fazendo aqui?, refletiu Pedro. Há muitos anos o homem deixara de clinicar, não se sabia do que vivia. Desaparecia por uns tempos, retornava, as roupas puídas. Porém, jamais deixara de usar a gravata e muitas noites era visto com o jaleco médico na Choperia do Lombardi, célebre por uma serpentina de 29 metros que girava em espiral através de blocos de gelo. Por muitos anos, depois que fora proibido de clinicar, o dr. Maciel rondara o sobrado elegante, cercado por jardins, onde mantivera o melhor consultório da cidade. Hoje, empresa de informática, a primeira que trouxera computadores para a cidade, pertencente ao grupo Antenor. Certa tarde, bêbado, Maciel subira ao segundo andar, entrando na sala que tinha sido a sua. Ali, onde recebia as melhores clientes da cidade, era um *show-room* climatizado. Maciel atirou ao chão equipamentos delicadíssimos até ser dominado pelo segurança. Antenor livrou-o da cadeia, nenhuma queixa foi registrada.

    Tinha sido o melhor bailarino. As mulheres do Regatas, do Tênis e mesmo do Getúlio Vargas adoravam dançar com ele. Dançava com todas, mesmo que estivessem com os maridos. Estes permitiam, sabiam que elas estariam felizes por serem escolhidas, Maciel tirava apenas quem dançava muito bem. Não somente valsas. Sambas, boleros, congas, suingues, fox-trotes, baião, rumba, mambo. Ele conduzia para a pista as filhas dos amigos, adolescentes com 16, jovens com 20 anos, e enfrentava o *rock*, o *chachacha*, o *let-kiss* e o *twist*, com a agilidade de Fred Astaire, seus pés não tocavam o chão, nenhum erro nos passos. Era fácil acompanhá-lo, qualquer parceira se transformava em Margot Fonteyn. Um erro no ritmo era corrigido sem que ninguém percebesse, tal a sutileza.

    As mulheres mais velhas se lembravam do Baile dos Bons Espíritos, de 1975, no qual as meninas de 15 anos debutavam. O maior e o penúltimo dos bailes do Clube dos Caçadores. Naquela noite, o presidente da República, um general, estava presente, convidado pela Federação dos Fabricantes de Chapéus, e a decoração era original, o salão ornamentado com todos os tipos de chapéus existentes no mundo. O convite tinha sido impresso na aba interna de um Panamá legítimo. O general passou apenas vinte minutos no baile, no camarote do prefeito. O clube estava instalado num velhíssimo teatro restaurado, construído no final do século 19 por italianos anarquistas para a encenação de óperas e manifestações políticas.

O general, o quarto numa linha dinástica de ditadores militares, era conhecido pela intransigência prussiana e por ser favorável a uma abertura nas instituições, desde que razoável e em ordem, seja lá o que isso significasse. Para evitar dissabores, o prefeito tinha acertado um rígido controle. Mendigos, vagabundos, supostos esquerdistas, esquerdistas declarados – animais em extinção, naquele tempo –, arruaceiros, baderneiros, provocadores, líderes sindicais e estudantis, travestis[1], prováveis agitadores ficaram detidos. Enquanto reclamavam seus direitos[2], o general entrava no clube rodeado por forte esquema de segurança, ao som do hino oficial da cidade.

O dr. Maciel deveria abrir o baile com sua filha. Não apenas por ser o dançarino, a estrela que impressionaria o público e o general-presidente, mas porque sua filha tinha o nome iniciado pela letra A: Anna Karenina. Homenagem ao velho Tolstói, dos favoritos de Maciel, dado a leituras. Tinha conta em todas as livrarias, era assinante do Clube dos Leitores e do Círculo do Livro. Doava a ficção

---

1) Atraídos pela fama de riqueza de Arealva, centenas de travestis praticavam a prostituição abertamente na cidade (citado por Armando Torres, *in: Sociologia da Nova Burguesia Interiorana em São Paulo*, 1987). Iramar Alcifes investia diariamente contra eles, acusando-os de disseminar a Aids entre o operariado e os adolescentes. Posso adiantar que Iramar, no futuro, despedido da mídia, vai se tornar travesti, comprando um ponto próximo ao Estacionamento dos Artistas.

2) Muitos dos presos desta noite participaram de uma indústria que tem rendido: entraram, em meados de 1995, com pedido de aposentadoria junto à Previdência Social, alegando perseguição pela ditadura.

para bibliotecas públicas e escolas. Brilhante conversador, seduzia as mulheres, tornando-as personagens. Por momentos, na cama do doutor, provincianas senhoras transformavam-se em Ema Bovary, Esmeralda, princesa de Guermantes, Julia, Tatiana Larine, Sonia, Catherine Earnshaw, Gabriela, Capitu, Garota de Ipanema, Scarlett O'Hara, Nicole Diver, Lolita.

O mestre-de-cerimônias anunciou:
— Anna Karenina.

E ela caminhou orgulhosa, mãos dadas com o pai, até o centro do salão. Os dois, altos. Anna tinha um corpo de Audrey Hepburn, fino e elegante. Maciel e a filha inclinaram-se um para o outro, sóbrios e elegantes, e a cena, ainda que tivesse um ranço nostálgico e antiquado, deslocada no tempo, era fascinante. Durante um mês, pai e filha tinham ensaiado na Academia de Madame Poças Leitão, em São Paulo. Possuíam senso de espetáculo e sabiam que eram atraentes. Ele começava a exibir cabelos grisalhos e tinha, para as mães, o aspecto exuberante de Cesar Romero. As jovens achavam-no um coroa quarentão fora de época. O doutor enlaçou a filha e a orquestra de Sílvio Mazzuca começou a tocar *Rosas do Sul*, de Johann Strauss Júnior. Valsa que se inicia lenta, com movimentos cadenciados que permitem aos dançarinos ajustarem os passos com suavidade. Maciel e Anna flutuavam sobre a pista, num balanço harmonioso, acompanhados pelo foco de luz, de tal maneira que o mestre-de-cerimônias, embalado como todo o salão, se esqueceu de chamar o segundo casal. Ninguém percebeu e nem mesmo a próxima menina que deveria entrar, e se mostrava ansiosa, se incomodou. Preferia esperar, temerosa pela concorrência com aqueles dois saídos de um musical americano ou de um velho filme vienense. O próprio general-presidente mostrava-se magnetizado, sua ascendência germânica a levá-lo a uma Prússia nunca visitada. Aos bailes de Frederico, o Grande, em Sans Souci, Potsdam.

Seis minutos de valsa tinham se passado – a música completa tem dez, mas a orquestra pode estendê-la, se quiser –, quando se ouviram ruídos abafados no camarote do prefeito, um assessor inclinou-se e sussurrou aos ouvidos do presidente. O general levantou-se, estendeu a mão ao prefeito, disse algumas palavras e se retirou para o estacionamento, um parque cheio de árvores, lugar fresco e agradável, transformado agora em *shopping center*. Em oito minutos o jatinho da Força Aérea levava o general de volta à Brasília. O baile prosseguiu, sem que a maioria tivesse se dado conta. Na verdade, poucos se importavam com a presença de políticos. Somente no dia seguinte se soube que um jornalista tinha morrido numa delegacia política de São Paulo. Pouco conhecido do grande público, ninguém parecia afetado pela notícia, as reações só vieram mais tarde, o morto chamava-se Herzog.

Muitos intelectuais[3] que estiveram no baile compararam a dança de Maciel e Anna Karenina com a do príncipe Salinas (Burt Lancaster) e Angélica (Claudia Cardinale), em *O Leopardo*, o filme de Luchino Visconti. Esta, uma cena antológica do cinema, e a outra, clássica na vida da cidade. Mesmo porque o que aconteceu no estacionamento, no final da noite, afetou profundamente Maciel e abalou Arealva, ainda uma cidade média. Todos garantem que o médico jamais se recuperou, caminhando gradualmente para a loucura. Ainda que a maioria admita que Maciel nada tinha de louco, era consciente do que fazia, apenas usava a tragédia do estacionamento para justificar os atos que virtualmente colocaram a cidade em choque.

Os fatos fazem parte de uma série desencontrada de histórias que tinham Maciel como personagem, e Pedro

---

[3] Por incrível que pareça, existiam intelectuais em Arealva, e bem inteligentes, um deles autor de excelente trabalho sobre Wittgenstein. Uma tese defendida por um acadêmico de Arealva, pelo amplo interesse, obteve repercussão mundial: *O Termo Grzn do Ugarítico Está Relacionado com o Hrsn do Hebraico?*

Quimera, olhando o rosto que começaria a se decompor ao sol, tentava recompor ou encaixar peças de um quebra-cabeças cujo modelo de conjunto ele não possuía. Imaginava o estouro que seria no Noite do Cristal esta notícia. Por que não trouxe o fotógrafo?
— Estava bem-acabado o doutor.
— Não é para menos.
— Encontrei-me com ele, meses atrás, tentando tirar dinheiro de um caixa eletrônico, não acertava a senha, a máquina engoliu o cartão. Tentei ajudá-lo, quase me agrediu.
— Deve ter roubado o cartão, estava vivendo desse expediente. Assaltava velhos.
— E o que fazia aqui?
— O que todo mundo vinha fazer.
Ouviram passos, uma exclamação raivosa e olharam. Antenor vinha pelo caminho enlameado e tinha enfiado os sapatos de cromo alemão na poça junto à torneira.
— Padrinho?
Este sim, ficou surpreso.
— O que faz aqui?
Antenor não respondeu, olhou para Quimera.
— E esse aí?
— Pedro Quimera, repórter de O Expresso.
— Tem jornalista por tudo que é canto desta cidade. Não fale comigo. Não me faça uma pergunta!
Autoritário e arrogante, fora de lugar com essa roupa, num domingo quente de sol, pensou Pedro, intrigado com a presença de Antenor. Por que estava ali? Alguém o avisara?

Sacanas Honestos Jogam Limpo Jogos Sujos

1

Voltemos à noite anterior, uma vez que Pedro Quimera não faz as coisas acontecerem e, do modo como estão chegando até ele, não sabemos qual é a realidade. Ele não provoca, não conduz, talvez esteja deslocado. Pedro não sabe que algum tempo depois de Antenor ter deixado o Grande Líder da Ciência Fautória no aeroporto, com um envelope recheado de dólares, que o homem beijou como se beija os pés da Santa de Fátima em dia de peregrinação, o porteiro do Hotel Nove de Julho aproximou-se.

O cheiro de lança-perfume[1] dominava o ar.

— Dr. Antenor, desculpe interromper. O homem está na portaria faz uma hora e disse que não sai enquanto o senhor não atender.

— Que homem?

Antenor tomava uma prise de lança-perfume, sentia o coração disparado, a cabeça zunindo. O mundo mergulhava num enorme silêncio, então vinha o tum-tum-tum, como

---

1) Importam da Argentina. Substituem, ainda que não tenham a mesma excelente qualidade, as antigas Rodouro e Colombina, cuja produção foi proibida no Brasil pelo nefasto governo Jânio Quadros, em 1961. Decreto que deveria ser cancelado, a esta altura.

tambores africanos[2] ressoando pelas paredes do cérebro. Voltou a si aos poucos e deu com o porteiro.
– O dr. Maciel.
– Maciel?
– Disse que não sai sem falar com o senhor, melhor ir, o homem é piradão, dr. Antenor, e está armado.
– Armado?
Sobressaltado. O efeito do lança-perfume desaparecendo. O que Maciel pretendia, armado, no *hall* do hotel?
– Um bruta canhão! Jurou que não sai dali. Liguei para a 27ª, disseram que estão ocupados para se preocupar com arruaceiros. Teve um cara que se matou na praça da Baleia.
– O buraco dos negros está quente hoje!
Antenor inclinou-se para o advogado Bradío.
– Está aí a Berettinha?
– Claro. Já me viu sem ela?
– Empresta!
– O que vai fazer?
– Tem um cara... O Maciel... sabe quem é... quer falar comigo na portaria. E está armado.

Uísques, muitas carreiras de pó, prises de lança-perfume, saíram os dois, cambaleantes. Começavam assim para embalar. As mulheres chegariam mais tarde, na madrugada. Safra de primeira, encomendada em Ribeirão Preto na Boate Portfólio[3], especialista em fornecer para fazendeiros, empresários e festas do peão-boiadeiro.

Maciel cochilava numa poltrona de couro desgastado, resto da grandeza do hotel que tinha hospedado Santos Dumont, Getúlio Vargas, Juscelino Kubitschek, Marta Rocha, Adhemar de Barros, Cléia Honain, a rainha do café do Brasil,

---

2) Na África primitiva, no continente idealizado pelos filmes de Tarzã. Não desejo passar por preconceituoso.
3) Serviço: Rua Almirante Amaral, 5.768, tel.: 856-8789. São mulheres muito caras.

Eliana Macedo, a rainha das chanchadas da Atlântida, e Cyl Farney. E vedetes do teatro de revista de Walter Pinto que, todos os anos, na década de 50, em maio, mês de Nossa Senhora, passavam uma semana na cidade. Mulheres estontenantes[4] que fingiam tomar banho em cachoeiras de papel celofane prateado, metidas em exíguos biquínis. *Girls* nuas – sensação audaciosa que chocava as famílias – alinhavam-se nas escadarias douradas, imóveis[5]. O Hotel Nove de Julho teimava em conservar altivez e era estranhamente freqüentado pelas pessoas que contavam. O homem gosta de conviver com a decadência, sente prazer no apodrecimento, nas coisas deterioradas, sentenciava Dorian Jorge Freire, o católico mais cínico que se conheceu.

– O que é que há, Maciel? Estou numa reunião!

– Claro, suruba é reunião... No escritório você fode os concorrentes. Aqui, as mulheres!

– A conversa é esta?

– Não, é outra. Pode ser rápido. Você é o rei da negociação rápida. O homem da rapidinha. Também com a Manuela dava uma rapidinha?

Bradío olhou para Antenor, que não moveu um músculo, assimilou o golpe, deixou passar. O advogado ficou surpreso, por que Antenor não reagiu?

– Vamos logo!

– Quando embala, não agüenta cinco minutos sem uma cheiradinha?

– Tchau, Maciel! Me procura no escritório.

– Não vou atravessar a barreira de seguranças e puxa-sacos. Como você tem puxa-saco nesta cidade! E o anão? Para que trouxe?

---

4) Vocabulário do Luisão, aproveitei.

5) Mulheres nuas não podiam se mover, por imposição da censura. A palavra *girl*, então, tinha conotação fortemente sensual para os jovens.

— Meu advogado.
— Sei que é teu advogado. Bradío quis me meter na cadeia, uma vez. Quando teu filho morreu. Grande farsa, aquela. Sobrou para mim. Me aprontaram uma boa, peguei dois meses de cana, Portella me aliviou.
— Se veio falar sobre isso...
— Não é sobre isso. É sobre amor de mãe.
— Você está dopado!
— Que dopado o quê? O assunto interessa a quem vai disputar o governo ou o Senado. Ou outra merda qualquer onde possa sacanear ainda mais. Tenho uma coisa que pode ajudar ou atrapalhar.
— Acho melhor ficar, disse Bradío.
— Sem ele, Antenor! Só nós.
Antenor fez um sinal de tudo bem. Bradío passou a Beretta para ele, Maciel enfureceu.
— Não precisa nada disso, é só conversa. Além do mais, olhe o tamanho do meu!
Mostrou uma pistola automática usada pelo Exército. Podia-se comprá-la por dois mil dólares do armeiro que freqüentava o Regatas, um ex-radiologista gordo, famoso por ter tido três infartos em cima das mulheres que comia.
— Deixa comigo, Bradío.
— Cuidado, esse aí é pancadão!
— Qual é a tua, porta de cadeia! Não fosse Antenor, estaria vendendo *habeas-corpus* para viados.
Havia em Maciel traços do homem que tinha sido bem-apessoado. Exibia a caricatura de um elegante, os gestos afetados pela droga e pelo álcool, a cabeça balançando de um lado para o outro, como elefante de circo acorrentado. O olho direito escondido por um hematoma, podia ter sido murro ou queda. Calçava conga azul, uma delas sem o cadarço. Distante de quem desfilava sapatos Clark, Scatamacchia, Spinelli sob medida, ou trazia de Paris modelos

A. A. Brown, Lorenzo Banfi, Cole Haan, Hush Puppies, Dockers, Giorgio Brutini, Dingo. No período em que tentou se firmar economicamente, distante da ideologia inicial, *A Lista* publicou, produzida por Iramar Alcifes, a relação dos guarda-roupas dos elegantes da cidade. Iramar comprou um apartamento com o que ganhou organizando estas reportagens, porque faturava tomando dinheiro dos eleitos e dos comerciantes citados. Os duzentos pares de sapatos de Maciel figuraram com destaque, e daí em diante, quando ele passava, todos olhavam para seus pés.

– Vamos para o 316. Lá podemos conversar.

– Não! Lá deve ter escuta.

– Pensa que isto é filme? E por que eu iria colocar escuta num apartamento onde levo putas? É um picadeiro... Se soubesse quem comi ali.

Teve um riso irônico, referia-se a Valéria, a ex-mulher do médico. Maciel se fez de desentendido e subiu desconfiado. Os apartamentos conservavam a decoração de quarenta anos atrás, cheiravam à umidade, ambientes fechados, as cortinas pesadas eram empoeiradas. Antenor estava com a cabeça doendo, que caceta queria este sujeito?

– Vai direto.

– Tenho uma coisa que te interessa.

– Sei... já disse... O que pode ter que me interesse, Maciel? Pó? *Crack?* Nem uma maconha mixa, virou pé-de-chinelo.

– Talvez não seja mais pé-de-chinelo depois de negociarmos.

Tinha o ar triunfante, ao tirar do bolso o envelope pardo, de onde sacou outro, azul, com uma inicial dourada, gasta.

– Conhece isto?

– Diga logo o que é, estou bêbado, preciso de um brilho.

– Uma carta.

– Não parece um caralho... Uma carta, e daí?
– Não quer saber de quem é?
Antenor queria se livrar logo, tinha reconhecido o envelope.
– Quero.
– Então, pergunte de quem é.
Antenor assustou-se com medo de deixar transparecer que conhecia, o envelope era familiar, tinha passado pelas suas mãos muitos anos atrás. Chegaram todas as semanas, durante dez anos. Como estavam com Maciel? Teria conseguido todos? Estavam empacotados em papel pardo, no porão onde se alinhavam as tralhas dos barcos. Lugar fechado, ninguém ia lá, tinham horror de barcos e de água, desde que o filho se afogou na piscina. Era um pacote inocente, amarrado com barbante vagabundo, como trouxa de pão velho pronto para ser moído e tornado farinha. Por que pensava em farinha de pão? Seriam os bifes à milanesa servidos aos domingos na Pensão do Botafogo, na Rua Voluntários da Pátria, no Rio de Janeiro? A cozinheira era porta-estandarte do Salgueiro e tinha coxas monumentais, sambava na cozinha, de bermuda justa, passando a carne no ovo, na farinha e jogando na frigideira.
– Reconhece?
Maciel era insistente. Antenor até que gostava do homem. Tinha horror às pessoas que pregam virtudes, gritam pela moralidade, e sacaneiam, fazem trapaças, não obedecem a ética do ilícito. Esta, sim, é gente perigosa. Não sabe jogar o jogo, fica ressentida. Maciel era sacana honesto. Agia limpo, de acordo com as normas. Conseguira um bom produto e queria negociar. Como estava com as cartas?
– Não. De quem são?
– De sua mãe.
– Minha mãe morreu, Maciel.
– E se eu te levar a ela?
– Anh...?

— E se eu te levar... ou, melhor, se eu mostrar sua mãe num programa de tevê? O Portella, o Iramar quanto pagariam?

— Venda pro Iramar que o Iramar eu compro, qualquer um compra esse cão furioso!

Maciel percebeu, na nebulosidade em que vivia sua mente, que trazia dois ases na mão. As cartas e a possibilidade de conduzir Antenor à sua mãe. Percebia o terror nos olhos do outro. Precisava tomar cuidado. Não podia facilitar, Antenor era homem de ir fundo. Havia tantos casos mal-explicados. Onde estaria o vigilante do estacionamento da noite do Baile dos Bons Espíritos? E quem deixou em coma o filho de Cyro, dos moinhos de trigo?

— Explica.

— Não explico nada. Tenho mais 1.079 cartas com este envelope. Contei. Li, uma a uma, demorou, a letra é ruim. Nelas está tudo muito claro. Quem é tua mãe. Como você foi para o Rio. Por que te mantiveram à distância. Quem é teu pai. As tramóias dele. Conversas atentas, de mãe para o único filho. Desabafos. Tua mãe podia escrever um romance, Antenor. Seria uma Dostoievski desta cidade, não fosse semi-analfabeta. Mas sabia ver, era esperta, registrava tudo. Também, fazendo o que fazia. Boa informação para adversário de candidato a candidato. Lembra-se da campanha presidencial de 89? Aquele programa de televisão em que o Lula foi derrotado? Por causa da filha, da ex-mulher que se vendeu, da maleta secreta, do aparelho de som? Pois esta vai ter o mesmo efeito.

— E...?

— Vai me pagar por estas cartas. Pagar bem!

— Quanto é pagar bem para um pé-de-chinelo como você? No fim da carreira. Da carreira de pó... Ah! Ah! Ah Virou chantagista. Mil dólares?

— O pé-de-chinelo, com o que tem, vale 500 mil dólares.

Antenor gargalhou, nervoso, sem convicção.
— 500 mil. Sabe o que são 500 mil?
— E quero verdinhas. Americanas. E não me venha com aquelas notas novinhas que você e sua turma lançaram no mercado, compradas no Panamá, e que valiam tanto quanto sua palavra.
— Pé-de-chinelo, bêbado!
— 500 mil, Antenor!
— Broxa, chantagista!
— 500 mil. E você vai morrer com eles na minha mão.
— Corno! Quem garante que você tem as cartas? Onde conseguiu?
— Viu? Sabe que tenho. Se soubesse como consegui, você mataria gente! Tem dois dias, Antenor, para se certificar de que as cartas estão comigo. Depois traga o dinheiro.
— Você planeja mal, Maciel, é amador. Saindo daqui vai ser seguido, vão te quebrar os cornos, pegar estas cartas!
— Como num filme. Siga aquele táxi.
— Vou colocar cem caras atrás de você, recuperar estas cartas, uma a uma. Sabe que posso! Faz tempo que quero te pegar. Pelo que fez à Manuela. Por toda a droga que deu a ela, pela tarde da piscina. Vou acabar contigo.
— Sou burro? Não sou! Nem amador! Não estou sozinho. Estas cartas estão em disquetes. Compramos os disquetes na tua loja, não é irônico?
— Está blefando, Maciel. Você digita o que, com essa tremedeira?
— Não digitei nada. Você vende, mas não entende de computador. Estas cartas foram escaneadas.
— Pago para ver.
— Pague. Sua família não é de jogadores? Quanta gente se fodeu no cassino do teu pai?
— Que pai?
— Sabe qual. Li as cartas, Antenor. Você é imbecil, a droga queimou seus neurônios.

— Nisso você é profissional. Drogas e neurônios queimados. Foi um incêndio na tua cabeça.
— Se quiser me matar, mata. Tem mais gente na parada para mandar os disquetes para as pessoas certas.
Antenor ouvia apenas o ruído de um bife na frigideira. Sentia o cheiro suado das coxas da porta-estandarte, ficou com a boca cheia de água, excitado.

2

Maciel e Antenor deixaram o 316, Bradío estava colado à porta. Mais curioso que apreensivo.
— Escutou tudo, anão de porta de cadeia? Parece faxineira de puteiro!
— Te quebro em dois, drogado de merda!
— Vai precisar de um segurança.
O problema de Bradío era a estatura. Mínima, nem um metro e meio. Compensada por astúcia singular e um conhecimento agudo de como fraudar leis, colocado a serviço de quem pagasse. Grande parte de sua renda vinha de pareceres entregues prontos a juízes comprados. Farejando o ilícito, circulava pelos meandros dos códigos civil e criminal com a sofreguidão de abelha em busca de pólen. Se Bradío podia ganhar um milhão de dólares por meios legais, preferia 400 mil ilegais, pelo gosto da burla, para ter a adrenalina à solta. Nascera para ludibriar, era a sua sublimação contra a baixa estatura. Daí a aliança perfeita com Antenor, válvula e pistão bem-engraxados.
Maciel não esperou o elevador, desceu pelas escadas, cheio de energia. A esperança de colocar as mãos numa bolada o rejuvenescia, como se tivesse saído de uma clínica geriátrica. Antenor tentaria negociar, faria contra-oferta, era do seu temperamento não ceder na primeira, rolaria muito,

tentaria ganhar algum. Uma redução e contrato fechado, se Bradío não se intrometesse, aprontando armadilhas. Bradío não o suportava, tinha ciúmes de suas relações com Manuela. O advogado não sabia de nada, mas pressentia. Maciel refletia: mesmo que apanhasse 100 mil dólares, seriam suficientes para desaparecer de Arealva, enterrar as memórias, fugir daquela visão do estacionamento que o triturava. Porém, levar Manuela seria a atração final, o golpe que a cidade não esperava.

Antenor pediu que Bradío desse uma desculpa ao grupo do restaurante, voltaria em meia hora. Num canto do corredor, ligou para casa pelo celular. Deixou tocar, repetiu a chamada, talvez tivesse se enganado, os celulares funcionavam mal na cidade, por culpa de Portella, que instalara serviços de merda. Desistiu, saiu pelos fundos do hotel, antigamente uma grande horta, hoje depósito de pneus recauchutados. Atravessou o portãozinho, cauteloso, divisou no botequim em frente a figura do Ruy Banguela. Não teve certeza se o fotógrafo picareta o reconheceu. Seria fácil fazer com que se esquecesse de tudo, aceitava qualquer moeda, trabalhava em parceria com Iramar Alcifes.

Havia movimento nas ruas, muita sujeira, vidros quebrados, cacos de telha, sacos de lixo arrebentados, letreiros partidos, postes tombados, fios elétricos cheios de energia, saltando sobre as calçadas, cobras dando botes inúteis no vazio. Semáforos não funcionavam, ele atravessava esquinas a toda, sem se importar. Passou pelo Noite do Cristal, a caminho do Jardim das Hortênsias (com um S, mesmo). Efrahim soubera localizar seu Café. Parou em fila dupla, saltou sem tirar a chave, o segurança cumprimentou-o com um aceno.

— Manuela está aí?
— Esteve, ficou pouco.
— E Efrahim?
— Na sala das venezianas.

O Conde estava no escritório, de onde podia observar o movimento do Café através de venezianas de hastes móveis inspiradas pelo filme *Gilda*, um de seus favoritos. Sua filha se chamava Rita, em homenagem a Hayworth. Todas as noites o Café era aberto ao som do *Amado Mio*. Ele tentara dar o nome Gilda ao Café, mas já havia uma rede de lojas populares que vendia calcinhas e sutiãs.

— Antenor? *No ci credo...* Aqui? Um furacão faz milagres.

— Quero saber de Manuela.

— Você é quem deve saber, é o marido.

— Ela veio esta noite?

— Vem sempre, toma o Jerez e se vai. Você sabe, a mesa nove fica reservada para ela até as dez.

— Sabe para onde foi?

— Pergunte ao Evandro dos Porquês. Ela sai daqui, assina o ponto na farmácia. Também, nenhuma novidade.

— Na farmácia? O que vai fazer naquela farmácia de fofoqueiros?

— Pergunte a ela. O que é? Depois de doze anos de casado, Antenor decide investigar.

— Que hora ela chegou? Estava com Maciel?

— Pergunte ao porteiro. Pergunte na sala. Quer que eu dê um aviso pelo som: quem souber de Manuela, favor comparecer à gerência? Vai ver como chove gente.

— Putaqueopariu do caralho! Um dia, arraso este Café. Vou passar uma avenida em cima dele, te meto na cadeia, você e o teu Engraxate Noturno.

— Igual ao pai, um põe fogo, outro passa o trator.

— Pai! Que pai? Está viajando, o Engraxate te encheu de pó.

Antenor paralisado, frio. Como se a pele recobrisse um bloco de gelo que, ao se derreter com o calor da noite, o deixaria como um saco vazio. O que Efrahim sabia? Estaria ligado ao Maciel? Mas havia coisas que Maciel não podia contar sem risco de vida, ele sabia disso. Que besteira ter vindo se rastejar junto ao Efrahim, o carcamano. Só muito uísque e lança-perfume para imaginar que o Conde poderia ajudá-lo. Da calçada ligou de novo para casa, ninguém atendia. Ligou para o celular do Engraxate, o homem levava o aparelho dentro da caixa de graxas. Ocupado. Conseguiu pelo serviço de informações o número da Farmácia dos Porquês, foi atendido por uma mulher de nome Idalina. Não, Evandro não está, pode deixar recado, também estou esperando, preciso tomar uma injeção, será que você pode vir me dar uma injeção?

– Desculpe, doutor... Sua mulher saiu, depois voltou, antes da tempestade. Parou um minuto, falou com o Engraxate...

– Com o Engraxate? Tem certeza?

– Conheço o homem, não conheço?

– Se aparecer de novo, diga que quero falar com ele. Preciso!

– Precisa de mercadoria? Tem aqui, ele deixa comigo.

– Não! Preciso dele.

A casa de Antenor ficava num condomínio em implantação, o Jardim das Hortênsias, cercado por um muro de pedras, reprodução das Muralhas de Ávila, Espanha, com torres de vigilância a cada 150 metros. Incorporação dos espanhóis que tinham abandonado a sucata pela construção civil, quando esta se tornou o negócio dos anos 70. Seguranças, câmeras e *spots* reforçavam a sensação de fronteira no portal de entrada.

Uma vez a cada quinze dias, uma agência levava turistas para contemplar as casas, conhecidas por meio de revistas de decoração ou programas populares de televisão como *Status de Morar*, *Casas dos Que Comandam* e *Você Também Pode Ser o Sucesso*. Entre o prazer da exibição ou o receio de uma devassa pela Receita Federal por indícios aparentes de riqueza e o terror por roubos e seqüestros, predominavam a arrogância de alardear posses e o orgasmo da ostentação. Porque exibir era uma forma de dominação, um modo de deixar os outros sufocados com tanto poder.

    O público fica sem fôlego e perde o raciocínio com a quantidade maciça de quadros, lanternas, arandelas, consoles, estatuetas, espelhos, vasos, banquetas, poltronas, pratos de parede, luminárias, cortinas, mesas, mesinhas, pias, centenas de objetos de utilidade indefinível, colunas de madeira ou mármore, dispostos numa overdose que fornece transparência para discussão sobre o gosto na sociedade contemporânea, por meio da arte de morar. Comentários de Dorian Jorge Freire que adorava jogar tempo fora, folheando tais revistas, onde descobria um lado humorístico. São fotos sociológicas, com tanto valor quanto textos de Horácio, Tito Lívio, Juvenal, Plínio, Petrônio. Por intermédio delas se pode estudar a alma de uma elite que cheira subúrbio, mas assume ares aristocráticos, exibindo a sua *domus aurea*. Mossoroense, Dorian era professor de filosofia, definido por Luisão como um cínico, o que o deixava irritado: não sou cínico nem na acepção filosófica do termo nem na sua tradução vulgar. Sou um furioso, um radical, um fundamentalista, porque me falta o *sense of humour*.

    Quando Dorian visitava a redação de *O Expresso*, levando sua coluna muito lida, que se chamava *Revista dos Jornais* – onde destilava verve e crítica, desnudando a ignorância da imprensa local –, Pedro Quimera gostava de se aproximar dele para ouvi-lo. Um homem baixo, de cabeça grande e olhar vivo por trás dos óculos, as mãos nervosas sempre empunhando um jornal ou uma revista – lia em francês e latim –, os dedos esfregando um no outro. Fazia sucesso entre as mulheres, as meninas da redação adoravam ouvi-lo, saíam pela noite, Dorian gostava de sopas picantes servidas em botequins de mulheres: sou um filósofo e católico, jamais um escritor e filósofo e teólogo católico. Vivo às turras com minha Igreja-instituição, embora tenha comigo o Espírito Paráclito. De tal forma que um velho e santo padre catarinense me diz: você é um problema de Deus. Textualmente, Dorian é um problema de Deus. Não transijo, não perdôo nem relevo o pecado, não aceito aborto nem dois casamentos, os cônjuges sendo vivos, não aceito camisinha nem Diu. Não quer emprenhar, não trepe.

Pedro Quimera admirava-se com aquela determinação e fúria, e tentava saber, sem descobrir, o que significava Espírito Paráclito. Dorian era temido, porque polêmico, culto, erudito e dono de uma linguagem devastadora. Mas admirava Manuela e certa vez escreveu sobre ela o mais longo perfil já publicado pelo *O Expresso*. Pedro tinha Dorian como um paradigma. O homem que não se curvou, manteve a postura dentro de uma sociedade gelatinosa. Não suportava chatos e só tinha nostalgia de sua mesa cativa no bar e livraria do Gonzaga, em Natal, Rio Grande do Norte. Falava demais no Gonzaga e nas batidas de vodca com maracujá.

Para visitar o condomínio, o turista submetia-se a complexo sistema de verificação de identidade, fichas corridas, atestados de antecedentes, cartas de referências, tudo analisado por um sistema informatizado, com senhas e códigos que mudavam semanalmente. Visitantes achavam que valia a pena o sacrifício, a espera. Era magia penetrar no reduto de pessoas das quais a mídia falava ou de que se sabia a existência, mas nunca eram vistas. Personagens mitológicos: empresários, banqueiros, políticos, donos de casas noturnas e restaurantes, doleiros, investidores financeiros, artistas de tevê – vinham em fins de semana ou nos intervalos de gravação de novelas –, dois escritores nacionais de *best-sellers* sobre auto-ajuda (tentou-se vender um terreno ao Grande Líder da Ciência Fautória, mas ele recusou, aplicava tudo em Miami), *marchands*, muambeiros que buscavam mercadorias no Paraguai em contêineres, donos de supermercados, de lojas de informática, pizzarias, comidas por quilo – sucesso que salvou muita gente na recessão dos anos 90 –, lobistas, bicheiros, tesoureiros de campanhas políticas, mantenedores de cassinos clandestinos. Cassinos que descendiam do Imperial Palace, mantido pelo Padrinho à beira do Tietê e fechado pelo governo Dutra em 1946. O braço de terra que penetrava no lago era chamado a Península dos Ministros. De Deus. Os multimilionários das novas religiões.

No condomínio, cada vila[6] leva um nome e os títulos nobiliárquicos se exauriram entre reis, condes, marqueses, viscondes, valetes, delfins, para não dizer de denominações consideradas *top-chics* como Central Park, Plaza Athenée, Vendôme, Aspen, Martha's Vineyard, Fifth Avenue, Place des Vosges. Ali pode-se contemplar a extensão da fantasia e da invenção humanas, orgulho de Arealva, a Carmel do Brasil, Scarsdale, Saint-Tropez, Califórnia, Boulevard Haussman. Colunistas esgotaram os apelidos. Antenor sentia-se seguro quando penetrava no seu território. A avenida fazia uma curva insinuante, as árvores eram recentes, muitas arrebentadas pelos carros dos garotos que faziam rachas em finais de semana. Os seguranças se aproximaram, arma na mão, câmera fotográfica, era a convenção estabelecida. Fotografaram com a polaróide, anotaram placa e horário numa planilha, abriram a cancela, Antenor pisou no acelerador. Oitocentos metros até sua casa, à beira do grande lago que se liga às águas do Regatas e Navegantes. As casas iluminadas, ouvia-se som pesado, muita gente de copo na mão pelos gramados[7], as festas se interligavam, era de bom-tom receber aos sábados. Casais se beijavam debaixo dos chorões[8] que davam à atmosfera aparência de filme americano. Pensou em Manuela, nos primeiros tempos de

---

6) Vila é mais chique que mansão, aconselharam os decoradores.
7) Gramados eram obrigatórios.
8) O urbanista era obcecado pelo filme *Férias de Amor (Pic-Nic)*, de Joshua Logan. Kim Novak no auge de sua beleza.

namoro, quando fugiam para os motéis[9]. Pediam o melhor apartamento, viam filmes pornôs deitados em colchões de água, a sensação, tomavam banhos de espuma, divertiam-se com a pirotecnia de luzes. Era tudo, ela não cedia. Adorava ficar abraçada, nua, não permitia que ligassem o ar-condicionado, queria suar, ter as peles grudadas. Antenor enlouquecia. Uma vez tentou forçá-la e a reação foi brutal, ela era forte, quase o nocauteou – mais pela surpresa – e se foi do motel, com o carro, deixando-o a pé. Sumiu por duas semanas, voltou a freqüentar o Taco de Cristal. Passava as tardes atrás das janelas fechadas, jogando com as luzes acesas, não deixava Antenor se aproximar, contava com a cumplicidade do velho.

Antenor contornou a casa direto para a garagem de barcos. Os seguranças viram-no, cães latiam na margem do lago. As águas estavam escuras, o mormaço retornara. Ele correu para a velha garagem dos barcos, desativada. Em noites assim Manuela apanhava a lancha pequena, fazia longos passeios, entrava pelo rio. Vez ou outra, se estava melhor humorada, divertia-se ao ver Antenor procurá-la, faziam jogo de esconde. Até que ela se deixava pegar, sem contudo se entregar, o que o tornava mais excitado.

A porta dos barcos trancada. Meteu o pé, a porta cedeu, foi envolvido por um cheiro de abandono. Sufocado, recuou. A luz funcionou. Tudo em ordem, o grande barco coberto, as duas lanchas, os *jet-skis*, os armários com a tralha de pesca, botas, caixas de ferramentas. Foi em busca do pacote envolvido num papel encerado, à prova de água. Suando, desceu sete degraus, percebeu infiltrações de água, dois esqueletos de ratões. A caixa estava ali, sem o cadeado. Abriu. Nada. Manuela, só podia ter sido ela. Começou a

---

[9] Quando inaugurados na década de 70, os motéis sofreram campanha violenta da Igreja.

renascer nele o sentimento velho, conhecido, indomável. Que Antenor se recusava a admitir, mas era ódio. E era bom abrigar o ódio, enchia o peito, deixava a boca ansiosa.

    O mesmo ódio que sentia quando, com uma escovinha de dentes, tirava areia dos pés das mulheres em Copacabana, para que entrassem limpinhas nos carros, enquanto ele voltava para o barraco em Engenho de Dentro, bem antes de se mudar para a pensão de Botafogo. Ódio quando soube quem era seu pai, que tinha dinheiro e o mantivera longe por alguma razão. Ódio quando recebia cartas da mãe e se via impedido de voltar – mas o que o impedia? Quantas vezes não comprou a passagem e recuou, com o pé na plataforma. Ódio pelo pai quando recebeu a carta avisando que a mãe tinha morrido. Como, no entanto, tinha recebido, depois, várias cartas dela?

    Por que Manuela entregou as cartas a Maciel? Se é que entregou. Onde estava a maldita, agora? Voltou, atravessou a casa, cômodo por cômodo, a maioria fechado, usavam pequena parte da vila, fazia tempo que planejavam mudar para uma cobertura. Foi ligando interruptores, holofotes iluminaram os jardins e os gramados, há anos não acendiam tudo, como nos tempos das festas que Manuela tinha comandado. A imprensa e os amigos protestavam que eles tinham se retraído e a vida social da cidade perdera o brilho. Qualquer dia penduram o presunto na porta e todos voltam, explicava Dorian Jorge Freire. Onde tinha sido a piscina existia uma estufa com plantas. Será verdade que a alma de uma criança morta continua no mesmo lugar onde morreu? Antenor apanhou o carro, seguranças chegaram com seus cães furiosamente policiais.

– Alguma coisa errada, doutor?

– Não, e não apaguem as luzes.

    Arrancou, olhando a imagem da casa pelo retrovisor, como se fosse uma projeção a *laser*. O jeito era voltar para o hotel, enfiar o nariz no pó, cheirar todas as lanças, e amanhã pensar no que fazer. Queria comer dez meninas, colocá-las em fila e mandar ver.

Poucos tinham notado que estivera fora, todos estavam sem roupa. Bradío aproximou-se, um grotesco anão pelado, barriguinha proeminente, trazendo uma negra o dobro dele, era doido por negras, e aquela tinha aloirado os pelos, um exótico bronze em cima da pele.

— E então?

— As cartas sumiram.

— Que cartas, porra?

— De minha mãe. Estão com o Maciel.

— Cartas da mãe? Mãe de quem? Que história é essa?

— Maciel quer me chantagear! Tem cartas de minha mãe, não vou explicar agora!

— Mande dar um aperto, o velhaco entrega tudo, é cagão! Quer saber? Mata o sujeitinho. Mata. É doente, ninguém vai se importar, não vão notar que morreu.

— Alguém mais tem as cartas e cópias dos disquetes.

— Cague para as cartas. Ninguém liga para cartas em 1995. A maioria nem sabe ler. E o povo adora escândalos, vão todos votar em você. Principalmente se for escândalo sexual, as mulheres adoram machos!

— Não sei, não...

— Quer saber, Antenor? Você é um chato! Um puta chato! Cagão. E quer ser político. Nem vereador. Bosta nenhuma. Precisa de culhão, primeiro! Precisa cagar pros outros. Olha! Quanta mulher! Muita boceta, porrada de pó! Entra nessa, pensa amanhã.

Foi quando o porteiro:

— Dr. Antenor. Tem dois policiais esperando o senhor. Aconteceu alguma coisa com dona Manuela.

O Legista Japonês
Acaricia os Seios de Manuela

1

— Antenor! Não devia estar aqui!
— Não agüentei ficar no Instituto. O médico começou a autópsia, consegui ficar um pouco, fugi. Deixei o Bradío lá!

Sete e quinze da manhã de domingo, no Taco de Cristal. O Padrinho serviu um chope para Antenor. No primeiro gole, eles ficaram com os lábios cheios de espuma espessa, forte gosto de lêvedo. Numa velha marquesa forrada com tecido dourado, Lindorley cochilava, roncando e com tremores por todo o corpo, tomada por pesadelos. O sol penetrava, refletia nos vidros, rebatia nos espelhos manchados, o Snooker transformado em estufa. Os ventiladores de grandes pás estavam parados, o Padrinho economizava energia, avarento. Do Velho Mercado subia o cheiro enjoativo dos churrasquinhos de gato, assados em braseiros feitos com latas de óleo.

— Podia ter evitado a autópsia! Manuela não merecia isto! Ser retalhada por aqueles carniceiros.

— Os advogados tentaram, você sabe! Portella domina a polícia. Conseguiu nomear mais homens que eu. Além disso, não tive forças para brigar.

— Vão usar isto! O teu desaparecimento. É hora de se mostrar imperturbável. Por cima da carne seca!

— Pai! Como é que eu ia agüentar? Quando o Morimoto, que me detesta, apanhou o bisturi e abriu Manuela do pescoço à barriga, pensei que ia morrer. Não saiu um pingo de sangue. O sádico me olhava e fumava. Ainda por cima o charuto fedorento. A fumaça, o cheiro do formol, quase desmaiei. O cara pegou nos seios de Manuela. Não pareciam mais os seios dela. Esbranquiçados, azulados. Pegou de propósito, vendo que eu estava ali. Pegou para me provocar. Acariciou e fiquei paralisado. Não reagi, deixei.

Os dois foram à chopeira, Antenor encheu duas canecas. Tirava com habilidade, habituado.

— Há quanto tempo não tomamos um chopinho juntos?

— Este do domingo era o melhor. A única hora em que podíamos nos encontrar sem fingir, soltos.

— Foi você?

— Eu o quê?

— Que matou Manuela?

— Está louco?

— Sei do que é capaz! Pode me dizer. Sou a única pessoa nesta cidade que não vai te trair, faça o que fizer!

— Precisava ver a cara do Morimoto diante de Manuela nua!

— Pensei nisso. Ele descobriu tudo?

— Temos de dar um jeito, deixo por sua conta.

— O serviço sujo é sempre meu! Morimoto é vivo. Vai negociar. Como ela foi morta?

— Estrangularam.

— O Anjo do Adeus?

— Não tinha o santinho nem mutilação.

— Por que a autópsia?

— Querem saber se tem droga, álcool.

— Você está perdendo a força, meu filho. E o carro dela?

— Não sei, Bradío está atrás destas coisas. Quem foi? Por quê? Logo com Manuela? Sacanagem, vingança? Maciel? Portella?

— Manuela andava esquisita.

— Desde a morte do menino Manuela mudou. Devagar, muito devagar. Sua cabeça veio se deteriorando. Pensei até no Mal de Alzheimer, só que os exames em Cleveland deram em nada.

— Então era ela? Disseram que você foi operar o coração. Por que não me contou? Por que abandonou nosso chopinho dos domingos?

Do estacionamento do Velho Mercado vinha o ruído seco das rodas de aço dos *skates* raspando o asfalto, gritos de meninos. Lindorley mudou de posição, parou de roncar.

— Dê um aperto naquele farmacêutico. Manuela vivia ali.

— Preciso do Engraxate, pai! Ele disse que me viu! Uma roda de gente, na saída do Noite do Cristal ouviu. O Efrahim escondeu o cara.

— Não falou de você, disseram que foi de mim. Fala de mim. Um motorista de táxi me disse que saiu com Efrahim ontem à noite. Precisamos apertar este, isto sim.

— O Conde é um bostela.

— Mas não te perdoa! Você sabe, você mesmo disse que a qualquer hora podia aprontar.

— Coisa tão antiga. Parece que ninguém esquece nada, vivem no passado... Você deixou o jantar no hotel e sumiu. Vai ter que explicar. A complicação é que aquele fotógrafo de *A Lista*, o Ruy Banguela, andou te procurando, deram uma desculpa. Ninguém tinha percebido que você saiu, acharam que foi ao banheiro. O pessoal é teu amigo, segurou a barra.

— Desci ao saguão do hotel, encontrei um sujeito. Fomos para o 316, precisava conversar com o cara.

— Então, o porteiro pode testemunhar!

— O homem que veio conversar no hotel era o Maciel.

— Maciel?

— Estava me chantageando.

— Por causa do menino? É uma história velha, esquecida. Foi um acidente, está provado, o caso arquivado.
— Não foi pelo meu menino. Mas sim pela menina dele, Anna. E quer muito dinheiro.
— Percebo, percebo. Anna. É mais, muito mais, se conheço as pessoas. Nem é o dinheiro. Maciel está se vingando, passou a vida pensando nisto. Vingar Anna Karenina.
— O que tem ela a ver? Tudo se arranjou. Faz vinte anos que foi embora, está vivendo com a mãe em Araraquara. Virou sapatão, odeia homens.

As cabeças começavam a enevoar suavemente com os chopes, as línguas se soltavam. O Padrinho foi à geladeira, voltou com uma garrafa geladíssima de Steinhagen. Tomou duas doses numa minicaneca de festa da cerveja, representando uma baleia branca: desce bem um creme destes; é puro. O chope continuava a vir, os dois homens cabeceavam.

— Não me esqueci, não. Estou bêbado, mas não esqueci. O que havia com o Maciel? O que aconteceu com a filha dele?
— Foi aquela noite, no estacionamento. Me pegou transando com Anna Karenina. Ficou louco.
— A Anna? Mas tinha 15 anos. Debutava naquela noite.
— Éramos gamados um pelo outro.
— Você era muito mais velho. Quase o pai dela!
— Nem tanto
— Nem tanto? Tinha 31 anos. Nasceu um ano antes da grande guerra acabar. Lembro bem, fizemos uma viagem enorme, cansativa, sua mãe com medo de você nascer na estrada. Fomos à Aparecida. Depois do que fizeram com sua mãe na Santa Casa, quis que você nascesse longe daqui. Ela te ofereceu à Nossa Senhora Aparecida.
— A Santa Casa?
— Quando fui reservar o quarto, recusaram receber sua mãe. Alegaram que não éramos casados, o padre provedor disse que não tinha vaga. Essa é outra história. E Anna Karenina?

— Namorávamos. Ela gostava por eu ser mais velho, achava o pessoal da idade dela babaca. Claro, tudo escondido de Maciel. Ele não deixava que ninguém se aproximasse. Era ciumento. Guardava a filha como relíquia. A mãe ia com a minha cara, me protegia. Ele queria me pegar, achava que eu transava com Valéria, a mulher dele, não sabia que era apaixonado pela filha.

— Valéria! Tão divertida. E o Maciel? Mal-humorado, ainda que um médico competente. Comia a mulher dos outros, só que não podiam comer a mulher dele!

— Valéria era apaixonada pelo trapezista do Circo Orlando Orfei. Onde o circo estivesse a gente levava Valéria. Nessa perua Vemaguete de que você gosta tanto. A gente esperava no carro, se amassando, enquanto Valéria transava nos *traillers* nos fundos do circo. O trapezista morreu, uma noite. Saiu da cama direto para o picadeiro, sem concentração, caiu fora da rede. Anna e a mãe, uma era a cara da outra. Debochadas. Divertidas, gozadoras, aprontavam. Anna achava tudo uma aventura, não gostava do pai, Maciel era possessivo. Linha dura. Pentelhão, trazia tudo no cortado. Deu no que deu. Um dia nos pegou beijando, ela com a blusa aberta, me deu uma surra de chicote. Jurou que me mataria!

— Então, você não caiu no lixão, não se lanhou no ferro-velho? Por que não me contou?

— Não podia. Contasse, você ia querer ajustar contas com ele. E não podiam saber que era meu pai. Você não queria! Nunca entendi.

— Não se faça de bonzinho, agora. O arranjo era bom. Você topou. Tinha vergonha de mim, morria de medo que soubessem que eu era seu pai. Quem eu era? Um dono de *snooker*, bancava carteado em cassinos clandestinos, agiota, um monte de processos nas costas, agressões, acusado de estupro — tudo falso —, uma condicional, homem dos bordéis, das bancas de bicho. Um marginal, filhodaputa para a maioria, bode expiatório para a polícia. Quem queria isso para pai? Muitas vezes, sozinho aqui no domingo, pensei que você nunca devia ter voltado. Continuado no Rio, feito carreira, estudado na universidade. Tinha o dinheiro todo mês. Por que voltou?

— Voltei. Me dei mal? Com tudo o que tenho? Foram as cartas de mamãe.

— Que cartas?

— Ela me escreveu. Todas as semanas em que vivi fora. 1.080 cartas. O mesmo envelope sem remetente.

— Maldita. Mulher intestinal. Mil vezes desgraçada. Quebrou o acordo.

— Acordo?

— Pensei que era uma fortaleza. Era simplesmente mãe, igual a todas. Errei, ela não agüentou.

— Ela está viva, não está? Em algum lugar e você sabe.

Tocaram a campainha, quatro, cinco vezes. Antenor e o Padrinho se entreolharam. A faxineira manca acordou sobressaltada, pulou, cambaleou até a escada, puxou uma cordinha, a porta se abriu embaixo. Ela viu um homem alto, de uns 30 anos, moreno, subindo. Olhou para Padrinho e Antenor e desceu alguns degraus.

— Ei, espera, quem és, o que queres?

— Sou Pedro Quimera, repórter, quero falar com o Padrinho.

— Fiques onde está. Volto logo.

Subiu mancando e peidando.

— Tem um repórter aí, Padrinho.

Antenor levantou-se de um pulo.

— Não receba, não receba, o que ele quer? Como me descobriu? Passei o tempo despistando esta gente.

— Fique na tua! Calma! Nem sabe se é contigo. Deixe comigo! Entra ali. É a porta que você gostava quando criança. O castelo.

Antenor desapareceu por trás de um espelho deteriorado. Pedro Quimera subiu.
— O que quer, garoto?
Tem cara de sonso, esse eu engabelo, pensou o Padrinho. Vai ser divertido, este domingo vai ser muito divertido, está na hora de agitar, botar para quebrar, mudar um pouco tudo, Arealva anda monótona. Ai de ti cidade sanguinária, diria o padre Gaetano.

2

Antenor inquieto, sentindo-se prisioneiro no escritório do Padrinho, sem conseguir ouvir a conversa que parecia mais longa do que na realidade era. Finalmente Pedro Quimera foi despachado. O Padrinho esperou a porta bater, olhou pela escada, o jornalista tinha mesmo saído. A velha desconfiança. Ele atravessou o salão, empurrou o espelho atrás do qual Antenor tinha entrado, cruzou um curto corredor e chegou ao escritório.
Parecia o almoxarifado de alguém desorganizado. Um museu à espera de um catalogador. Prateleiras atravancadas com papéis, revistas, vidros com líquidos onde boiavam seres indefiníveis, garrafas de bebidas, bolas de bilhar e de boliche, caixas de baralhos, tinteiros, mata-borrões, ladrilhos hidráulicos, pássaros empalhados, rolos de fumo de corda, arame, molas, ferramentas, uma impressora, telefones, bonecos, pacotes. Não havia uma única partícula de pó, tudo impecável, o soalho lustroso, Lindorley esmerava.
Fotografias enchiam as paredes, cada uma com um nome e uma data à tinta. Em algumas, um jovem musculoso, com luvas de boxe, em outras, o mesmo homem no ringue, um adversário caído, recortes de jornais emoldurados. O Padrinho, campeão dos meio-médios, possuía uma esquer-

da raivosa. Antenor, intrigado, olhava uma foto em que uma morena de cabelos cacheados e brincos enormes sorria para a câmera, diante de um par de cisnes de papelão. O Padrinho contemplou a foto por um segundo. De repente, pareceu centenas de anos mais velho do que era. Dava a sensação de uma marionete com os cordões arriados, sem comando, solto sobre uma estante. Os olhos apagados.

– Você é mentiroso, Antenor!
– O que é isso, pai?
– Você não vale um centavo do que gastamos contigo, eu e tua mãe. Ela acabou a vida, perdeu o filho, para fazer de você alguma coisa. E me saiu um verme!
– Padrinho, vou te internar. Esclerosou...
– Fui levando a conversa para ver onde você chegava. Como pode mentir para teu último aliado?
– Desentendi.
– Quer dizer que naquela noite no estacionamento, depois do Baile dos Bons Espíritos, o Maciel quis te matar. Por que não se mataram os dois? Se mereciam.
– Disse a pura verdade.
– Verdade? Eu sei a verdade! Desapareci com o vigilante que tinha assistido a tudo. Malandros, você e o Maciel. Se expondo no meio da rua. Por que saí de todos os processos que me moveram? Nenhuma prova, nenhuma testemunha, nenhum rastro. Tive vergonha da sua burrice naquela noite.
– Quem é você para dar lição?
– Você matou Manuela! A única coisa honesta da tua vida.
– Você falando em honestidade?
– Então, a Anna foi para Araraquara e virou sapatão? Acreditou? Então está na hora de saber a verdade. Quem matou a menina no estacionamento? Desse crime misterioso, sei eu! Sua memória apaga o que não interessa?

Antenor tornou-se sóbrio de repente. Inteiro. Como se não tivesse tomado um só gole de álcool. Tinha resistência espantosa, derrubava os adversários nos copos. Sentava-se à mesa, os outros enchiam a cara, iam abrindo a boca, ele quieto, intacto.

— Não apaguei nada. O que sei, o que aconteceu depois, você me contou. Estava desmaiado, quando acordei, me vi em cima da mesa de *snooker*. O senhor, ali. A tua memória é que modificou. Você, Padrinho, é cheio de jogadas.

— Por que me chama de Padrinho?

— De vez em quando não te reconheço como o meu pai. A vida inteira foi cheia de mentiras, isso é que aprendi. Cresci abandonado!

— Abandonado? Te ensinei a se virar na vida, te ensinei os macetes. Quem te sustentou no Rio todos aqueles anos?

— Quem me dizia que todo mundo era sacana, que no mundo era preciso sacanear, mentir? Que era importante mentir. Quem me dizia que era um sacana honesto que jogava limpo?

— E é isso mesmo. Não acredito em ninguém, ninguém acredita em mim. Assim a gente se torna homem.

— Naquela noite, o Maciel me deu um tiro. Ao menos foi o que carreguei por vinte anos. Ou não foi ele? Então, Anna foi morta. Eu era apaixonado por aquela menina, ela teria mudado a minha vida.

— Mudado? O que você queria ser? Um pé-de-chinelo com uma profissão? Um advogadozinho? Professor? Contador? Um comerciário cheio de filhos, brigando para pagar escola, suando para pagar aluguel ou financiamento de casa. Para quem você está representando? Herdou minha sacanagem, foi além, se meteu em todas. Não tem volta.

— Nunca reparou como Manuela era parecida com Anna Karenina? Quando entrei no Snooker e vi Manuela jogando, fiquei chocado. Era Anna! Mesma altura, jeito, olhar atrevido.

— Romântico... não faz teu gênero... Hoje é dia da psicologia, aquele repórter lá fora quis interpretar coisas...
— Procurei Anna Karenina por toda a parte. Segui as pistas que me deram. Agora vejo. Era você que plantava, eu ia atrás, dava em nada. Ao menos diga-me em que túmulo está.
— Não sei. Não fui ao enterro!
— Então, o que houve aquela noite? Quem te contou o quê?
— O vigilante. Era um cambista dos meus, recolhia apostas do bicho. Ele e o Engraxate Noturno sabiam o que se passava dentro do carro do Maciel. O Engraxate sempre adorou olhar casais transando em carros, era especialista em furar janelas para ver mulher pelada.
Da casa das gêmeas que tocavam piano veio o som, alto, da *Valsinha*, de Vinícius e Chico Buarque: *Um dia ele chegou tão diferente / do seu jeito de sempre chegar olhou-a dum jeito muito mais quente / do que sempre costumava olhar*. Antenor tinha o olhar distante, apagado.
— Você saiu à procura de Anna. Não tinham dançado juntos uma única música, Maciel não dava trégua, não o deixava se aproximar. Ele te detestava, sabia da tua cumplicidade com Valéria, que o corneava. Passaram o baile se rondando, contemplando-se à distância. Até o momento em que Anna saiu para tomar a fresca, levada por um dos assistentes de Maciel e este desapareceu, deve ter ido cheirar sua carreirinha. O general tinha se retirado, a barra estava livre, sem os seguranças incomodados nos trajes a rigor. Estava frio, você percorreu o salão, saiu, procurou pelo carro de Maciel, não o encontrou diante do clube, foi até o grande terreno que tinha sido alugado para estacionamento naquela noite. Uma intuição, instinto animal, levava-o ao encontro dela, atraído pelo cheiro, o faro aguçado. Nós dois sempre tivemos faro para as mulheres, meu filho. Somos

bons, caçadores de primeira. Foi quando ouviu os gemidos abafados. Naquele tempo, Maciel tinha um Impala conversível azul, o sucesso da cidade, novo, reluzente, importado, sabe-se lá como, sempre foi homem de jogadas. Era o gemido da tua fêmea e você o reconheceu, filho, como um macho deve fazer. Pressentiu o perigo, a ameaça estava no ar. Caminhou para o Impala. Teve cautela, todavia. Sempre foi qualidade sua, a cautela. Nunca se expôs abertamente, mostrando o flanco. Até nos negócios age assim, principalmente neles. Por isso nunca te meteram a mão. Sorrateiro, suspeitoso, você ronda, de longe, depois chega. Fez assim, no estacionamento, ainda que estivesse excitado. O que estaria acontecendo com Anna Karenina? Aproximou e viu o médico deitado sobre a filha, tapando a boca com uma das mãos.

Não, não, isto é horrível, papai, não! Pelo amor de Deus, não, papai, minha mãezinha!

Sua mãe não vai ajudar nada, aquela vaca, está no inferno, você é igual a ela!

O senhor está louco papai, por quê, por quê?

Não me esqueço, Antenor. Nenhuma palavra do que você me contou. Do jeito que me contou, enquanto delirava na mesa de *snooker*. Levei o médico, ele retirou a bala, era um ferimento leve, mas não era o ferimento que o deixava daquele jeito febril. Daqui a cem anos posso repetir tudo, do jeitinho que me contou. O perfume de Anna enchia o ar, um cheiro de limão e alfazema, misturado ao perfume das damas-da-noite, havia mais de duzentas árvores em torno do clube. Você abriu a porta e, antes que Maciel pudesse se virar, acertou com o bico do sapato o ossinho da bunda, dói feito o cão. Ele deu um urro, atirou-se para trás, como que impulsionado por uma catapulta. Bateu no botão que acionava a capota, esta se abriu. Anna começou a gritar, Maciel arrancou o revólver do porta-luvas, tudo rápido, nem dava para ver direito como acontecia. Você não sabia se socorria Anna ou se pulava sobre o médico. Ele deu o primeiro tiro com um 38 de cano curto e você caiu sobre ele, urrando, aos socos, sempre foi forte. Maciel era um homem minado. Veio o segundo tiro e mais um, o som das orquestras era alto, duas[1] tocavam ao mesmo tempo, o apogeu do baile. As pessoas procuravam o Maciel e sua filha, queriam vê-los dançar de novo, dava gosto. Você empurrou a cabeça dele para baixo do volante, não havia como se movimentar, levou uma no queixo, se apagou. Então, percebeu Anna estendida no banco traseiro, o buraco no peito, o vestido branco manchado de sangue. Bateu forte, em você, o instinto de sobrevivência. Olhou em volta, não havia ninguém. O carro no meio do estacionamento, eram centenas, de toda a região. Não percebeu, estava apavorado, não podia perceber o vigilante escondido. Tentou sair do carro e sentiu que estava ferido, o sangue o assustou, você não podia andar, tinha levado um tiro na perna. Foi então que se ouviu mais um tiro e a polícia disse, depois, que foi este tiro, de uma pistola automática, que matou Anna Karenina. Você ficou em estado de choque. Não era medo, mas sim confusão, a cabeça atordoada, o horror de ver Anna daquele modo, uma dor imensa que não explodia em choro para aliviar. Somos iguais, filho, não conseguimos chorar. Esprememos e não sai uma lágrima. Podemos estar arrebentados e ficamos secos, daí acharem que a gente não se emociona. Mas isto é bom, acharem que somos insensíveis. Nos deixam em nosso canto, não mexem com a gente. Têm medo, as pessoas aqui têm medo de nós. Ninguém pode prever o que pensamos, do que somos capazes. Fico imaginando que prato cheio seria para o Adriano se ele soubesse que somos pai e filho. O que ia levantar. Ele e esse jornalzinho escroto, *O Expresso*! Um bombardeio feroz, do cão, para não deixar pedra sobre pedra.

---

[1] Eram as orquestras Tabajara e a de Sílvio Mazzuca, as melhores do Brasil.

Antenor estava assombrado. O Padrinho tinha disparado, como metralhadora giratória. Uma coisa represada que explodia agora. Anna estava morta. Mas quem dera o tiro, ele ou o pai dela? Tudo tinha sido encoberto, de uma forma que ele não conhecia. O Padrinho o mandara para longe, para um hospital em Curitiba. Não havia nada grave em seu ferimento, mas os médicos eram psiquiatras e terapeutas e foi uma longa temporada, oito meses distante de Arealva. Quando voltou, soube que Maciel tinha perdido a licença para clinicar, mulheres apareceram acusando-o de terem sido violentadas, o consultório foi fechado. O médico teria ido para a Europa. Valéria há muito estava em Araraquara, dava aulas de ikebana, pintara os cabelos de loiro, fizera uma plástica e vivia com o administrador de uma fábrica de meias.

— Quem atirou? Ele ou eu?
— Quem vai saber a esta altura? O mistério é o último tiro.

Olharam-se ferozmente. Encarando o Padrinho, Antenor sentiu-se mal, os olhos do pai o fitavam com raiva.

— Por que Maciel te chantageava?
— Diz que tem as cartas de minha mãe.
— Todas? As mil e tantas?
— 1.080. Em disquetes. E alguém tem cópias destes disquetes.
— O Efrahim? O Engraxate?
— Um é esquisito, nunca se sabe de que lado está, o outro é um coitado.
— O Engraxate nunca foi coitado. Finge, porque é melhor. A polícia só não põe as mãos nele porque tem costas quentes, fervendo. Se ele cai, cai um mundo, não interessa a ninguém. Se você mantém o leão bem-alimentado, ele é manso, e a polícia de Arealva tem a melhor comida do mundo.

— Efrahim não tem motivo.
— Talvez tenha, talvez tenha, se é o que estou pensando.
— Só que nunca se sabe, se soube, se saberá o que está pensando. E o que vai fazer. Ou como.

O Padrinho fitava Antenor, absorto. Nada parecia incomodá-lo.

— Ela está viva, não está?
— Quem está viva? Anna Karenina?
— Minha mãe. Maciel garantiu.
— Maciel, Maciel, Maciel. Duzentos mil habitantes nesta cidade e o que me cai na frente é o lixo, o refugo. Pó de traque. Ele está blefando, não tem as cartas, aquele disquete é vazio. Nas mesas de carteado do Taco de Cristal ele blefava, blefava tanto que foi proibido de jogar, ninguém sentava na mesa com ele. Divertia-se com o blefe. Mesmo quando tinha cartas fortes, fingia o blefe.

— Estive em casa, as cartas sumiram.
— O energúmeno!

O Padrinho falava para ele mesmo.

— Que mania a de sua mãe. Aliás, não era ela mas sim aquele energúmeno da Escola de Comércio. Apaixonado por ela.

— Apaixonado?
— Ele e os outros.
— Outros? E você não fazia nada?
— Não podia, e não vou explicar, porque isto me dói, e vai doer em você.
— Já sou meio grande, meio maduro.
— Mas não vai gostar, e não vou dizer, não é o caso. Agora dê um tempo aqui, vou com esse repórter à casa do Engraxate. Posso aproveitar o bostela para espalhar umas pistas. Na direção contrária.
— Vou junto.
— Junto, não! Pode aparecer depois.

Todo Cadáver Esconde Um Número Telefônico

1

Vamos retornar ao dia seguinte, ao quintal do Engraxate Noturno, onde Maciel foi encontrado morto. Acompanhemos Pedro Quimera para saber se está se saindo melhor.

Antenor usava um perfume forte, doce, que Pedro não identificava. Pouco sabia destas coisas, a não ser o que lia em colunas sociais. Certa vez uma delas trouxe o perfil de Antenor por meio de seus usos e costumes. As roupas que vestia, as gravatas, meias, sapatos, o creme dental, marca que Pedro nunca ouvira falar, devia vir nas malas, quando o casal chegava da Europa ou de Bangcoc. Por que eles iam tanto a Bangcoc? Não seria algo a se investigar? Turismo ou alguma coisa mais? Um paraíso fiscal? Luisão bem podia enviá-lo numa reportagem internacional, investigativa.

Antenor estava num terno de albene, bege, com a inevitável gravata espalhafatosa, vermelha e amarela, estampada com bandolins e guitarras. Como conseguia não transpirar debaixo do mormaço? O que fazem os ricos para se mostrar sempre à vontade, como que saídos de uma chuveirada? Costumava perguntar Yvonne, quando, nas tardes de verão, chegava ao estacionamento do *shopping*, afobada e suada, a blusa manchada debaixo dos braços, e via aquelas mulheres frescas, peles macias. Sabia-se que Antenor escolhia a cor da roupa pelo mapa astral, preparado pela vidente que trouxera de Passo Fundo, região que produz os melhores especialistas do Brasil.

– Mataram o Engraxate?
– Não. O Maciel.
– O Maciel? Enfim, encontrou o dele.
– E assim, você não encontrou o seu.

Pedro Quimera vislumbrou uma expressão dúbia no rosto de Antenor. De espanto, incompreensão.

– Não sei por que diz isso!
– Sabe. Sabe que escapou.

Antenor, desconfortável, olhou para Pedro Quimera e para o Padrinho.

– Ele ia te pegar. Mais dia, menos dia.
– Não entendo...

Agora parecia desesperada a tentativa de fazer o Padrinho se calar. Este, era evidente, se comprazia com a angústia de Antenor, fingia que não entendia os sinais. Aliás, não mais imperceptíveis. Como se Antenor estivesse gritando com um megafone. Qual a ligação entre o Padrinho e Antenor?

– Tua sorte foi a covardia do Maciel. Ele passou a vida fazendo um plano para te apanhar. Demorou, se acabou. Se acabou demais. Caiu nas mãos do Engraxate Noturno. Isso, sim, foi decadência!

– Filhodaputa! Mereceu cada milímetro do poço em que se afundou.

– Poço que começou no estacionamento.

Os olhos do Padrinho brilhavam, irônicos. Havia diversão no espicaçar Antenor. Não existia outra explicação para as frases. Pedro Quimera podia não ser o melhor jornalista da cidade, mas estava ligando a velha história do estacionamento ao que o Padrinho agora dizia.

— Você nunca suportou a amizade entre Manuela e Maciel. Vivia desconfiado. Mais do que isso, passou anos apavorado, com medo da vingança que o médico preparava. Era uma vendeta aberta. Todos sabiam! Durante anos a cidade viveu à espera do grande momento, o encontro entre Maciel e Antenor.

Foram coisas que se passaram antes que eu chegasse aqui, pensou Pedro, ouvidos atentos. Ao mesmo tempo procurava disfarçar, a escuta ostensiva poderia interromper a conversação.

— Ele tinha medo de mim.

— Maciel não tinha medo de nada. Tinha ultrapassado todos os limites. Vivia num caminho sem volta.

— Besteiras, Padrinho! Sua cabeça é cheia de fantasias. Se o Maciel quisesse me pegar, teria pego. Nos encontramos um milhão de vezes desde aquela noite.

— Esse homem conservava uma ética particular. Queria te pegar de um modo especial. Queria preparar uma cena que levasse as pessoas a admirá-lo outra vez. Ele buscava de volta o respeito desta cidade, tinha nostalgia da época em que era invejado, idolatrado. E te culpou! Você foi o responsável por tudo.

Pedro estava perplexo com a fala do Padrinho. Nunca o imaginara inteligente, curioso. Seria preciso viver ao seu lado muitos anos para saber tudo, as tramas que escondia. Súbito, Quimera achou sedutor este mundo sub-reptício, cheio de códigos. Deveria ter os poderes de Alice para atravessar o espelho e olhar tudo ao contrário. Entrar no mundo inverso. Transformar sua vida. O que o deslumbrava no Museu Lev Gadelha era um livro e uma coleção de gravuras italianas, *Il Mondo a la Rovescia. Ossia Il Costume Moderno*. Passava horas com o volume que Manaia, o curador, deixava em suas mãos. Ali estava o homem no espeto sendo assado pelo boi, o marido costurando e a mulher indo trabalhar, o galo pondo ovos e a galinha cantando, o peixe pescando o pescador, o burro chicoteando o homem que puxa o arado, o coelho caçando o caçador, o estudante batendo com a palmatória no professor. Este mundo invertido divertia Quimera, que sonhava com pretos virando brancos e brancos virando pretos, mulheres virando homens e homens virando mulheres, *gays* se tornando lésbicas, chineses se transmutando em japoneses, os automóveis na cozinha e os fogões pelas ruas, lâmpadas nos pés de xuxu, congestionamentos de máquinas de lavar roupas.

Voltou dos devaneios ao ouvir o Padrinho gritar (por que grita tais coisas, gratuitamente?).

– Cinco pessoas sabiam o que aconteceu no estacionamento, Antenor! Você, Maciel, Anna Karenina e o vigilante da guarita. Quem era a outra, do solitário tiro com uma pistola automática? O vigilante sumiu no dia seguinte. Evaporou. Sem cadáver não há crime. Onde estarão os ossos? A cidade não quer achar os ossos da baleia? E por que ninguém procura os ossos do vigilante?

Do outro lado do muro, a voz metálica, infatigável debaixo da soalheira, prosseguia: ai de vós, escribas e fariseus, hipócritas! Sois semelhantes a sepulcros caiados, que por fora parecem bonitos, mas por dentro estão cheios de ossos mortos e de toda imundície...

– Você é um fariseu, Antenor!
– O que é fariseu?
– Fariseu e ignorante. Estava muito bem, ontem à noite, ajoelhado aos pés daquele impostor, cheirando o ouro.
– Ei, Padrinho! Quem ouve pensa que você é Santa Teresa.

Os religiosos começaram a deixar o quintal vizinho. Pela cerca esburacada podiam ver Pedro Quimera, Antenor e o Padrinho. Aproximaram-se para passar um folheto, viram o cadáver do dr. Maciel.

— Algum problema, irmãos? Deus pode ajudar?
— Quem precisava, ele abandonou. Aquele ali. Já partiu ao encontro do Senhor para ajustar suas contas. Vai ter muito a cobrar do seu bom Deus.

Pedro percebeu que o religioso se conteve, a ira perpassando pelo seu rosto diante da ironia do Padrinho.

— Deus o receberá bem.
— Vai ter dificuldades em responder por que o colocou neste mundo. Maciel vai pentelhar até saber por que tanto abandono.

— Deus tem seus caminhos...

O companheiro do religioso sentiu que era conversa inútil, a barra ali era outra.

— Se quiserem, podemos chamar a polícia.
— Não se metam, irmãos, não se metam, fiquem com suas rezas e seus cantos, seus fariseus e salmos.

Os homens afastaram-se. Temiam a Deus, mas não eram tolos.

— Eles vão chamar a polícia.
— Que chamem! Não vamos embora sem entrar na casa do Engraxate. Quem terá acertado o Maciel?
— Ah, vai, vai! Vê lá se você se importa! Revistou os bolsos?
— Quer apostar? Vamos encontrar um número de telefone e um nome.

Pedro Quimera admirou a tranqüilidade com que o Padrinho enfiou as mãos nos bolsos do morto, virando-os do avesso. Estavam vazios e ele continuou, imperturbável. Igual mulher ciumenta devassando os bolsos do marido à cata das provas de infidelidade, um bilhete, um lenço manchado de batom. O cadáver foi virado de costas, estava enrijecido, Quimera fechou os olhos, aquilo enojava, enjoava. E atraía. Por mais que o Maciel tivesse aprontado.

— Não disse?

Não havia certeza, mas Pedro teve a sensação de que o papelzinho já estava nas mãos do Padrinho.

– Um nome? De quem?
Neste momento ouviu-se uma brecada, pneus se arrastando, uma pancada, gritos, outra pancada, um motor acelerando, se distanciando. Olharam, os crentes corriam, alvoroçados. Antenor caminhou até um ponto do corredor, protegido por um pé de xuxu que cobria uma laranjeira como um véu.
– Um carro atropelou os crentes!
– A polícia vem já. Temos que entrar na casa.
O Padrinho desdobrou o papel azul.
– Mariúsa.
Pedro Quimera tinha se aproximado. O bastante para ver o número. Deslumbrado com a possibilidade detetivesca, não percebeu que o Padrinho deixava escancarado para que ele memorizasse.
– Mariúsa! Mariúsa! O que ela tem a ver com tudo isto? Que filhodamãe, o que esse cara foi desenterrar? Para mim essa mulher está morta. Morta!
– Os mortos voltam, Antenor. Maciel pode ter telefonado para ela na noite passada. Por quê? O que conversaram?
– Chega deste dia infernal! Manuela morta. Maciel assassinado. Mariúsa! Por que teve de reaparecer?

2

Quando percebeu, Quimera estava diante de Antenor. Por que falavam abertamente nessa Mariúsa? Como descobrir? Que dureza investigar!
– O senhor! O que faz aqui?
Antenor, abismado, considerou petulante a indagação. Era conhecido por desprezar jornalistas depois que a imprensa tinha levantado suspeitas sobre o seu enriquecimento.

— De que jornal você é?
— De *O Expresso*!
— Peça ao Luisão para me telefonar.
— O Engraxate viu o senhor saindo do carro de Manuela durante a tempestade[1].
— Não pode ter me visto, eu estava no Nove de Julho, jantando. Fiquei lá até o promotor me avisar do crime. E o Engraxate, meu caro, sumiu, ninguém sabe, ninguém viu.
— Um empresário que estava no jantar afirma que o senhor desapareceu por meia hora...[2]
— Quem? Quem é esse empresário?
Engraçado jogar bosta no ventilador, pensou Pedro. Divertia-se agora. Pingos de suor desciam da testa de Antenor, manchavam o paletó de albene. Quimera estaria mais confiante sem a presença do Padrinho. Ela provocava insegurança. Por tudo o que o Padrinho parecia saber. Ou seria apenas um jogo? Que homem desconcertante, tão por dentro dos subterrâneos da cidade.
— Responde, Antenor!
— Qual o teu jogo, Padrinho?
— Meu. É o meu. Não o teu. Não mais o de Manuela.
— Encheu! Acabou! Com Manuela morta, acabou!
Esbravejava, porém o corpo não se movia, apenas os lábios se mostravam contorcidos, cheios de raiva. O Padrinho colocou a mão sobre a cabeça de Antenor, este recuou e se atirou para a frente, tentando uma cabeçada. O Padrinho, ágil, desviou, Antenor perdeu o equilíbrio, bateu de encontro à porta da casa, que abriu, ele caiu no interior da sala iluminada pela televisão ligada num programa ecológico. Havia milhares de peixes mortos à beira do rio[3].

---

1) Tinha ocorrido de repente e Pedro sacou o que veio à cabeça.
2) Outra sacada, ele sabia, pelas leituras, que em filmes e livros se fala qualquer coisa.
3) Instante politicamente correto.

O Padrinho entrou, apressado. A casa revirada. Gavetas abertas, latas de graxa de todas as cores esparramadas, escovas, panos de lustro, caixas estilhaçadas, madeira lascada. O telefone fora do gancho. Num canto, coberto por um saco de estopa, o computador. Quimera se espantou. O que fazia ali um PC?

— Os disquetes. Os disquetes. Devem ter sido feitos aqui.

Antenor revirava o já revirado, acompanhado pelo Padrinho. Não havia nada inteiro, travesseiros rasgados, colchão sujo perfurado, criados-mudos de ponta-cabeça, guarda-louça sem vidro.

— Levaram tudo!

Aturdidos, caminhavam pela casa de quatro cômodos, olhando dentro das caixas do Engraxate. Havia diversas, cada uma num tipo de madeira.

— Não ficou nada. Quem seria?

— Ele recebeu carregamento quando? Anteontem. Passou pelo Snooker, mas o máximo que conseguiu vender foi um pouco de *crack*, a turma ali é dura. Quando te viu na praça, de certo levava encomenda para você.

— Ninguém me viu! E eu não transava com o Engraxate.

— O que veio fazer aqui?

— Ouvi vocês conversando no Snooker, vim atrás.

Ele ouviu? Então, estava no Snooker? Fazendo o quê? Esta coisa se enrola para mim, que merda! Quimera se desconcertava.

— E vamos logo, daqui a pouco vai estar cheio de gente é só a notícia se espalhar. Nem sei como você veio, o jantar no hotel foi da pesada. E você não cuidou direito do Ruy Banguela. Ele te viu sair pelos fundos, quis me vender a informação, de certo foi ao Iramar.

— Que vá ao Portella. Encontre o cara.

— Agora vi que Ruy estava certo. Mas achei que você não tinha saído do hotel.

Pedro ficou satisfeito. Então, o chute dera certo, Antenor saíra do hotel.

— Me corta a cabeça, coloca numa bandeja e entrega ao menino, entrega ao Portella, leva para os jornais. Gordão, você não está ouvindo nada! Esse é um gagá! Decrépito!

Decrépito, pensou Pedro. Onde este homem arranja estas palavras? Por que tem cuidado ao agredir o Padrinho? O que há entre os dois? Não andei um milímetro, sou um fracasso, não sei por onde avançar. Até aquele detetive cego, Max Carrados, enxergava mais do que eu. Quimera descobriu Carrados no porão da biblioteca municipal, onde havia lotes de livros empoeirados. Divertia-se mais com Ellery Queen que com Hegel, tão adorado por Yvonne.

— Quem veio trabalhou bem. Vamos embora.

— E o Maciel?

— Finito! Que se dane!

— Vizinhos nos viram. E os crentes. Estão curiosos, te conhecem. Vão soltar a língua. Esse povinho adora fofoca, você é prato cheio. A polícia deve estar vindo por causa do atropelamento.

Quinze minutos depois, viaturas pararam. Vizinhos entraram junto. Um dos policiais se apresentou direto a Antenor.

— Pois não, doutor! Qual o problema?

— Comigo nenhum. O Maciel teve. Está morto!

— O dr. Maciel! Enfim, abotoaram o chavequeiro.

O policial foi à erva-cidreira, abaixou-se, cutucou o peito de Maciel.

— Tiros e facadas!

Mandou que policiais dessem busca, procurassem as armas.

— Que dia, doutor! O senhor deve estar bem-acabado.

Ora, observou Pedro. Se havia alguém que não se mostrava acabado nem abalado era Antenor. Na verdade, não parecia que a mulher dele estava morta. E por que o policial não indagava o que o homem fazia ali? Não ia perguntar nunca. Via-se pela atitude servil.
– O pior de minha vida... como o senhor se chama?
– Dosualdo.
– Vou me lembrar! A polícia tem sido gentil!
Por que ele não vai para casa? Como deixou a mulher morta e veio para esta espelunca? Pedro inconformado, incomodado pelo calor. O sol tinha desaparecido. Nuvens fechadas, o mormaço abafava, a cidade transformada em estufa, faltava ar. Chegaram viaturas da Técnica, fotógrafos.
– Não vai me dar entrevista?
– Não me viu nem vai contar nada. Não contando é meu amigo e gosto muito dos amigos.
– O que quer dizer?
– Que estou fazendo um novo amigo. Gostei de você, um jovem esperto! Não mete a mão em cumbuca nem escreve o que não deve.
Antenor se despediu, atravessou o agrupamento que ocupava a rua e entrou no Honda Civic azul-turquesa, acompanhado pelo Padrinho. Este bateu nos ombros de Pedro.
– Se gostou do chopes da Lindorley, apareça para tomar comigo!
– E a entrevista?
– Nunca dei. E ninguém vai acreditar em mim. Também eu só ia dizer mentiras, o que me conviesse. Igual a todo mundo.
Nesse momento, por trás do aglomerado de pessoas, Pedro viu Efrahim tentando olhar através dos ombros de duas gordas que impediam a passagem. Parecia ansioso. Também ele? O Engraxate era mais popular do que podia imaginar. Queria ver se chegava até Efrahim. Porém, o dono

do Café se esgueirou e subiu pela viela. Protegido por um guarda-chuva e carregando um embrulho de papel rosa. Intrigado, decidiu seguir o dono do Café. Estava matando tempo. A viela passava por um pontilhão, antigo ramal da ferrovia, futura avenida a ser construída pela empreiteira de Portella, e ia dar numa vila popular. Conjunto residencial erguido nos anos 40 pela fábrica de chapéus, transformado num cortiço ocupado por sem-terras, bóias-frias, desocupados, desempregados, indigentes, ladrões, trombadinhas, meninos de rua, retirantes, bêbados, drogados, traficantes, cambistas, aposentados, camelôs. Refúgio que inchava com barracões de madeira, plástico, papelão, zinco, todo material disponível. Iramar Alcifes sugeriu que se pusesse fogo em tudo, mas a reação foi violenta, ele se calou[4].

Efrahim e Pedro, na sua cola, atravessaram, pelo lado melhor da favela, uma rua com casas de alvenaria, a maioria com o reboco estourado. Entraram por um matagal. Pedro suando, a camisa empapada. Pingos de chuva. Se caísse o temporal que prometia, seria violento. Logo à frente, o grande muro da Focal, vasta ruína incendiada. Efrahim foi contornando até encontrar um buraco escondido por pés de mamona. O que vinha fazer? Encontrar os fantasmas dos maquinistas? Ao longo do muro, restos de velas coloridas, gamelas, ossos de frangos, garrafas, retratos emoldurados, objetos de cerâmica, partes do corpo reproduzidas em cera, ex-votos dos que pediam graças aos que morreram no incêndio de 1953. Muitos milagres tinham surgido daquele fogo, havia uma peregrinação anual. Foi então que ocorreu a Pedro[5]: o carro de Manuela, o Civic Honda azul-turquesa. Estava com Antenor.

---

[4] Todavia, a idéia permaneceu na cabeça de muita gente, de vez em quando falam no assunto.
[5] Quimera, às vezes, é rápido, outras, muito lento.

Encapar o Pau para Não Morrer

1

Se Pedro Quimera tivesse carro ou estivesse com o jipe do jornal, poderia ter seguido o Padrinho e Antenor. Assim, enquanto está atrás de Efrahim, baseado em intuição — qualidade que sempre teve, é importante dizer —, acompanhemos o Civic Honda. Seria este o carro que o Engraxate Noturno viu parar? Teria saído deste porta-malas o corpo de Manuela?

— Encara essa, Antenor. Quanto mais demorar, pior. Você tem que enfrentar, está na hora.
— Ir para casa? Com aquela multidão na avenida? Está um carnaval, virei bicho de zoológico.
— Vamos para o Regatas e Navegantes, entramos na sua casa pelo lago.

O caminho para o clube era uma rodovia arborizada, as árvores fechando as copas como um túnel. Faltavam três quilômetros para a entrada, o tempo fechou de novo.

— Se for igual ontem, estamos malpagos. Melhor correr.

Carretas de cana-de-açúcar, indo para as usinas, não deixavam ultrapassar. O céu negro, canícula insuportável.

Antenor usou o acostamento, deixou os caminhões para trás. O asfalto cheio de bagaços, cana esmagada, poças meladas, tomadas por moscas e abelhas. Na porta do Regatas e Navegantes, o porteiro, num grotesco uniforme marítimo azul e branco, como se estivesse pronto a comandar um iate, olhou surpreso para Antenor. Hesitou.

— Ah, doutor! ... Já soube... Meus... pêsames... E o senhor aí?

Se fosse coisa boa, ninguém saberia, pensou Antenor.

— Meu convidado.

— O RG, por favor.

— Serve o número? Estou sem...

— Respondo por ele, disse Antenor, irritado.

O porteiro liberou, Antenor se voltou para o Padrinho.

— Você tem tantos RGs e na hora em que precisa não tem nenhum.

Para evitar a parte social do clube, deram a volta por dentro do bosque que rodeava o lago até o Pier 9. Talvez alguém pudesse emprestar um barco. Apenas um homem gordo, de pele curtida pelo sol, estava no *pier*, sentado sobre pneus. Alencastro, o concessionário da rede de tevê.

— Que chatice essa história, meu irmão! Uma tristeza! Nem sei o que dizer! O que faz aqui com esse rolo todo?

— Vou para casa. Só que a rua está entupida de povinho, imprensa, estão me enchendo o saco. O jeito é entrar por aqui. Tem um barco para me emprestar?

— O Princesa da Mesopotâmia está com minha filha, foi velejar no lago leste. Se quiser, pega a lanchinha, a Zoraide. Esperta como ela só. Acho melhor esperar a tempestade.

— Não posso esperar! Não tenho medo de me molhar um pouco.

— Volto já, vou mandar o marinheiro preparar a Zoraide.

Ficaram os dois em meio ao silêncio. Pequenas ondas,

faziam chap-chap nas madeiras do *pier*. O medo das chuvas não tinha levado muita gente para o lago, eram raros os barcos, ao longe.

— Agora conta. Da minha mãe. Ela está viva, não está? O que aconteceu? Que história era aquela dos homens apaixonados? O senhor conversa por meio de charadas e sempre fui fraco nelas.

— Não eram cartas de sua mãe que o Maciel tinha.

— Conheço os envelopes. Não sei como ela conseguia tantos, iguais.

— Eu buscava.

O Padrinho, imperturbável. Assim Antenor o conhecia, tranqüilo diante das piores situações. Tremendo autocontrole, cara-de-pau que irritava adversários de jogo. E ele tinha visto o pai enfrentar circunstâncias insólitas, de alta voltagem, principalmente quando desesperados que tinham emprestado dinheiro e não podiam pagar ameaçavam com violência. Deveria ter herdado esta qualidade para os debates políticos. Eram a sua fraqueza, perdia a paciência, virava a mesa, sobretudo com as provocações de Adriano Portella. Dizia-se que este aprendera a ter calma ao freqüentar paus-de-arara nos tempos em que foi subversivo com retrato em cartazes. Passado freqüentemente trazido à tona, ridicularizado pelas novas gerações, afinal mais de trinta anos tinham se escoado. No entanto, o Padrinho é um homem singular, pode explodir por nada, um fósforo que não acende, café pingando de uma xícara muito cheia e manchando a camisa, um prato trincado, vinho e cerveja em copinho de plástico.

— Maciel disse que podia me levar a ela!

— Maciel está morto!

— Não é este o problema, é o que ele disse.

— O que ele dizia valia tanto quanto uma cabra cagando.

— E as cartas? Que história é essa de que você buscava? O que existe em tudo que não sei? O que me esconderam? Por que me esconderam?

— Não volte o jarro tantas vezes à fonte, que ele se quebra... Eu buscava aqueles envelopes. Fabricados pelo Ferrari, um sujeito grandão e boa-praça, a mulher dele fazia a melhor feijoada da cidade. A cada seis meses ia para Araraquara, o Navega da papelaria tinha o pacote pronto. Depois que sua mãe morreu, nunca mais voltei.

— Só que ela não morreu, não é?

De algum rádio na garagem de barcos veio a voz de Harry Belafonte cantando *Merci Bon Dieu*. Velha música do guitarrista Frantz Casseus, parte da *Suíte Haitiana*. O Padrinho quieto, olhos baixos.

— A primeira vez que Heloísa subiu ao Snooker, estávamos reformando as mesas.

— Heloísa?

— Sua mãe. Ela ficou anos e anos passando pela porta, ficava parada, olhando a escada. Nunca se atreveu a subir. Naquela tarde, atravessou devagar os 65 degraus. 65 degraus. Este ia ser o nome do Snooker, até o dia em que o corcunda que lavava a igreja e jogava muito bem me disse, depois de uma partida: o seu taco parece de cristal, Padrinho. Achei glorioso, Taco de Cristal. Quando Heloísa começou a subir, a cega do sobradinho cor-de-rosa, que fica em frente do Velho Mercado, colocou o disco com essa música, ouviu o dia inteiro.

— Não ia se chamar o Taco Partido?

— Não era comercial, apenas uma lembrança minha, com ele comecei, com ele acabei.

— Quero saber de minha mãe!

— Estou falando dela. Heloísa odiava aquele lugar, talvez porque eu gostasse tanto, era uma paixão, passava o tempo inteiro ali. O feltro verde, as caçapas, as bolas coloridas e brilhantes, o triângulo de madeira, a primeira tacada, as bolas se esparramando, cada uma buscando uma posição. As bolas passam a te conhecer, te amar ou odiar, percebem que você gosta delas ou não, conhece o ofício e então te ajudam ou te derrotam, elas se colocam em lugares propícios ou inacessíveis, rolam fáceis ou param, desviam ou buscam alegres uma caçapa.

– Está chovendo! Vamos nos abrigar!

O Padrinho não se moveu. Tinha os olhos esbugalhados, fora das órbitas. Está chapadão, o que será que tomou?, pensou Antenor. Quando o aguaceiro começou firme, ele sentiu todo o cansaço e o corpo nu de Manuela sobre o tampo de fórmica do Instituto Médico Legal reapareceu. Estremeceu de prazer. Queria ver o corpo retalhado pelo Morimoto. Nunca tinha sentido tanto desejo por Manuela como agora.

– Trezentas e dezesseis partidas com aquele taco. Seguidas, sem perder. Não perdia, ninguém queria jogar comigo. Limpei todo mundo e comprei o bar da estação. Ali vi Heloísa pela primeira vez. Ela chegava de Lins, ia fazer baldeação, quatro e quinze da madrugada, pediu Malzebier, eu não tinha, corri buscar no bar do Nove de Julho. Ela bebia e a espuma rodeava os lábios, ela retirava com a língua, tive vontade de tomar cerveja lambendo aquela língua.

Posso me sentar?, perguntei.

O bar é seu, a mesa é sua, a cadeira é sua.

Mas quando o freguês senta, a mesa se torna sua casa, o outro precisa pedir licença.

Ficamos dizendo bobagens assim um para o outro, até que ela tomou o último gole e me encarou.

Se quiser – disse, muito séria e profissional –, se quiser, estou esperando o trem, mas posso faturar uma, não gosto de perder tempo.

Fiquei pasmado, mas sou pé-no-chão, fechei as duas portas do bar, encostei mesas e ela viu que eu tinha dois tacos de cristal, um no *snooker*, um comigo. E fomos assim, assim, o trem veio, se foi, gente bateu na porta, só abri o bar na tarde seguinte, estávamos doloridos, porra, que besteira transar numa mesa de granito fria, me arrebentou as costas. E sabe o que ela fez? Me disse:

 Demos tantas e a tanto por cada uma, você me deve tanto.

 Ao menos faça um abatimento. Faz uma por conta da casa e não te cobro a cerveja.

 Fiquei puto, achei que ela tinha gostado do taco de cristal, ela disse que sim, mas que precisava cobrar. Era o mesmo que eu beber as cervejas do bar ou ficar dando café para quem entrasse. Aceitei, estava diante de uma profissional eficiente, até paguei um pouco mais, afinal ela perdeu o trem, a passagem. Não sou bonzinho, não, era para agradá-la. Passaram três, quatro, oitenta trens, e ela deixava partir. Quando a locomotiva apontava na plataforma, eu a olhava. Com medo que se fosse. Os sinos e apitos de chegada me deixavam numa tal angústia que a minha pele se repuxou, como alguém que fez muitas operações plásticas. Heloísa foi me ajudando e o botequim faturando, enchia de gente, tive que combinar com a Estrada de Ferro para não cobrar ingresso de quem vinha para o bar. Naquele tempo as pessoas tinham que pagar para entrar na plataforma. Heloísa cantava bem e, às vezes, entre o trem das onze da noite e o das duas da madrugada, a gente fechava as portas e ela dançava em cima do balcão. Depois arranjei mais uma dançarina, mas a Estrada de Ferro não gostou e perdi a concessão. Era uma empresa muito rígida, os ferroviários meio escravos, tinham um medo terrível, estavam todos proibidos de freqüentar o bar. Por ordem de um diretor, também apaixonado por Heloísa, que estava lá todas as noites. Um alto, apelidado o Húngaro, usava botinas brilhantes com cadarços enormes, óculos de metal dourado e, quando Heloísa dançava, fazia um ruído engraçado com a garganta, como se estivesse gargarejando, todo excitado. Um dia a Estrada comunicou: acabou, assim não pode, estação não é putaria. Não havia putaria nenhuma, esta cidade sempre foi moralista, fechada, um bando de recalcados hipócritas. Conhece cidade que tenha mais cornos? Foi aí que Heloísa alugou o casarão dos Laticínios, reformou e montou o cabaré, buscou mulher em tudo que foi lugar. Nunca vi ninguém com mais faro para descobrir putas. Aqui na cidade pegou umas trinta meninas, das melhores, tirou dos orfanatos, as freiras entregavam, louquinhas por dinheiro, ainda prometiam arranjar outras. Heloísa dizia que as meninas iam estudar em bons colégios e como freira não freqüenta cabaré, jamais se descobriu. Naquele tempo podia-se ir a um cabaré, deitar com qualquer mulher. Não é como hoje, você encosta e pega Aids. E ela te mata! Te mata por uma fodinha de dois minutos. É como enfiar o pinto numa tigela de ácido, ele te come, te come todinho, as bocetas e os cus ficaram perigosos, radioativos, túneis da morte, bocas de lobo que conduzem ao cemitério. Não, meu filho, esta não é uma época boa para se viver alegremente. Nem se pode mais se divertir, acabaram com o prazer. Por isso os caras se divertem correndo com motos, fazendo rachas de carros, quebrando o pau nos estádios, matando-se, passando o dia nos *videogames* e *videopokers*, cheirando, digitando nas teclas do computador. Agora precisam encapar o pau para não morrer...

– Pára de delirar! Nunca te vi assim. O que há? As cartas? As cartas, pai! Quem é que escrevia?

– Quem escrevia o quê?

– As cartas de minha mãe!

O Padrinho refletiu um instante, como se não soubesse do que Antenor estava falando. O olhar vazio súbito recuperou um pouco de expressão.

– O energúmeno do escrivão do cartório, apaixonado por ela.

— Então, ele sabia tudo, de você, de mim.
— Sabia, não faz mais nada com o seu conhecimento.
— Onde está?
— Morreu.
— Você matou, não matou?
— Morreu de velhice, tinha 78 anos quando escrevia as cartas, era um homem letrado, o único de Arealva que tinha lido um tal de Castelo Camilo Branco!
— Você não diz nada, delira, te conheço. Metade disso não é verdade. A outra metade é mentira. Minha mãe não era puta! Não pode ser, eu saberia antes, muito antes... E por cima esta chuva enchendo o saco!

O lago crepitava sob a tempestade. Padrinho e Antenor escorriam. Barcos voltavam apressados.

— Ela não morreu, não é pai?
— Está no fundo desse lago. Afogada. A ceguinha do sobrado cor-de-rosa a empurrou de um barco. *Merci Bon Dieu*. Mandei chamar e a cega um dia subiu ao Snooker, eu queria saber o que queria dizer aquela música que ela tanto tocava, ela respondeu: só se me ensinar a jogar. Já vi muito na vida, menos cego jogando sinuca. Tudo bem, vamos lá, primeiro tem que aprender a segurar o taco. Ela aprendeu, cegos aprendem rápido. Como não enxergam, desenvolvem outras habilidades, são ótimos para fabricar vassouras. A ceguinha do sobrado era gostosinha, colocava o disco, tinha uma vitrola que ficava repetindo, e eu ia orientando como pegar no taco, mostrava a direção, ela apalpava a bola e acertava, parecia ver a geografia da mesa, onde estavam as caçapas. Claro, não distinguia a cor ou até sim, porque às vezes pegava a bola e dizia é a verde, a amarela, sei lá se chutava ou sentia a textura do marfim, só que na mesa não podia ter idéia onde se localizavam. Jogador não marca carta de baralho e ninguém percebe? Isso não importava, interessavam as tabelas, as combinações que fazia, ela foi atração da casa por algum tempo. Uma tarde, quando ela pediu o

taco, tirei o meu para fora e coloquei na mão dela, ficou furiosa, quis agarrá-la, estava louco para comer uma cega, ela revirando aqueles olhos mortos e eu querendo fazer o bem, acender os olhos, tinha certeza que uma trepada faria com que ela enxergasse outra vez. Só que ela se mandou e perdi muito cliente porque a ceguinha era sensação. Tentei descer e conversar, não me recebia, sua mãe a ameaçou de morte. Um dia encontrei um bilhete pregado na chopeira: Padrinho, *Merci Mon Dieu*. Eu sabia o que era *merci, bon* e *mon*. Eu, o deus da sinuca.

— Putaqueopariu! Pirou?

Antenor tentou se abrigar debaixo de um telheiro do *pier*, enquanto o Padrinho falava, olhos fixos nas ondas agora altas, provocadas pelo vento. Criança, Antenor corria ao Snooker para ouvir histórias de aventuras, dos homens que tinham aberto a Estrada de Ferro no sertão ou a chegada do Enforcador à cidade e os hotéis e pensões se recusando a alugar um quarto, nenhuma família querendo abrigá-lo. Todos sabiam que ele vinha para enforcar uma inocente que não tinha matado os filhos. No entanto, a cidade inteira tinha se amontoado no Largo da Boa Escrita para assistir ao enforcamento e até tinham aplaudido a perícia do Enforcador, um homem que conhecia seu ofício. O Padrinho gostava de contar das lutas que tinha ganho, descrevia cada vitória, soco, queda do oponente. Nunca foi derrubado, pai? Não, basta ler o que os jornais diziam. Não sei ler, leia para mim. O Padrinho lia narrações espantosas, grandes encontros, golpes, adversários arrebentados. Permaneceu campeão por anos, pessoa alguma se atrevia a enfrentá-lo. Antenor adorava aquelas lutas, gigantes caídos, botando sangue pela boca. Desde cedo gostou de pessoas ensangüentadas, cabeças decepadas, braços arrancados. Por isso, cada vez que o Anjo do Adeus atacava, corria para olhar o corpo mutilado. Dava gorjetas para policiais o avisarem, queria ver *in loco* corpos ainda sangrando e não cadáveres limpos, lavados. Pensando nos que tinha visto, sentiu outra vez um estremecimento de prazer. E sentiu uma ternura muito grande por sua mãe, como deve ter sofrido nesta cidade sendo o que era.

2

A cada passagem dos longuíssimos trens, o cheiro adocicado invade o terreno. Dia e noite milhões de abacaxis passam para as fábricas de sucos. A Focal fica a meio caminho entre o terminal de caminhões e a Vila Industrial, a oeste da cidade. Os trilhos foram reaproveitados do ramal que conduzia da Focal ao porto de algodão, há sessenta anos o ponto de maior movimento da cidade, junto à estação ferroviária. Depois do incêndio, por quinze anos os trilhos enferrujaram ao sol e à chuva, mato cresceu entre dormentes, a sinalização apodreceu, cravos foram roubados pelos sucateiros espanhóis, as pedras do leito foram levadas para construções. Só deixaram os trilhos porque eram pesadíssimos, os primeiros do Brasil com segmentos de duzentos metros de extensão, o que havia de mais avançado na época. A Focal, mesmo sem o incêndio, estava com os dias contados. Antes dos anos 60 o algodão foi erradicado da região, substituído pela laranja, maracujá, cana-de-açúcar e soja, de comércio mais rentável e exportação garantida. Havia uma luta pelo terreno de vários hectares, que deixava especuladores imobiliários sonhando e alimentava fantasias de ecólogos, ansiosos por montar uma Reserva Verde.

Até agora não havia explicações para a não-ocupação do lugar pelos sem-terras e sem-tetos. Talvez superstições e medo falassem mais alto, ninguém duvidava que almas penadas percorriam o local, desesperadas, ainda fugindo das chamas, quarenta anos depois. Não há um só maquinista que não tenha ouvido lamentos, choros, gritos, pedidos de socorro, gemidos. Outros avistam luzes, fumaças, paredes ruindo. Um chegou a ver o incêndio total enquanto sua locomotiva atravessava o terreno, como um vídeo holográfico ou espetáculo eletrônico da Disneyworld, as chamas alcançando cinqüenta metros de altura nas torres que abrigavam os tonéis de óleo.

Naquela noite de 1953, os reservatórios romperam-se, o óleo incandescente desceu como lava, transformou barracões de madeira em palitos fumegantes, queimou a vegetação e esturricou o solo, até chegar ao rio. O óleo mergulhava na água com barulho ensurdecedor e era repelido. Uma pororoca que alimentou o imaginário. Óleo fervente e água lutando, a água subia silvando em jatos de vapor, iluminada pelas chamas amareladas. Mais belo que qualquer fogo de artifício, comentou-se na época. A população se juntou a uma distância conveniente, hipnotizada pelo espetáculo[1].

Efrahim andou despreocupado. O pacote cor-de-rosa numa das mãos e na outra o infalível guarda-chuva. Jamais foi visto sem ele, protegia sua pele, tomada por um câncer, que o levava a ter os braços descascados. Pedro estava escondido por um arbusto junto a uma chave de manobras, carcomida. O dono do Café desceu uma escada, fechou o guarda-chuva, entrou por uma abertura lateral, há muito a porta tinha apodrecido, queimado ou fora roubada, pouco importa. Pedro correu, não podia perder Efrahim de vista. Atravessou a abertura, deparou com enormes armações de madeira sólida, misturadas a ferro corroído, a céu aberto. Coisa gigantesca! Admirou-se. Ele tinha paixão por lugares

---

[1] Hans das Enchentes, em seu português precário, disse que somente o bombardeio de Dresden pelos ingleses, no final da guerra, tinha proporcionado chamas semelhantes. As fotos dessa noite estão nos arquivos de *O Expresso* e de *A Lista* e também podem ser vistas no Museu Lev Gadelha.

desertos, costumava apanhar a mobilete e sair da cidade, enfiava-se numa plantação com um livro nas mãos, ficava horas com uma lata de refrigerantes e um pacote de salgadinhos. Devia explorar a Focal, fazer um ensaio fotográfico quando tivesse câmera.

Efrahim caminhou na direção da prensa[2], sumiu. Pedro, molhado de suor, rodeou, com cuidado, o chão coalhado de cacos, pedras, paus, pregos, pedacinhos de ferro, vidro. Calor insuportável, havia toda mistura de cheiros, mofo, óleo ressecado, ferro, urina, bosta – então entrava gente, apesar dos espíritos –, madeira podre e alguma coisa mais, indefinível. Quimera era sensível a cheiros, chegava às raias da mania. De vez em quando brigava com Yvonne, ao sentir o leve odor de axilas, o que o deixava angustiado e fora de ação na cama. Então, ouviu o ronco. Forte.

Esgueirando-se entre traves e pedaços de tábuas – pareciam novas, que estranho! –, Pedro atingiu uma posição em que podia ver Efrahim de pé, olhando com sua cara cínica o Engraxate Noturno que roncava. Ronco que tinha feito a cidade rir. Um processo correu no Fórum. Vizinhos do Engraxate entraram com uma ação solicitando que ele fosse obrigado a se mudar, não suportavam mais os seus roncos. Enviaram oficiais à casa do Engraxate para medir os decibéis do ronco. Demorou, o homem vivia à noite, circulava pela cidade, bar em bar, boate em boate, vivia nos bordéis de periferia, remanescentes dos antigos bordéis que nos anos 40 e 50 tinham tornado a cidade famosa. Nostálgicos falavam do Magestic e sua dona, Heloísa, a Cleópatra do Tietê, pela mania que tinha de cortar os cabelos como a Cleópatra do filme[3]. Heloísa, dona de um negócio

---

2) O equipamento assombrou a cidade, quando chegou da Alsacia Lorena em 1937, transportado pelos trens que demoraram dias para descarregar as peças. A população encantada levava farnéis e passava o domingo em piqueniques.

3) O de Claudette Colbert, dirigido por Cecil Blount de Mille, e não o de Elizabeth Taylor, dirigido por Manckiewicz.

que prosperara depois que ela se aposentara, após ensinar gerações e gerações. Ela inventou a sandália que se transforma em chinelo de praia, muito vendida e exportada para a Europa. Mito da cidade, vivia numa cobertura, enclausurada, com medo de infecções, aterrorizada pela Aids, pelo vírus ebola, pelo tifo[4], não ligava a tevê para não ver a guerra da Bósnia.

O Engraxate era mensageiro. Levava bilhetes, trazia informações, tal boate está cheia, o bar não-sei-o-quê está vazio, tem um mundo de meninas dando sopa no Top-Toque, o mais famoso ponto de mulheres de programa da cidade[5]. Um personagem pitoresco, de idade indefinida. Não se sabia de onde tinha vindo, quem eram os pais ou parentes, não se casara. Ao menos não na cidade, na qual tinha vivido os últimos trinta anos. Efrahim chacoalhava o Engraxate que não dava sinal de acordar, solto como um saco vazio.

– Dopado! Pulhazinho!

O dono do Café apanhou o guarda-chuva e cutucou o peito do Engraxate.

– Acorda, Aristeu! Acorda!

O Engraxate engrolou palavras misturadas. Novos cutucões, bordoadas. O Engraxate abriu os olhos, sem perceber onde estava. Moveu as mãos, procurando se apoiar, Efrahim alertou:

– Olha aí! Cuidado com o vômito, porco!

– Efré, o que há Efré?

– Que Efré, que coisa nenhuma! Não te proibi de me chamar assim?

– Está me machucando, Efré, pára com isso!

– Então, levanta. Trouxe comida, mas você não tem fome, precisa de um doce, uma larica. Dopado. Se começa a tomar o que vende, está perdido.

---

4) Tifo? Em 1995? Com esse perfeito sistema sanitário do Brasil? Assim os autores deturpam a realidade.

5) Programinhas oscilam entre US$ 500,00 e US$ 1.500,00.

— Foi só uma dose, Efré!
— Dose para elefante! Nem posso ver teu olho! Todo embaçado. Você tem que se mandar da cidade.
— Vão me matar, Efré! Vão me matar. Desta vez, não escapo. Não devia ter feito o que fiz.
— Já escapou de tantas.
— Me entrutaram, desta vez me entrutaram.
— Não tinha outro jeito. Se ficasse o bicho comia, se corresse o bicho pegava.
— Antenor, o Padrinho, Portella, vem todo mundo atrás de mim.
— Está valendo muito, vamos negociar isto. Ganhar uma grana. Deixe por minha conta.
— Vai me vender, Judas? Vai me entregar, vai?
— Fica frio, você vai ganhar muito, fica frio, é um grande cambalacho!
— Se me entregam, entrego também. Eles me matam.
— O Padrinho pode ser! Antenor, não! É um borra-merda!
— Conheço essa gente! Além disso, os que me devem dinheiro vão adorar me ver morto.
— Posso te negociar com o Portella. Ele não mata! Precisa de um ás na manga contra Antenor.
— Não devia ter topado a proposta, já fiz, fazer o quê? E você me deixou, me enrolou!

Falava engrolado, com medo.

— Só tenho um amigo, Efré! Você!

Tentou agarrar a mão de Efrahim, ele empurrou, o Engraxate caiu, mole. Pedro surpreendeu-se com a força de Efrahim.

— Não me beije a mão, aqui. Não tenho onde lavá-la. E olhe, já preciso lavar! Preciso muito!

Mais quatro ou cinco bordoadas firmes com o guarda-chuva, o Engraxate grunhiu, acovardado.

Ouviram então: Efrahim, Efrahim! E o dono do Café esgueirou-se, contornou um equipamento parecido com um grande armário e sumiu de vista. Passados uns minutos, começou um bate-boca, as vozes eram familiares a Pedro. Não havia como observar sem se mostrar. Movesse um pouco mais, o Engraxate Noturno o enxergaria. O bate-boca cresceu, se acalmou, ganhou intensidade outra vez. Aquelas vozes. Uma, de mulher. A outra, meio rouca. Pedro concluiu que não poderia ser detetive, quem investiga deve identificar pessoas pela voz, é o que se vê nos livros. Efrahim gritava: não vão fazer isso, não podem, é loucura. Não mesmo! Por cima do meu cadáver.

Não tinha terminado a frase, quando soou o tiro. Pedro não atinou que fosse tiro. Não estava acostumado. O barulho era seco, diferente do cinema e da televisão. Ele viu o Engraxate, em um segundo, recobrar a consciência e jogar-se ao chão. Efrahim escondeu-se atrás de um pilar. Os tiros arrancavam lascas da parede, das madeiras, ricocheteavam nos ferros. Pedro Quimera sentiu medo, mesmo sabendo que não estava na linha de tiro e que se encontrava fora da visão tanto dos atiradores quanto de Efrahim e do Engraxate Noturno. Protegido pela penumbra, encaixou o corpo gordo num oco do maquinário, pequena gruta de serventia indefinível. O que o apavorava e o fazia encolher-se como algodão-doce molhado era o medo das balas perdidas. Tiros ricocheteavam em direções absurdas. Ele tinha lido sobre o ator do Rio de Janeiro morto em sua cama por um tiro vindo do morro. E da mulher, em Campinas, atingida no peito enquanto tomava banho. A bala disparada por um ladrão que brigava na praça, cinqüenta metros abaixo. Este imponderável assustava Pedro, que preferia a lógica e os caminhos retos, inexistentes na vida, daí a insegurança em que vivia.

O perfume ácido dos abacaxis chegou antes do trem. Forte e denso. Logo se ouviu a composição passando, os engates batendo. Depois dos tiros, o silêncio pareceu enorme. Começaram pingos grossos de chuva, o céu enegrecido. Efrahim voltou correndo, abrigou-se com o Engraxate, protegidos por uma betoneira. Cochichavam e Pedro viu o revólver na mão do dono do Café. Aristeu se mostrava apavorado. Quatro tiros seguidos. Ninguém se moveu, em nenhum lado. Os que atiravam pareciam testar, davam um intervalo, esperavam revide. Sondavam para descobrir se os outros estavam armados. Talvez planejassem um ataque. Cobras criadas. Inocente, Pedro se indagava como era possível estar metido nisto. Tinha saído no sábado para ir ao cinema com Yvonne. Ela odiou *O Parque dos Dinossauros*, não quis acompanhá-lo a um bar, alegou enxaqueca, preferiu ir para casa. Pedro desconfiava que o caso acabava, ele vivia tenso ao lado dela. Na sua *kitchenette*, assistiu um bom trecho de *Os 10 Mandamentos*. Então chegou um *boy* do jornal e ele correu para a Farmácia dos Porquês.

  Dois tiros espaçados trouxeram Quimera de volta. Divagar, pensando coisas agradáveis, é a forma que encontrou para fugir da realidade, quando esta se torna sombria ou quando contempla o próprio corpo disforme. Luisão não ia acreditar quando relatasse o tiroteio. Se tivesse sorte de sair vivo. Atemorizou-se. A possibilidade de morrer não era distante, rondava, palpável.

  Passou o último vagão e o cheiro dos abacaxis permaneceu. Um dos atiradores se aproximou, pisou em alguma coisa, provocou um estalido. Deviam ter aproveitado o barulho do trem para chegarem perto. Efrahim disparou o primeiro tiro. O rosto do Conde se entremostrava por trás de uma coluna descascada, os cabelos brancos brilhando. Tinha expressão diferente da que Pedro se acostumara a ver no Café. Os músculos rígidos, saltando na face, a testa avermelhada e a boca cerrada.

  — Venham, pulhazinhos!

  Silêncio. Arrastar de pés, cauteloso. Efrahim se mostrava exposto, uma pistola prateada na mão esquerda.

— Entregue o Aristeu! Só queremos o Engraxate! Nada com você.
— Entregar o quê? Aristeu não é meu!
Um tiro, o dono do Café não se moveu. Tem coragem ou é louco, admirou-se Pedro. Efrahim atirou três vezes.
— Vai acabar sua munição, Conde!
Voz de mulher. Efrahim, expressão inalterada, bateu a mão no bolso, verificando. Outro tiro, a bala ricocheteou em ferro, som metálico. Pedro olhou para trás, havia um túnel com um trilho único, talvez vagonetes de sementes de algodão viessem por aqui em outros tempos. Ele decidiu se afastar, ainda que curioso para desvendar de quem era a voz familiar da mulher. Começou a respirar forte, lugares apertados deixavam-no intranqüilo, tinha de sair logo, sabia que o cheiro infecto o tomaria, brotaria de seus poros. Via o rosto da mãe na outra extremidade, com o fio do ferro de passar roupa, que ela colocaria nas mãos do pai. Quando via o fio ser retirado da parede, ele corria para o grande cano de esgoto que desembocava num riacho, afluente do Tietê. Permanecia deitado, com a água espessa e escura passando sob seu corpo. E o cheiro nauseabundo tomara-o de tal modo que nunca mais saiu da pele. Era só ficar nervoso e Pedro sentia que ele voltava, na transpiração. Muitas vezes, ao sair de cima do corpo suado de Yvonne, percebia que ela farejava o ar, o nariz afilado, detectando aquele fedor que não era do gás, nem hálito, nem chulé.

Pedro oscilava entre receio e curiosidade. Tinha certeza de que não sabiam que ele se encontrava ali. Fosse embora, daria chance a Yvonne. E se fosse e nada contasse, não teria graça. Estas coisas se passavam num domingo de manhã e não eram um vídeo nem romance, parecia inacreditável. E logo com ele! Finalmente o tédio absoluto que o dominava e o prendia à cama no domingo tinha desaparecido. Via-se em meio a um tiroteio, cagando de medo por causa da *socialite*, que era das poucas pessoas interessantes desta cidade monótona, onde se viam perpetuamente os mesmos hábitos, modo de falar, procedimentos, regras, normas, modelitos.

Ele tinha encontrado Manuela algumas vezes. Ela explodiu em sua vida numa festa beneficente no Ginásio de Esportes, ao dançar o tango *Duelo Criollo*, dentro de um vestido branco, justo. Tão justo que se colava ao corpo e não havia marca de roupas de baixo. Naquela noite, exibia o rosto iluminado de uma Sharon Stone morena. Desde então Pedro ia ao arquivo do jornal e contemplava as fotos de Manuela. Mandara fazer uma cópia da famosa pose com os seios de fora. Uma pesquisa em colunas sociais, no ano passado, registrara seu nome 1.296 vezes, o que significa 24 vezes por semana, citada seis vezes por cada um dos quatro colunistas sociais. A sensação é que se conhecia tudo de Manuela. Sua vida devassada. Num *vernissage*, Quimera aproximou-se, atraído pelo perfume Samsara e pelo vestido quase transparente.

Ele estava alvoroçado, ela tinha declarado a uma revista que abandonara as calcinhas, preferia cuecas de homem, mais confortáveis e excitantes. Ao menos meu marido adora. O que gerou comentários. Não devia ser o marido. Quem seriam os amantes desta mulher? Tão falados, nunca nomeados, jamais vistos? Apesar do deslumbramento – e por que ela o excitava tanto? –, Pedro não achou Manuela tão impressionante quanto se propalava. Não era alta, trazia os olhos escondidos por óculos escuros que trocou duas vezes (assinados Bela Golzen e Ventura, ele leu, no dia seguinte), os pés pareciam grandes. Ele sempre olhava para os pés das mulheres e foi isto o que o atraiu em Yvonne. Os pés perfeitos, dedos proporcionais, unhas bem-feitas. E o rosto masculino, Yvonne tinha traços duros, fortes, bem-definidos, era autoritária, ele gostava de obedecer.

De outra vez, Manuela saía da Farmácia dos Porquês, de calça Lee rasgada nas coxas e uma camiseta com um

nome dourado. Fazer o que naquela drogaria barata, distante do Jardim das Hortênsias, onde morava? A menos que Antenor estivesse na Baleia de Coral.
— Mais uma chance, Conde! Mande o Engraxate para cá!
— Ele não pode, agora. Está dando brilho no meu sapato.
— Conde... Responda. Se você estivesse com seu celular. E ele tocasse. E a voz do Anjo do Adeus avisasse que sua filha Rita seria atirada de um avião, a dez mil metros de altura, sobre o mar. E sabemos que você tem uma filha. Que você adora e que tirou da cidade para proteger. E a voz dissesse: a única maneira de salvar a tua filha é estourar a cabeça desse desgraçado Engraxate. O que faria? Foderia esse traficante de merda?

Essa voz! A pergunta. É dele. O que ele tem com tudo isto? E a voz da mulher? Todo mundo nesta cidade conhece a voz desta mulher!

Inventam-se Porquês à Espera da Baleia Iluminada

1

Farmácia dos Porquês. Há anos o povo a chama assim. Desde que Evandro atacou com a mania das perguntas incômodas. No começo, um divertimento noturno para matar o tempo. Por muito tempo a farmácia tinha sido a única, naquele lado da cidade, a ficar aberta a noite toda. As portas de aço não foram baixadas por dez anos. Engrenagens se fundiram, enferrujadas. Tempos de movimento. Um único dia, Evandro não aparecia. Dona Idalina, chamada a seringueira, pela paixão por injeções, ficava atendendo, sabia o lugar de cada remédio, só não aplicava injeção. Na Sexta-feira Santa, ele passava o dia vestido com a roupa encarnada dos Irmãos do Santíssimo, ajoelhado aos pés do caixão do Senhor morto, na Catedral.

A ascensão da Matriz à Catedral era recente, menos de quinze anos. O Bispado veio com o inchaço da cidade que, em duas décadas, aumentou sete vezes, graças à isenção de impostos para indústrias, terrenos grátis para bancos, facilidade para a construção de edifícios com mais de quinze andares. Com o crescimento, setores migravam rapidamente, em dinâmica velocíssima. O bairro rico se tornava classe média e, logo, média baixa. Os coreanos, clandestinos, ocuparam o ramo de confecções, expulsando judeus. Os italianos, em luta contra os libaneses, mantiveram o domínio da comida e inventaram os rodízios de *pizza* e a comida por quilo para as classes populares. A vila industrial, com a conivência da Câmara, alargou-se como cinturão, indiferente às leis de zoneamento, e o comércio se esparramou desordenado, em luta contra os camelôs protegidos por padrinhos políticos. O progresso dos anos 70 se tornou inquietante após a crise de 1982, alarmante em 1990 e catastrófico em 1995, quando a liquidez de dinheiro desapareceu.

As grandes redes, tipo *drugstores* americanos, tomaram conta do mercado farmacêutico e, quando Evandro se deu conta, estava deslocado geograficamente, longe daqueles que contavam. Apesar de ser inútil permanecer aberto à noite, mantinha o hábito. Evandro jamais deixou de aparecer à noite. Sempre vinha um necessitado, quando os clubes populares, esparramados nas imediações, davam bailes. Se não havia ninguém, ele se deixava ficar, lendo biografias de pintores ou mudando remédios de lugar. Ia para o fundo, puxava um pouco de maconha, em seguida espirrava *sprays* no ar para tirar o cheiro. Se a angústia o dominava mais que em outros dias – ele achava que devia resistir, suportar, sofrer a ansiedade ao seu limite máximo, porque era isso que fazia o artista –, arriscava-se a bater uma carreirinha para tirar o nó que se instalava ao pé da nuca, provocando a dor de cabeça intolerável que durava dias. Vez ou outra se indagava por que Manuela evitara a sua morte, naquela madrugada em que tomara tudo o que havia de anfetaminas e caíra de bruços sobre o balcão.

A brincadeira das perguntas começou numa noite de junho, na hora do Baile de São Pedro, tradição de Arealva. Vinham orquestras de fora e, nesse ano, Gal Costa foi convidada de honra por causa do sucesso de *Festa no Interior*. O baile começava à meia-noite com uma exibição de fogos de artifícios e a cidade parava por 25 minutos, as pessoas acordavam, iam para as janelas. No final dos fogos, surgia uma baleia iluminada, flutuando por alguns segundos no céu. A farmácia era ponto estratégico para assistir e Evandro providenciava bancos e cadeiras e distribuía o uísque com Pedyalite gelado. Os que vinham pertenciam ao Coral Gilda Parisi e, enquanto esperavam, contavam histórias, comentavam óperas e espicaçavam Evangelina, curiosos para saber o que ela tinha ido fazer em São Paulo em maio de 1979. Tinha sido alguma coisa muito forte, segredo que ela guardava com olhar absorto e malicioso. Porque ela desistiu da excursão que o coral fez à Europa, patrocinada por um instituto francês.

Nessa noite de oito anos atrás, na quinta dose de uísque, ainda sóbrio, Evandro bateu palmas.

— Quero ver quem tem coragem neste grupo!

As pessoas cantavam trechos de ópera, intercalados com músicas dos Beatles (eram bons, conquistavam o público jovem) e arriscavam interpretar sucessos de Jim Morrison, um dos ídolos de Evandro. Morreu tão cedo, tornou-se mito! Perdi a chance de morrer jovem, devia ter me suicidado naquela noite, maldita mulher, como a odeio.

— Coragem?
— O que quer dizer?
— Já tenho coragem de viver.
— E eu de morar nesta cidade.
— Não é coragem suportar vocês?
— Coragem para responder uma pergunta.
— Vinte. Trinta. Pergunte. Respondemos qualquer coisa. Qual é o prêmio? Tudo por dinheiro!
— Só preciso de sinceridade.
— Todo bêbado é sincero!
— Imaginem a mãe de vocês marcada para morrer. De Aids. Não tem salvação.

– É tudo o que quero que aconteça com minha mãe, disse Evangelina.
– Está bem, já que mãe é assunto polêmico, cada um pense em quem quiser. Uma pessoa amada.
– Eu me amo muito, interveio, outra vez, Evangelina. Ninguém no mundo gosta mais de mim do que eu mesma, ao contrário de você.
– Saco! Não é terapia. Esta pessoa amada, idolatrada, salve, salve pode ser salva. Pelo sexo.
– Até que enfim a salvação pelo sexo!
– Sexo com a mãe?
– Para salvar a mãe ou quem quer que seja, temos que mudar. Os héteros se tornarão homossexuais. Os homos se tornarão héteros. É a única chance.
– Babaquice! Onde quer chegar?
– Ao porquês da vida.
– Besteira, nego!
– Viu? Não quer pensar no assunto.
– Assunto mais bobo.
– A vida é assunto bobo!
– Pronto, filosofia da bobeira!

Ficou um silêncio. Alguns decidiram que a mãe ou a pessoa amada morreria, jamais inverteriam o sexo. Os homens mostraram-se furiosos com as gozações dos homossexuais (tinham belíssimas vozes de *castrati*, o único coral em todo o Estado de São Paulo a possuí-las), que ficavam pedindo beijinhos. Passada a estranheza, o grupo decidiu que se tinha encontrado um bom divertimento e desde então, a cada semana, eles se reúnem, a formular perguntas constrangedoras que colocam em xeque valores morais, religiosos que questionem a ética, desmascarem princípios hipócritas. O grupo foi ficando ousado, a ponto de muitos admitirem que cometeriam crimes pelos motivos mais banais. Por algum tempo a freqüência à farmácia cresceu, os participantes do Jogo dos Porquês se distraíam. O passatempo extrapolou a farmácia, chegou aos clubes, muitos passavam o tempo no Noite do Cristal inventando indagações embaraçosas. Os porquês devassavam a vida íntima, trabalhavam em cima de insinuações, boatos, fofocas, cogitações e suposições. Saíram inimizades, brigas, houve separações. Havia muita gente que atribuía a onda de cartas anônimas que sufocou Arealva, um ano atrás, aos grupos que freqüentavam a farmácia nas Noites dos Porquês. As cartas tinham devastado. Traziam as listas de quem enganava quem. Ali estavam nomes conhecidos, histórias ouvidas. Até um crime foi desvendado com tais cartas. O pânico se instalou.

Pedro freqüentava a farmácia, ainda que Yvonne recusasse ir, era desconfiada. A diferença é que Pedro levava um gravador e tinha dezenas de fitas com centenas de perguntas que ele datilografou e selecionou, classificando por assunto. Chegou a sugerir a Evandro uma seção em *O Expresso*, com uma pergunta diária. Ou, então, uma brochura com 666 questões com os porquês mais instigantes. Pedro estava ligado ao farmacêutico na esperança de editar o *Livro dos Porquês*. Farejava um sucesso, *best-seller* garantido. Não saiu de Arealva a escritorinha mais vendida das listas, com seu romance curto, espantoso para quem tinha 17 anos, saudada como a nova Françoise Sagan? O livro que falava da vida sexual dos bóias-frias que trabalhavam nas colheitas de abacaxi, maracujá, maçã e laranja? Comparado pela crítica ao épico de Steinbeck, *As Vinhas da Ira*. Contemplado como o melhor ficção-documentário do ano, fosse lá o que isso significasse. A crítica assinalou que era o melhor livro no gênero, depois de *A Sangue Frio*, de Truman Capote.

Evandro tinha se tornado perito em questões e acabou se tornando desagradável. Agredia incansavelmente, mostrava-se amargo, destilando uma angústia que incomodava, de tal modo que as pessoas passaram a se afastar.

Agora, ali estavam o farmacêutico e Evangelina a atirar sobre o Engraxate Noturno e o Efrahim. A voz era de Evandro e a maneira de fazer a pergunta também. Por que tentava matar, se o Engraxate não passava de testemunha que nem tinha certeza do que vira em meio à chuva? Sendo o Engraxate quem era, acreditariam nele? Parecia muito fora de registro Evangelina de revólver na mão. Estava ali por solidariedade a Evandro? Os quatro trocavam tiros, sem parar, as balas zuniam, Pedro Quimera estava com as calças molhadas. De medo.

Evandro a atirar não combinava com a sua figura quieta, passiva, de modos introspectivos e sonhadores. Sujeito enfiado para dentro, ambicionando uma glória que viria ele não sabia de onde, não tinha aptidão para nada que pudesse fazer um homem se destacar. No máximo, ganharia diploma e medalha da Associação Comercial por ser o infatigável trabalhador que manteve as portas abertas por dez anos. Mas a quem isto iria comover ou interessar? Diplomas empoeiram, medalhas enferrujam.

Evandro queria uma coisa tecnicamente impossível. Desejava ser famoso, anonimamente. Essa a grande cartada, a inovação, paradoxo insolúvel. Todos os criadores foram tachados de utópicos, gritava, buscavam coisas impraticáveis e acabaram provando que estavam com a razão. As idéias dos gênios foram tachadas de ridículas. Se fossem, não existiriam a lâmpada, o cinema, o relógio de pulso, a televisão. Enumerava longa lista. Somente para mostrar erudição. Sabia quem inventou o quê e gostava de contar histórias que faziam parte da cultura inútil, boa para conversação em coquetéis. Evandro lia o *Dicionário dos Inventores*, o *Guinness* dos recordes, almanaques, fascículos tipo *Conhecer*, publicações como *Superinteressante* ou *Popular Mechanics*. Por vezes era aborrecido desfiando casos sobre a criação do *band-aid*, da camisinha, do pneu, do OB, dos cartões de crédito. Houve época, saindo da adolescência, que abiscoitava todos os prêmios – discos e revistas, meias e lenços – dos programas de rádio que fazem perguntas para ouvintes.

De dois anos para cá, uma obsessão o dominava: sair do anonimato. Para ele, era dor profunda passar incógnito pela vida. Ser desconhecido, destinado a morrer atrás do balcão, o angustiava de morte. A ponto de não poder respirar, quando pensava com fixação no assunto, torturando Evangelina. O projeto de Evandro era ser daquelas pessoas que ficam nos bastidores da história e a influenciam, por alguma razão, por meio de um movimento muito leve, sutil, inconsciente. Pessoas que determinam mudanças na vida de outras, só que permanecem no anonimato.

Ruy Banguela bateu, certa noite, uma chapa do grupo reunido na farmácia, empolgado no Jogo dos Porquês. A foto saiu na revista quinzenal do Regatas e Navegantes, sem o nome de Evandro. Este refletiu que, quando estivesse morto e ninguém mais se lembrasse dele, alguém apanharia a foto e a classificaria, colocando a legenda *anônimo* embaixo do seu rosto. Havia ainda a hipótese de a foto entrar para o acervo do Museu da Imagem e do Som. Seria publicada nos álbuns dedicados às Décadas da História de Arealva. Há anos Evandro preparava um livro sobre a dor dos anônimos, baseado em fotografias de jornais, revistas, biografias, álbuns. Escarafunchava tudo, buscando personagens que nem eram secundários, não passavam de pequenos cometas com vida efêmera, sem nome. Que mudaram ou poderiam ter mudado os rumos. Como a jovem suíça de 18 anos, que manteve um romance com Kafka, em Riva, perto de Gênova, em 1913. O romance foi rápido, durou dez dias e a moça exigiu absoluta discrição. Pediu que não houvesse contatos futuros nem cartas e que sequer seu nome fosse citado. Ou seja, entrou e saiu de cena, quando poderia ter colocado o pé na História tanto quanto Felice ou outras amadas por Kafka.

Evandro projetava-se como o anônimo de Arealva. Um rosto sem identificação, gloriosamente visto e revisto por gerações que perguntariam, intrigadas: e este? Quem é? O que fazia? O que pensava na hora em que bateram a foto? E se um curioso se dedicasse a levantar a sua vida? Para isso ele organizava um portfólio com textos, pensamentos, idéias gerais, leituras, fotografias, gravações de conversas, perguntas do Jogo dos Porquês, recortes de jornais, cartas e um diário. Necessitava apenas de um grande gesto. Precisava idealizar um clímax que emocionasse e justificasse esta futura biografia improvável. Estou viajando, como sempre, ao lembrar estas coisas, pensou Pedro Quimera, vendo nisso um modo de espantar o medo.

Há uma pausa no tiroteio. Pedro sabe que é o farmacêutico. E a mulher só pode ser Evangelina. Não se desgrudam. Cadeira e assento. Intestino e bosta, definiam os que não gostavam da dupla, muito fofoqueira. Cada vez que vai à farmácia, o repórter observa os dois, curioso para descobrir o que existe na relação. Nunca se soube – ele andou investigando – de mulheres na vida de Evandro. Ou de homens na de Evangelina. Tem gente que fica fissurado nela, por causa dos peitos de mulher da *Playboy*. Quando o coral se exibe, ela usa decotes enormes, retira o óculos. Míope, decora as pautas. O Coral Gilda Parisi foi a primeira reportagem que Pedro fez ao chegar a Arealva, cinco anos atrás. Atraído pela Universidade Nova Metodista, a única com um curso razoável de comunicação. Saiu de Corumbataí pensando em Rio Claro, todavia cidades planas o deixavam com tonturas, além do mais as ruas e avenidas não tinham nomes, eram todas 1, 2 e 3 e 34 e 56. Tratava-se apenas de uma desculpa, ele tinha ido atrás de Yvonne, porém esta, assim que o viu na cidade, mudou-se para Arealva sem deixar pistas. Levou seis meses para Pedro localizá-la por intermédio de uma notícia no Telejornal Regional das Sete, onde ela surgiu fazendo comício no *campus* da Metodista contra a deficiência do ensino.

Ao chegar em Arealva, encontrou-a expulsa da universidade e sobrevivendo como contato das lojas de bordados, o artesanato forte da região. Parecia mansa, decepcionada, porque nenhuma outra faculdade a aceitara, as informações eram fornecidas pela rede Internet. Daí a sua amargura e agressividade, que Pedro compreendia, mas começava a ultrapassar os limites do suportável. Cobrava dele o que ela não tinha conseguido: reformar a sociedade. E ele não pensava em nada disso. Esperava a grande tacada, o encontro na curva do destino, como definia o momento que muda a vida das pessoas, conduzindo-as para a glória. E jogava na Sena, com obsessão, temos de perseguir a riqueza. Citava lugares-comuns, como a maçã caindo na cabeça de Newton ou Alexander Fleming descobrindo a penicilina ao esquecer as culturas nos tubos de ensaio, encontrando-as cheias de mofo. Leituras de almanaque, folhas de domingo, ensinamentos de programas de televisão. Acreditava na curva do destino e deixava o barco rolar, certo de que não bateria nas pedras. Só se interessava pelo instante decisivo. Na redação era conhecido como preguiçoso, respondia que não, apenas poupava energias para serem utilizadas quando entrasse na reta e recebesse a bandeirada de vencedor.

    De vez em quando farejava a grande tacada e o tiroteio, amedrontador, podia significar o ingresso em outra dimensão. Enquanto o farmacêutico atirava sobre Efrahim e o Engraxate Noturno, ele se via na televisão com o crime solucionado. Se resolvesse tudo em 24 horas, se ligasse todos os pontos entraria em cadeia nacional. Não! Primeiro era preciso transformar a história em um caso que abalasse o país. A cabeça de Pedro agitava-se em busca de ganchos que o auxiliassem a expandir os limites de Arealva. Há algum tempo uma revista nacional tinha feito uma reportagem sobre a cidade, a riqueza, o PIB, os lazeres de Primeiro Mundo, a Texas com Flórida. Antenor é rico, mas não passa de um milionário local. Quer ser governador. Por enquanto é nada. Porém, seu modelo é o político de Alagoas que de prefeito inexpressivo se transformou em presidente, fez o que fez, terminando no *impeachment*. Milionário Mata Bela Mulher[1]. Drogas serviriam para apimentar, no entanto são coisas batidas. Sexo, droga, poder, política. Chavões, repetições. Não é o que o público adora? Ver celebridades afundando, como esgoela Iramar Alcifes.

Havia pela frente vários problemas. Provar que Antenor é assassino. Descobrir quem é Mariúsa, cujo nome o Padrinho exibiu. Estaria no bolso de Maciel aquele nome? Qual a ligação de Maciel com o Engraxate Noturno, o Padrinho, Antenor? Por que Efrahim protege o Engraxate? Por que Evandro quer matar o Engraxate? Quem matou Maciel? Onde Antenor foi ao deixar a suruba do Nove de Julho? Por que Evandro desmaiou ao reconhecer Manuela?

2

E se ele fosse até Portella, que tipo de ajuda poderia receber? Destrincharia pontos obscuros? Não, não podia, tinha feito uma série de reportagens sobre acidentes com ônibus clandestinos que rodavam pela periferia. Monopólio de Adriano, que comprava carcaças apodrecidas, licenciadas com facilidade, dominava todo o transporte dos bóias-frias que colhiam frutas e penetrava agora no ramo dos telefones. Exibia, no trânsito, um celular de ouro, protegido pelos vidros de sua Mercedes blindada.

Se Pedro chegasse a Portella e relatasse este tiroteio sem sentido – ao menos para ele –, que negociação poderia

---

1) Ricaço Mata Perua. Torceram o Pescoço da Perua e Não Era Natal. Pedro Quimera pensa nas manchetes todas. Imagina ainda: Repórter Desvenda Mistério. Começa a elaborar as frases que dirá ao *Fantástico*.

ser feita? Alguma pista, esclarecimento, um caminho? Febrilmente, ele anotava em seu bloquinho o que lhe vinha à cabeça. O repórter moderno não pode sair sem instrumental compatível com o ano 2000. No entanto, de que adianta tecnologia se as pessoas mentem e tudo o que presenciamos é encenação contínua, jogo de espelhos deformantes? Palavras ouvidas, cenas vistas, filtradas para o jornal ou telinha perdem o sentido original. Palavras ditas são diferentes das pensadas, não há pensamentos originais. Pedro sentia fome, medo, mergulhava no desvario, suando atrás das orelhas. Os tiros tinham cessado e ele percebeu Efrahim sozinho. O barracão foi tomado pela chuva e um novo trem de abacaxis passou, deixando o cheiro adocicado. Merda, quem vai tomar tanto suco? Não existe outra fruta? O estômago de Pedro se contraiu. Evangelina chegou e apontou o revólver para a cabeça do dono do Café.

— O Engraxate, onde está o Engraxate?
— Foi engraxar, tinha compromisso com hora marcada.
— Pára com isso, badamerda! Entregue o homem!

O Conde esfregava as mãos, uma na outra, seu gesto habitual, e sorria. Evangelina arfante, os peitos enormes como limpa-trilhos.

— Sai da frente! Sai da frente, caceta!

Evandro tinha se aproximado, uma pistola azulada na mão esquerda, a mesma mão que suavemente dava injeções com uma perícia que nenhum outro farmacêutico de Arealva possuía.

— O Engraxate? Cadê?
— Engraxates são como ratos. Conhecem buracos. Aristeu conhece todos os buracos da cidade. Não entrou nos teus, Evangelina? Então, a Maria Callas resolveu se mostrar! Quer o Aristeu? Todo mundo quer o Aristeu! Tem gente que muda rapidamente de opinião!

Evangelina atirou duas vezes. Uma no ombro, outra no joelho de Efrahim, que a olhou incrédulo.

— Acabou, carcamano?
— Carcamano como o pai, acrescentou Evandro.
A dor ainda não tinha atingido os nervos sensíveis, o dono do Café demonstrava espanto pelo inesperado, como alguém que dê com a mãe na página central de uma revista pornográfica.
— O pai odiava que o chamassem de carcamano. Esse cafajeste também. Filho de carcamano, carcamano é! O que pensa, carcamano? Tem um minuto para entregar o Engraxate.
Efrahim apontou para trás com o dedo, mostrou o escuro. E caiu. Evandro pulou sobre o corpo, gritou.
— Bem aqui ele tinha que entrar? Fede feito o diabo! Carniça.
Evangelina foi atrás, os passos se distanciaram, chof, chof, chof, pés nas águas. Palavrões. Pedro deu um tempo e se aproximou de Efrahim, o sangue vazava do buraco no ombro. A bala no joelho devia ter apanhado osso e cartilagens, estava tudo despedaçado, Pedro vomitou. Como tirar o homem dali? O Conde era pesado e gemeu quando foi puxado. Abriu os olhos.
— O que faz aqui?
— Te segui.
— E o que quer? Se matar?
— Farejo uma história.
— Vai morrer!
— Por que o farmacêutico quer te matar?
— Pirou, é drogado, alcoólatra, dá o rabo para essa sapatona.
— Não respondeu...
— Querem o Engraxate.
— Por que, porra?
— Está nervoso? Eu estou ferido e você nervoso? Gordos em geral são calmos.
— Qual é?
— Eu estava defendendo o Engraxate.

— E daí?

— O Engraxate viu o farmacêutico com Manuela antes da chuva. E viu o sujeito que tirou Manuela do porta-bagagens do carro, atirando-a debaixo do Navio da Baleia.

— Manuela freqüentava a farmácia, isso eu sei.

— Se abastecia de bolas, todo tipo. Ela vivia também na casa dele, reuniam-se os três todas as noites. Evangelina era caidona por ela.

— Apaixonada?

— Uma paixão feroz. Começou no meu Café, na sala dos fundos, na festa em que Iramar Alcifes distribuiu os prêmios aos mais citados nas colunas durante o ano. Picaretagem, todo mundo paga para aparecer. Manuela usava um vestido estranho, que fez sucesso. Inteiro de cartões de crédito, ligados por argolas de ouro. Quase pelada, a gostosa. Outra jogada, ela recebeu dinheiro dos cartões. Evangelina foi a escolhida por ter cantado as melhores árias de óperas. Ela e Manuela... lado a lado. Todo mundo riu, a bela e a fera! Outros disseram: pó e poeira. Devia ser pó de ouro, mas era coca mesmo, e poeira era poeira mesmo. Evangelina roubou um dos cartões do vestido de Manuela, um fetiche, e foi aí que a mulher de Antenor descobriu o amor da outra. Nunca correspondido. A vantagem é que Evangelina, tímida, não é espaçosa, mas tinha o farmacêutico como cúmplice, ele tentou trabalhar para ela.

— Chegaram a ter um caso?

— Acho que sim. Aquilo de ir todas as noites para a casa dele, aquele posto de gasolina, era estranho. Devia rolar coisa!

— Onde estão os dois?

— Entraram por esse buraco feito loucos! Pega meu celular, chama o Cássio, meu gerente.

Efrahim deu o número, Pedro não sabia manejar o celular, o Conde riu, o riso provocou a dor. Ninguém atendeu.

– Você não é um pulhazinho, meu jovem! Não se meta! Fique longe do Antenor, do Padrinho, nem chegue perto do Engraxate.

Parava de falar, respirando com dificuldade. Pedro queria saber mais. Eram histórias que nunca seriam publicadas, no entanto a curiosidade é que o movia. Estava se divertindo, seria bom se toda semana morresse alguém, para que ele investigasse.

– O senhor sabe quem é Mariúsa?
– Mariúsa? Onde ouviu esse nome?
– Estava num pedaço de papel que o Padrinho tirou do bolso do Maciel.
– Do bolso do Maciel? Viu nas mãos do Padrinho?
– Vi.
– Viu quando ele tirou do bolso do Maciel?
– Não.
– Que bom filhodaputa esse velho! Quer entrutar o próprio filho. Meu rapaz, aprenda! Não há um gesto neste mundo que não tenha segunda intenção!
– Espera aí... espera... Filho? Que filho?
– Antenor.
– Antenor é filho do Padrinho?
– ....
– Não dá para entender!
– É o grande segredo de Arealva!

Antenor e o Padrinho, pai e filho[2]. Ninguém sabia ou poucos sabiam e se calavam. E devia existir forte motivo para se calarem. Estas razões excitavam Pedro. Quer dizer que há anos se praticava um jogo em que toda a cidade era enganada. Admirável, devia-se tirar o chapéu para os dois. Emocionante. Apenas ele não entendia as insinuações do Padrinho que comprometiam Antenor.

---

[2] Quem pensa que Pedro se surpreendeu, engana-se. Ele achou, na hora, do cacete. Aliás, uma expressão que Yvonne odiava, achava muito machista.

— Como conseguiram manter segredo? Todo mundo aqui sabe de todo mundo.
— De um jeito ou de outro. Há o medo!
— E como o senhor sabe?
— Meu pai e o Padrinho disputavam a mesma mulher. Heloísa, a mãe de Antenor.
— Heloísa não é a rica que inventou as sandálias? A que ninguém vê, administra tudo da casa de venezianas fechadas? Dizem que é louca e um conselho toca as indústrias...
— Que casa! Mora numa cobertura esterilizada. Vivíssima e esperta! Aprendeu a administrar, teve o maior cabaré, aplicou o dinheiro que esse povo pagou pelas bocetas!

Pedro sorriu, Efrahim era do tempo dos bordéis, zonas, cabarés de putas, prostíbulos do porto. Muito dinheiro tinha entrado em Arealva pelo meio das coxas e dos peitos das putas, época remota, que se procurava esquecer, cancelar. Tempos de aventureiros, fazendeiros de café, ricos coronéis da política, uma Arealva que não existe mais. Hoje são os industriais de sucos, especuladores do mercado financeiro, incorporadores imobiliários, investidores, donos de confecções, gente com casa em Miami, *lear-jets*, campos de pólo. Quem comem e onde comem?

— Heloísa cresceu entre putas, *cáftens*, malandros. Se virou entre os contrabandistas do porto. A maior professora de putas que se viu! Ah, meu filho, que tempos! Que tempos! Hoje é tudo micho, decadente, só política e dinheiro. Essa gente amontoa porradas de dinheiro.

Todo putanheiro velho se torna nostálgico, cogitou Pedro, pensando nestes personagens de uma Arealva romântica.

— Mariúsa! Preciso saber dela.
— Pergunte à irmã.
— Que porra de irmã, se nem tenho idéia de quem ela é?
— A manca do Snooker, Lindorley! Outra safada.

— Lindorley?
— Mariúsa foi a enfermeira-chefe da clínica do Maciel.
— Faz uma porrada de tempo.
— Na tua idade. Dez anos são um terço da tua vida. Na minha, são nada. Aconteceu ontem.
— E o que aconteceu?
— Foi internada na Mansão Floral. Patifaria do Antenor e do Padrinho.
— Mansão Floral. Era disso que Lindorley falava quando o Padrinho a ameaçava? Que lugar é esse?
— O inferno mais caro que existe. Quem não quer parente, pai velho, tia, manda para lá. Vão também inimigos políticos... Foi usado anos atrás, com presos importantes... Naquela época do melê, não se vivia sossegado, gente atirando bomba, roubando banco... Antenor, o Padrinho e um pessoal cheio da grana de Brasília diziam que eram do Ministério da Saúde, montaram o esquema... Ia ser esquema nacional, spas recuperadores. Maciel assinava os laudos.
— Maciel podia ter contado tanta coisa.
— Aí está! Descubra por que o mataram!
Efrahim fez uma cara de dor, encolheu-se.
— A peitudona sabe atirar. Me acertou direitinho, não perde por esperar!
— Não é melhor chamar a polícia?
— Não mete polícia nisto. Resolvo minhas pendências.
O velho vai morrer, o sangue escorre devagar, deve ser hemorragia. Vou ter um morto nas mãos. Devia me mandar daqui. O que tenho a ver? Não vou descobrir coisa alguma, quero é me mandar do jornal, desta cidade, ir para o Rio de Janeiro, pegar praia. Meu estômago vira com o cheiro podre desse buraco, dessas frutas, são frutas o ano inteiro, esta cidade fede a frutas, estou com fome, não sei o que está acontecendo lá fora, vai ver já pegaram o criminoso. E se o assassino não tiver nada com o Padrinho, Antenor, o

Engraxate, Evangelina, o farmacêutico? Nunca vi um homem morrer e o primeiro que me cai nas mãos está sangrando, estou curioso, o sangue escorre e cada gota significa uma fração de tempo a menos na vida de Efrahim. Só mesmo eu para pensar em fração de tempo numa hora destas. Sou curioso a respeito de detalhes banais. Yvonne me acusa de me perder em minúcias, deixando de lado o essencial, não enxergando o significativo e revelador. O que posso fazer? É disso que gosto, de pormenores que não chamam a atenção de ninguém. Podia ser policial, não me emociono diante deste homem que agoniza, pode morrer quantas vezes quiser. Yvonne pode morrer. Morra todo mundo, Luisão, aquele bando de repórteres magrinhos e espertos. Agradável pensar na morte de gente próxima. Quem nunca desejou matar pai, mãe, família, o professor, o patrão, o cara que te pisa no pé, o que ganha na Sena, o que come a mulher gostosa? O que me fascina é que lido com coisas que parecem simples, mas são desconhecidas. Há forças que não percebo por trás disto tudo, não me são familiares, não sei como se movimentam, somente imagino que não são nos mesmos circuitos de onda que os da maioria. Daí esta vontade de conhecer, desejo que me atrai e me repele, me assusta. Quero ir embora para comer um pernil com molho de mostarda, tem um tão bom, ao lado do Fliperama da Edwiges.

  Pedro sentia-se vazio. Yvonne tinha razão, ele não se importava com o rumo dos acontecimentos. Sonhava com seu grande momento, esperava, os anos se passavam. Precisava arranjar uma namorada divertida, alguém que não o pressionasse para ter o pé no chão. Efrahim gemia, o ferimento devia doer para valer. Outro trem passou pelo desvio, longuíssimo.

  — O que o senhor sabe? Da Mansão Floral?

  — Perto de Avaré tem um hospital. Pode ser em Ouro Branco, em Arandu ou Macedônia. Quando íamos para lá era noite, eu ficava na parte de trás da ambulância. É um prédio enorme, foi cassino, hotel, hospital, ficou abandonado, transformaram em spa. Todo mundo conhece na região. Procura esse lugar.

— E como faço para entrar?

— Não tem como... Ou, melhor, tem um jeito... Mas vai me fazer um favor. Fecha aquela porta ali. Essa. Fecha o túnel.

— Tem saída?

— Tinha, desabou. Era o túnel que levava até as barcaças do rio, faz uma porrada de tempo. Meu pai escoava o óleo de caroço de algodão por aqui, o sistema mais moderno que tinha, uma beleza de engenharia...

— Teu pai? O que tem teu pai?

— A Focal era dele. Essa fábrica foi um sonho, o Padrinho acabou com tudo, botou fogo, arruinou meu pai.

— O Padrinho?

— Ele não reconhece, diz que estou louco, que não é de matar gente — porque naquela noite de 1953 morreu muita gente aqui dentro. O Padrinho garantiu que tinha outros meios de cobrar dívida de jogo...

— Ninguém fez nada?

— Ninguém sabe. Eu sei. Foi por outra razão, maior que dívida de jogo. Foi por ciúme. O Padrinho tem ciúme mortal de tudo. É um câncer que corrói seu estômago, costelas, coração. Tinha ciúme obsessivo de Heloísa. Ele recebeu uma carta anônima quando ela engravidou. Estava apaixonado por ela e ela pelos dois.

— Dois?

— Ele e meu pai.

Ao fechar a porta, Quimera percebeu que era nova e resistente.

— E a carta?

— Dizia que o filho de Heloísa era do meu pai.

— Antenor? Teu irmão? O Antenor é teu irmão?
— Não sei, puta é puta, dá para tanta gente! Até hoje o Padrinho tem essa dúvida. De vez em quando recebe outra carta anônima. De onde saem estas malditas? É o que o leva a me odiar.
— Como entro na Mansão Floral?
— No Café tem uma chave. Peça ao menino do caixa... A nº 6. É o código... Essa chave abre uma porta nos fundos do spa. Quem tem essa chave entra e sai quando quiser... Está quente, estou suando, tenho sede, muita sede, sede...
— Quem está mal não fala tanto.
— É o medo. O medo me mantém vivo. Me tire daqui.
Nesse momento a idéia veio à cabeça de Pedro Quimera. Chegou suavemente e se instalou confortavelmente. Virar sua vida do avesso, libertar-se desse torpor em que vivia. Penetrar no mundo desconhecido. *Le monde a rebours*. Coisa que somente ele saberia, ninguém mais. Faria a diferença entre ele e os outros. Não mais um homem comum.
— Não vou tirar.
— De que lado está?
Pedro lembrou-se do Padrinho. Riu.
— E se eu fosse o Anjo do Adeus?
— Você? Mostre o santinho com o anjo da guarda! E a faca que retalha os corpos. Mostre! Otário, se soubesse quem é o Anjo!
Pedro Quimera ergueu a pistola de Efrahim, colocou o cano da arma no centro da testa do dono do Café e atirou. A cabeça do Conde se desfez.

Passeio de Barco com as Almas Penadas

Zoraide era um barco frágil, tocado pelo vento, batido pelas ondas do lago. Um dos enigmas de Arealva era a força das ondas durante temporais. Desproporcionais para o tamanho do lago, pareciam produzidas por um oceano em fúria. Pesquisadores tinham vindo da USP, sem atinar com a origem. Muitos atribuíam às barragens hidrelétricas que cortavam o Tietê, enquanto outros tinham explicações simplistas, uma vez que Arealva é dominada pela superstição. Ali teriam se refugiado as almas da mulher enforcada injustamente, dos homens linchados, das vítimas do Anjo do Adeus e dos mortos no incêndio da Focal. Um dos problemas para a implantação do Regatas e Navegantes foi o da margem das almas penadas. Até hoje ninguém avança com os barcos para o lado leste, apesar da praia artificial de areia alvíssima. Areia que nem os construtores se arriscam a explorar porque há uma cláusula nos contratos quando se erguem edifícios na cidade. A areia não pode vir daquela margem[1]. No Dia de Finados, a praia se enche de velas, vasos de flores, oferendas, o povo passa a noite em vigília. Seguranças do clube desistiram de bloquear o acesso,

---

[1] Claro que vem. À noite, caminhões sacam toda a areia possível. São chamados de morcegões da areia.

porque em 1987 houve confrontos, com muitos feridos. O jeito é, no dia seguinte, rastrear o lago em busca dos restos das gamelas, é um dia em que ninguém sai para esquiar.

— Esta porra não vai agüentar. Nem dá para voltar nem avançar, vamos afundar aqui mesmo.

O Padrinho estava calmo, enquanto Antenor fervia. Raiva e medo. Tudo tem de acontecer num único dia? Os jornais vão se regalar: MULHER ASSASSINADA E MARIDO AFOGADO. Delícia para a cidade. O Padrinho retirou do bolso uma cigarrilha encharcada. Deu uma mordida, arrancou um naco, ficou mascando como os velhos dos *westerns* que cospem nas escarradeiras do *saloon*.

Apesar de tudo, a Zoraide, na aparente fragilidade, resistia. Ágil, deixava-se levar, instintivamente fugia das ondas, escapava. Continuavam no meio do lago, quando o vento diminuiu, a chuva se rarefez, a nuvem pesada passou.

— As almas nos seguraram, devemos esta para elas!

— Acredita nisso, Padrinho?

— Elas velam por gente boa.

— E você é gente boa?

— Sou, sou bom paca! Sabe o que somos? No meio deste lago? Jesus e seu discípulo predileto, Pedro.

— Jesus! Pirou! Jesus. E matou minha mãe!

— Volta ao assunto?

— Matou. É ciumento! Existia outro na vida de minha mãe...

— Não podia matar sua mãe, foi ela quem me sacou fora, sabia tudo, conhecia todo mundo, tinha as pessoas na palma da mão. A vida da cidade se fazia naquele cabaré, ali onde é o Noite do Cristal. Só que maior, o terreno ocupava toda a quadra, hoje está cheio de escritórios, essa merdalhada de gente que trabalha de terno e gravata e bate ponto.

— Sacou fora do quê?

Antenor desconfiou que o Padrinho tinha, finalmente, pela idade e vida que levava, mergulhado numa esclerose aguda. Nunca tinha visto o velho daquele modo, falando sem atinar com o que dizia. Como que em estado de choque. Nada fazia muito sentido. Na esclerose as pessoas retornam a determinados momentos do passado, fixam-se neles. Alguma coisa devia ter acontecido nesta noite, porque entre ontem e hoje o Padrinho desandara. De calado, introspectivo, guarda armada diante dos outros, passara a falastrão. Teria sido a morte de Manuela?

— O filhodaputa partiu minha vida com aquele taco!
— Que filhodaputa?
— Eu ia ganhar o campeonato da Escócia, a passagem está na minha gaveta até hoje: Arealva-São Paulo-Rio de Janeiro-Dakar-Paris-Londres-Inverness. Mas aquele finório teve de entrar no Snooker e me desafiar, queria fazer bonito, só que era de rasgar o feltro da mesa com uma tacada. Estava dopado, se enchia de Dexamyl, aquele coraçãozinho azul. O bostela não dava para o começo e eu estava há 316 jogos sem perder. Podia ter fechado a partida[2] em dez minutos. Comecei devagar para mostrar o que era um paladino. Só que ele foi se emputecendo, percebeu o olhar da ceguinha...
— O olhar da ceguinha? A que tocava música? Qual é? Outra vez a ceguinha? Fala sério!
— Era uma famosa chupadeira, o pessoal vinha jogar, dava uma escapada, ia ao sobrado cor-de-rosa, levava uma chupada e voltava, adoravam ver a ceguinha revirando os olhos mortos...
— Putaqueopariu! Cada uma!
— Não consegui ganhar dele a 317ª partida. Acho que foi o cachorro. O embusteiro tinha um cachorro que o acompanhava em torno da mesa. Vira-lata furioso, que ele chamava de Madá e rosnava, latia, grunhia, aquilo me perturbou,

---

2) 317ª. Estava sempre escrito no quadro negro, com giz amarelo.

mandei ele tirar o cão. Ele riu, imagine se um cachorrinho pode perturbar o 316? Por orgulho deixei. Meu sonho de chegar às 508 acabou, fiquei abalado. E, ainda por cima, o biltre agarrou meu taco, partiu. Aquilo doeu. Doeu. Avancei sobre ele, o finório sacou a arma, apontou, Heloísa atirou na cabeça dele. Legítima defesa, eu tinha 47 testemunhas. Claro que eram todos batoteiros, Heloísa manobrava bem, promotores, juízes, advogados, delegados, todos clientes do cabaré e...

– Não diz coisa com coisa!

– Eu tinha estilo. O pessoal vinha me assistir. O salão estava cheio, sempre. Só esvaziava de tarde, quando Manuela ia jogar e eu fechava as janelas, ela adorava aquela penumbra. O salão era dela!

– Quando cheguei, ela parou de jogar; se eu entrava, ela ia embora.

– Insidiosa! Se apaixonou por você. Tanta gente nesta cidade e o tormento tinha que se apaixonar pelo meu filho! Maldita tarde em que você voltou!

A frase foi dita com a boca fechada e Antenor se assustou, os olhos do Padrinho eram secos, cheios de condenação e ele teve medo. Apavorou-se com o que podia significar esta revelação extemporânea, incidental. O Padrinho também percebeu e a abominação desapareceu num segundo, como se ele tivesse a capacidade de deletar o sentimento com o aperto de uma tecla.

O barco chegou ao embarcadouro, seguranças se descontraíram ao ver que era Antenor, estranharam o Padrinho.

– Ainda bem que o senhor apareceu. Está todo mundo à sua procura pela cidade inteira. O corpo de dona Manuela está chegando, a gente não sabia o que fazer. A casa está cheia, a imprensa quer entrar.

– E o Bradío?

– Vem vindo com o corpo.

– Demoram tanto!
– O trânsito está congestionado.
– Não desceu aí um helicóptero?
– Nada a ver com a gente. Caso médico, uns garotos bateram o carro nuns bois na estrada, se foderam. Em Barra Bonita. Tem dois investigadores esperando há uma hora.
– Investigadores. Agora? Mesmo sendo gente do Portella, podiam ter consideração. Dê uísque para eles. Do mais vagabundo. Polícia adora beber uísque em casa de rico. Vou tomar banho.

Teria de enfrentar. Não queria contemplar Manuela de novo, devia estar toda costurada. O corno do legista japonês teria falado sobre as picadas? A bunda dela, nos últimos tempos, parecia peneira. Ele descobriu a verdade sobre Manuela e vai cobrar caro, muito caro. Sabe que vale. As três empregadas, com olheiras profundas, choraram quando o viram. O banho foi longo. Ele se vestiu, bateu uma carreira, estava começando a arriar. Levou os investigadores para a biblioteca com prateleiras de mogno e milhares de livros encadernados[3]. Segunda vez na vida que entrava na biblioteca, era boa para impressionar os investigadores. Que pareceram não se dar conta da existência de livros, olharam as paredes, circulava que o retrato de Manuela no Baile do Scala estava na biblioteca, em tamanho gigante. A não ser por espelhos de molduras douradas que os policiais acharam bem cafonas, as paredes eram vazias[4].

– Desculpe, doutor, precisamos fazer uma pergunta. A gente nem queria vir, o dr. De Castro obrigou.

De Castro, braço direito de Adriano, comandava ramificações na polícia, controlava as empresas de segurança,

---

[3] Livros falsos. Títulos de clássicos e grandes obras na lombada. No interior, miolo em branco ou de outros livros de sebo. Biblioteca-cenário.

[4] Espelhos em biblioteca? Certos decoradores fazem de tudo para ganhar comissão.

seus homens estavam em posições-chave junto a pessoas importantes e grandes firmas de Arealva. O que podia oferecer para De Castro vir para seu lado?

— Se puder, respondo.

— O senhor estava no jantar do Nove de Julho.

— Estava, todo mundo sabe.

— Mas saiu.

— Saí? Nem um minuto! Quem disse?

— Esta foto tirada pelo Ruy Banguela. O senhor saindo pelos fundos do hotel.

— Ele tirou um mês atrás, lembro bem...

— Então, o senhor costuma sair pelos fundos? Sempre?

— Não, foi só aquele dia.

— Nesta madrugada saiu de novo. A foto foi batida hoje de madrugada. Olhe aí! Tem data e horário. Estas câmeras japonesas são assim. Fodinhas!

— Coincidência.

— Como coincidência?

— Naquele dia, Ruy deve ter regulado para hoje, por engano.

— Engano? Um mês atrás e ele regulou data e horário, justo para o dia em que sua mulher foi morta?

— Bradío. Tenho que responder? Precisamos falar disso agora? O corpo de minha mulher está chegando. Me dê um tempo, amanhã vou à delegacia, vocês vêm aqui. Sejam humanos.

— Aliás, é melhor que sejam, melhor mesmo, para vocês!, interveio Bradío.

Mas os dois deviam ter costas-quentes, nem piscaram.

— Por acaso é ameaça?

— Como ameaça?... Aceitam um uisquinho, um gim-tônica gelado? Uma cerveja importada? Está tão quente.

— Acabei de almoçar. Se tivesse um docinho de goiaba ou de jaca, comeria um pedacinho.

Ergueram-se murmúrios, tornaram-se gritos vindos da multidão reunida fora. O alarido aumentou, parecia confusão grande. Ruídos secos, surdos, buzinas, ouviu-se uma bomba ou pareceu uma bomba. Uma das empregadas entrou perturbada.
— O corpo de dona Manuela chegou.
— Precisavam trazer para cá? Por que não montaram no velório municipal?
— O lugar é brega, Antenor. Manuela merece um grande final e vai ser aqui no jardim. É a casa que ela adorava, respondeu Bradío.
— Odiava, odiava! Não podia entrar aqui. Você não sabe das coisas. Esta casa era o inferno desde que o menino morreu. Aquela estufa de plantas em cima da piscina, aquilo é uma tumba, Bradío, nunca soube? Capela, um monumento. Não parece mausoléu do cemitério? Ela ficou transtornada desde aquela tarde. Ali ela passava horas enchendo a cara, se picando, lendo livros que o farmacêutico dava, ele e a feiosa de peito grande. Os dois foderam com Manuela, foderam, mas fecho a farmácia, meto a peituda na cadeia, ela vai cantar no pau-de-arara, dando o rabo pros presos. Aquele menino! O nosso filho! Manuela ficou tão feliz.
Bradío olhou para Antenor, surpreso. Como quem não entende. O que ele dizia? Sua memória tinha apagado. Seria tanto pó?
— Ah, eu adorava Manuela, como adorava! Viveu em estado de choque por anos. Depois entrou em outra, se acabou. Tentei tudo[5].
— Nunca arrancaram nada do Maciel? Foi estranho. Os dois estavam ali e o menino engatinhou para a piscina. Ele viu e não impediu, foi o que eu disse no processo. O que você me contou.

---

[5] Não tentou nada, deixou-a afundar; tenho depoimentos de todos os empregados da casa.

— Chega, Bradío, chega. Não é agora, não hoje!
— É agora ou nunca, teu cérebro está aberto, jorrando, você vai desenterrar tudo. Se livrar disso.
— Não! Nada vai me livrar de meu escarmento[6].
A não ser o cargo de governador, pensou.
— Vai. Você sabe que foi o Maciel. Ele jogou o menino na piscina e Manuela acobertou. Você o matou. Seguiu meu conselho, porra! Eu estava falando por falar, no hotel. Estava de porre, queria comer logo aquela mulata...
— Não matei ninguém! Se tem coisa que nunca fiz foi matar!
— A vida inteira você soube. Ele matou seu filho! Para te punir. Queria acabar com você, machucando muito. Ele disse ao Efrahim, uma noite. Te acusava da morte da filha dele. No estacionamento. Nunca se recuperou.
— Ele matou a filha! Não fui eu. O corno, aquele corno. Todo mundo comia a mulher dele. E quando viu que a filha também ia pelo mesmo caminho, ia dar para a cidade, ele matou, justo na hora em que ela estava comigo... Foi isso... E chega, chega, chega! Vamos cuidar da vida, encontrar o Ruy Banguela, você vai localizar o filhodamãe, já, já, já... Cadê o Padrinho?
— Ele está aqui? Fazendo? Não deixe ninguém saber, ver, vai dar o que falar...
— Veio comigo, no barco. Hoje aconteceu de tudo, para todos os gostos. O que falta? Escuta bem, vou ganhar a eleição! O sujeito que passa por isso tudo, ganha eleição, o povinho gosta de sacanagem, canalhice, admira a canalhice, sou um herói, um sacana que joga jogo limpo, e se sabem que você é sacana honesto e joga limpo, te admiram, te invejam, sou um modelo. Bradío, olhe para mim. Não tem orgulho de trabalhar comigo?

---
6) Que palavra! Antenor deve ter aprendido com o Padrinho, me cheira a coisa bíblica. Lindorley contou que o Padrinho lia os Testamentos todas as tardes, enquanto Manuela jogava sozinha.

Vai explodir, pensou Bradío. A tensão tem sido muita, ele vai se arrebentar. Antenor nem percebeu o advogado anão saindo, refugiando-se no antigo vestiário da piscina, de onde acionou o celular. Fez vinte ligações, falava, ligava de novo, se deu por contente.

— Duas coisas, uma ruim, outra boa. Como na piada, a melhor primeiro. Acabei de falar com o Portella.

— Qual é?

— Sentiu a morte de Manuela, foi uma coisa violenta, te compreende, é terrível.

— Puta cínico!

— Está pronto para um acordo.

— E daí?

— Ele segura o De Castro. Para afrouxar o parafuso, te deixar respirar. Nessa você fica fora. Ele não acredita que você matou sua mulher, disse que é hora de união. Topei.

— Topou? Por quanto? Acordo com um filhodaputa? O cara não tem palavra.

— Nós também não! Por que se preocupar? Somos todos sacanas desonestos jogando sujo.

— E a outra, a desagrável?

— Falei com o Ruy Banguela!

— O filhodamãe me aprontou, a gente pega ele de jeito.

— Apanhou a foto e foi vender ao Padrinho.

— Não encontrou, foi ao Portella.

— Encontrou... encontrou...

— Não acertaram o preço?

— Acertaram. O Padrinho pagou bem...

— Então, o Ruy é um filhodaputa maior, esse sim é sacana desonesto...

— Não, jogou limpo. O Padrinho pagou para que ele mostrasse a foto à polícia. Entregasse ao Portella.

Quem Tem Coragem de Beijar a Boca de Evangelina?

Pedro Quimera olhou para o corpo de Efrahim e sentiu uma sensação nova. Revigorante, diferente, desconfortável. Dava prazer, por incomodá-lo, torná-lo agitado. Não era mais o gordo pasmado, como Angélica, a diáfana, o chamava nem o paradão que jamais se mexia, a não ser que fosse absolutamente necessário. Naquele momento estava mudando uma peça na história da cidade. O prazer vinha da chance de confundir. Não havia como ou por que ligá-lo à morte do dono do Café, era um acessório estranho, talher que não fazia parte do faqueiro. Matar Efrahim foi executar um movimento falso nas peças do tabuleiro.

Ouviu batidas na porta do túnel, esperou para dar a impressão de não estar ali. As batidas se tornaram nervosas, Evandro e Evangelina gritavam. Pedro deixou baterem, pensando: faço força para encontrar um sentido para a minha vida. A chuva recomeçou, o vento zunia por dentro do maquinário apodrecido. Quando notou que os dois, no túnel, estavam desanimando, abriu, eles saíram agitados.

— Que carniça! Vomitei as tripas!

Deram conta de Quimera e uma interrogação se desenhou. Antes que perguntassem, Pedro sacou.

— E só por isso mataram o homem!

— Matamos?

— Estouraram a cabeça dele.

Os dois se entreolharam como se tivessem encontrado os ossos da baleia, porém a expressão deles não se alterou. Evangelina tirou as mãos dos bolsos da japona multicolorida que sempre usava e a deixava com um jeito de *hippie* fora de época. Apontou o revólver para Pedro.

— E você? O que faz aqui?

— Vi o Efrahim que subia com seu guarda-chuva e um pacote, achei estranho.

— Veio atrás de um guarda-chuva?

— Nunca, desde que moro aqui, vi o Conde fora do Café. É famoso por viver encerrado na sala de venezianas. De repente, pálido como zumbi, ele está na rua, neste subúrbio malacafento, num dia abafado.

— E veio atrás?

— Passei pelo quintal do Engraxate, onde mataram o Maciel.

— Mataram o Maciel, então!

Não demonstraram surpresa, apenas entreolharam-se. Parecia tique nervoso. Havia neles cumplicidade imediata de terceiro grau.

— Esta madrugada apagaram o doutor. Efrahim estava entre os curiosos na rua, se afastou rapidamente com seu pacotinho, segui, ele se encontrou com o Engraxate Noturno, desconfiei. Eu estava na farmácia de madrugada, depois de terem encontrado Manuela. O Engraxate se mandou, agitado, depois de ter visto alguma coisa. Dona Idalina contou. O Engraxate conversou com você, Evandro. Ficaram fechados no cubículo de injeções. Depois ele desapareceu.

— Nem parece aquele repórter bobalhão! Ou só fingia?

Pedro Quimera deixou passar. Tinha se acostumado a ser espicaçado, criara uma carapaça. Ela se grudara à sua pele e o imobilizava, fazia parte da sua personalidade. Bastava agora esperar o dia da revelação, quando não seria mais obrigado a ouvir tais coisas. No momento em que soubessem que tinha matado Efrahim, viria sua libertação. Arma na mão, Evangelina tinha a expressão determinada.

— Tentava descobrir o que Efrahim e o Engraxate conversavam, quando vocês chegaram atirando. Cacete! Este é o domingo das surpresas, parece programa do Sílvio Santos. Mataram o Conde e se enfiaram nesse túnel, procurando escapar, achando que tinha saída para o rio.

— Não matamos ninguém, demos tiros para o ar. E entramos no túnel atrás do Engraxate, o Efrahim disse que ele tinha ido por ali.

— Arrebentaram a cabeça dele. O que sabia que não podia contar?

— Se estava aqui, viu que não matamos ninguém.

— Fiquei escondido. Com medo de bala perdida. Quando decidi olhar, o homem estava morto, me veio a paúra, fui dar uma volta, respirar, me sentia zonzo. Não gosto de armas, tiros, violência. Voltei, sou curioso, vocês batiam na porta. Quem contou que o Engraxate estava aqui?

— Efrahim telefonou...

— Por que havia de telefonar?

— O Engraxate foi ao Noite do Cristal e Efrahim o trouxe para cá. Depois passou pela farmácia. Sabia que o Engraxate viu alguma coisa, parado na minha porta! Quando contei quem, ele se assustou e se alegrou. Nunca foi corajoso, é de se admirar que fizesse o que fazia. Sempre viveu o trauma do incêndio da Focal. Ele viu o homem que pôs fogo. Efrahim transava com uma enlatadora e todas as noites ia para a fábrica. Não existia motel e ele não podia levar a moça a um hotel comum, não entrava. O pai dele era contra, questão de classe social. Imigrante, quando fica rico, vira preconceituoso... A Focal era do Ulisses Capuano, o pai dele, desafeto do Padrinho. Havia uma rixa entre os dois, misteriosa. Capuano perdeu tudo nas mesas de jogo bancadas pelo Padrinho. Naquela noite de 1953, quando

Efrahim chegou para foder a namorada, o fogo tinha começado e um cara magro e alto corria em direção aos trilhos. A Focal ficou do jeito que está, morreu um monte de gente, até mesmo a menina do Conde, caboclinha de 16 anos. Efrahim conhecia o homem e por que tinha feito o que fez e passou a vida planejando um modo de pegar o cara de jeito. Só que tinha medo, o sujeito é barra-pesada. Ele não queria matar, apenas aleijar, ferir, tirar do sujeito uma coisa que ele amasse muito, da qual precisasse. Se é que esse homem alguma vez amou alguma coisa, além do dinheiro e da sacanagem.
— E quem é?
— Saber não vai ser bom para você!
— Pode dizer, Evandro! O gordo vai entrar no pacote. O grande pacote. O domingo da degola em Arealva. Vamos fazer muitos quadros hoje.
— Hoje, não. Não tenho força.
— Vai fazer! Até a noite temos tempo, só preciso de uma idéia para o balofo.
Evangelina respirava com dificuldade, como se tivesse asma.
— Quem estava no carro?
— O Padrinho.
— O Padrinho? Essa não! Por que haveria de matar Manuela?
— E se não matou? E se está acobertando o filho? Ele escondeu Manuela no arbusto da praça.
— Cada uma!
— Ele viu o Engraxate na porta da farmácia, se aproximou, abriu a janela do carro e fez um gesto com os dedos, pum-pum. Depois passou a mão pela boca, significando silêncio. O Engraxate se cagou, foi se limpar no cubículo com algodão e gaze, Idalina, a seringueira, estava no banheiro. Ela mija antes de tomar sua injeção da madrugada, é tarada, mija de porta aberta para que a gente ouça o som do mijo, isto a excita...

— Mas por que matou Manuela? A mulher do filho dele?
— Quem é filho de quem?
— Antenor é o filho do Padrinho.
— O gordo pirou, é o calor, o cheiro de carniça do túnel.

Quimera percebeu que tinha um trunfo, uma coisa que eles não sabiam. Lembrou-se de um livro sobre Richard Sorge, o espião russo que montou uma rede em Tóquio durante a Segunda Guerra Mundial. Sorge tinha estabelecido um dos princípios da profissão: o agente bem-sucedido é aquele que é, ele mesmo, fonte de informações. Se Evangelina era fria e obcecada como parecia, corria perigo. Não queria se expor. A pistola de Efrahim no bolso, tomara que tenha ainda munição. E se matasse estes dois, escondesse no túnel? O pensamento o deixou satisfeito, sobressaltado. Que forças agiam dentro dele?

— Por que mataram o Efrahim?
— Matamos tanto quanto você.
— Então, quem foi?
— Talvez tivesse um terceiro homem...[1]
— Terceiro homem... Vi Evangelina atirar no joelho, depois no ombro, então na cabeça.
— Atirei no joelho, no joelho... o joelho é aqui, toicinho de porco... Atirei no joelho, não na cabeça! Mas posso atirar na sua cabeça.

Pedro pressentia, havia algo descosturado. Os dois não insistiram em saber se Antenor era mesmo filho do Padrinho. Deixaram passar com facilidade. A menos que soubessem também.

— Sabiam que mataram o Maciel. Quando contei, não mostraram surpresa.

---

1) O Terceiro Homem é um filme de Carol Reed, 1949, com Orson Welles (Harry Lime), Joseph Cotten (Holly Martins) e Alida Valli (Anna Schmidt). Baseado em Graham Greene. Sempre que pode, Evandro cita filmes.

— É que... que... a televisão deu... No *Jornal da Manhã*. A cidade está um bochicho só. O Antenor sumiu, foi para o Uruguai.

Evangelina impaciente, alterada.

— Vamos nos mandar, temos muito a fazer.

— Não vou pintar nada, Evangelina, não vou, estou cansado. Não me veio energia. A morte de Manuela me arrasou.

— A morte de Manuela é a sua glória. Amanhã vamos levar sua obra-prima para a televisão, vai aparecer até no *Fantástico*. Chegou a hora, Evandro. De Arealva você vai para Paris, viver sua vida boêmia em Montparnasse, como sempre quis. Vai procurar a Anaïs Nin.

— E você comigo.

— Não, não vou! Estou cheia de gente banana. Só dá pé-de-chinelo por aqui, tudo é mixo, só a gente mexe com a adrenalina do povo, ninguém mais. Vou ficar, continuar. Alguém precisa continuar. Manter a cidade sob tensão, deixá-la com medo. Eles têm medo, Evandro. Nós enchemos esta cidade de medo. A gente é mais poderosa que o Padrinho, o Antenor, o Portella, aqueles ministros de Deus, o povo do Jardim das Hortênsias. Lembra-se como ficaram quando mandamos as cartas? Todo mundo ouriçado. Quase pegaram o Engraxate colocando em baixo das portas, enfiando na caixa do correio. Maciel podia ter me ajudado, dentro dele corria a mesma cólera. Foi isso que nos juntou. O rancor contra Arealva que nos tirou tudo, tudo.

Que nos juntou? O que ela quer dizer? Que Evangelina é esta? Pedro Quimera hesitava e começava a ter medo[2].

Saíram, atravessaram os trilhos, o céu ameaçador, fechado. O carro de Evandro era um Corsa, o primeiro saído da concessionária em Arealva, por influência de Manuela. Quimera sentou-se no banco de trás.

---

2) Pedro Quimera é absolutamente instável, assim fica difícil.

— Estamos bem tranqüilos para quem se envolveu em assassinato.

— Não matamos ninguém, porra do caralho, pançudo!

— Mas por que queriam matar o Efrahim, pegar o Engraxate?

— Queremos a agenda dele, tem nossos nomes. Se alguém o pega antes, vai ter chantagem de monte. Ele trabalha em duas frentes, com o Padrinho, o distribuidor de *crack*, e com o Efrahim, o da droga para ricos, coca, heroína, coisas assim. Ele usa a farmácia como ponto, tem fregueses que passam por ali, recolhem e se vão.

— E por que me contam estas coisas? Posso escrever.

— Não vai escrever nada, sebento. Precisamos ver o que você sabe e por que matou Efrahim. Depois você se junta a ele.

Se acredito, entro em pânico. Os dois não tinham cara de sair matando. Quem sabe o tiro no joelho de Efrahim tenha sido acidental? Espera, espera um pouco. Hoje é domingo, não tem *Jornal da Manhã* na televisão.

— Ouvimos o tiro, só tinha você ali. Agora estamos ansiosos, talvez você não seja o banha-derretida que pensamos. Precisamos descobrir para quem trabalha.

— Descobrir para quem trabalho? Para *O Expresso*.

— Desconfiamos de você desde que apareceu na farmácia, interessado nos porquês. Era interesse demais por uma bobagem. Escrever livros, virar *best-seller* com aquelas perguntas. Besteirada, a gente te observando para descobrir qual a sua. Não é sonso coisa alguma.

Era uma conversa maluca, Yvonne precisava ouvir, cogitou Pedro, achando tudo divertido. Deveria ligar agora para Luisão, para Alderabã, para a aguada Angélica e mandar todo mundo tomar no cu, enfiar o jornal no rabo. Evangelina tinha a arma apontada para a cabeça de Quimera. Por quê? Estava entrando numa situação cuja dimensão desconhecia. Não atinava com as coisas. Todavia, excitado. A peituda não era a frágil e tímida que no palco torcia as mãos nervosamente. Os peitos entremostrados pelo decote, Pedro teve vontade de passar a mão neles, saber como eram os bicos, gostava de bicos grandes, mulher com peitos de bicos grandes é quente, nervosa, trepa gritando. Ela começou a cantarolar *Non Sapete Qual Affetto*, da *La Traviata*. Pedro Quimera nada conhecia de óperas, mas ficou entusiasmado, Evangelina era um portento, por que não fez carreira, por que ninguém deu a ela oportunidade em São Paulo, naquela famosa viagem de 1979?

– Desce, gordão suarento. Você fede a bosta!

O cheiro da infância retornando? Ele tinha medo do pai, assim como tinha de Evangelina. De Evandro, não. Tinham chegado à casa. Enfim, a chance de ver por dentro o posto de gasolina. O pequeno jardim era equilibrado, coloridíssimo, os canteiros formavam desenhos abstratos, um pouco zen.

– Faço o *design* de cada canteiro, procuro as flores, mudo as cores. Gostou?

No interior estava fresco, um aparelho de ar-condicionado murmurava suavemente. Penetraram na sala, mistura de estar com estúdio, as telas de Evandro (então ele realmente pintava?) amontoavam-se em cavaletes, encostadas junto às paredes. Acenderam lâmpadas, cortinas fechadas impediam a entrada de luz. Pedro Quimera ficou assombrado. As pinturas mostravam fragmentos de corpos decepados. Pernas massacradas, ossos expostos, olhos fora das órbitas, pescoços com grandes talhos, dedos sendo cuspidos por bocas meladas de vermelho, barrigas exibindo vísceras, corações cortados ao meio, bocas abertas, sem dentes, gengivas com hemorragia.

– Nossa série! O sangue da cidade. Para homenagear a cidade do sangue, completou Evangelina. Ai de ti, cidade sanguinária. Lembra-se da profecia do padre Gaetano?

Evandro pintava bem, hiper-realista, transmitia a sensação de terceira dimensão.

– Pena que a chuva apagou o fogo daquele sujeito que se matou na praça. Assisti a tudo, foi uma beleza, vou pintar de memória, usar a imaginação. Minha primeira tela de imaginação, posso doar para o Museu Lev Gadelha. Não vão aceitar. Nunca aceitaram quadro meu, os curadores são conservadores, "não permitimos nada que macule o conceito da cidade". Então, preparo a mostra *Sangue da Cidade*. Vou expor nas ruas. A primeira exposição do mundo nas ruas, os quadros pendurados nos postes e árvores. Arealva maldita vai se ver e rever.

Quimera percebeu que alguns rostos eram vagamente parecidos com os de fotos que os jornais tinham publicado.

– Você não pinta nunca de imaginação?

Evandro percebeu a intuição de Pedro.

– Não, busco modelos.

– São as vítimas do Anjo do Adeus?

– Algumas. Outras são pessoas que gostaria de ver mortas, mato em meus quadros.

– Você é o Anjo?

– Eu não! Talvez Evangelina! Ela é violenta.

– Talvez eu? Violenta? Sou doce e meiga... Evandro, mostra tua obra-prima. A última coisa que ele vai ver. A paixão da cidade, a vaca que me tomou Maciel.

– Pára, Evangelina! Pára com essa tortura! Ninguém tomou ninguém, você é que ficou obcecada. Manuela nunca ligou para sexo, não se importava nem um pouco. Não era como todo mundo. Foi muito especial, demais!

Pedro foi levado a uma edícula nos fundos. Deu com a pintura que ocupava a parede inteira. Manuela, de braços abertos sobre uma cruz, o rosto coberto pelo sangue que escorria de uma coroa de pregos, o peito lancetado por bisturis que pendiam, presos à carne, os joelhos partidos, pés arrancados. Os olhos eram o único ponto intacto da pintura, vivos, brilhantes – primeira vez que Pedro viu os olhos dela sem os óculos –, pintados de tal modo que se desviavam de um lado para o outro, acompanhando o observador.

– Estes seios são os da foto do Baile do Scala.

– Não! Ela posou para mim. Adorava posar. Está incompleto. Não vou ter como acabar. Há anos a gente preparava este quadro. Manuela vinha, ficava naquela espreguiçadeira, enquanto eu trabalhava, ela dava palpites, sugeria. Queria se ver esquartejada. Não sei como vai ser daqui para a frente. Não sei.

– Mostra para ele a série *Anjo do Adeus*.

– Por quê?

– Ele vai fazer parte agora.

Evangelina tinha prazer, um torturador que mostra o instrumental à sua vítima.

– Hoje não, Evangelina, hoje não.

– Hoje, caralho! Hoje é o apocalipse da cidade.

Entraram num corredor que cheirava a naftalina. Um novo cômodo, repleto de quadros. Há quantos anos Evandro pintava secretamente?

– Aqui está Manuela.

Cada quadro era uma parte do corpo. A cabeça decapitada, nervos, músculos, veias pingando sangue. Braços, mãos, dedos, pernas, fragmentos da barriga, a xoxota, todos os detalhes de um corpo inteiramente destroçado. Depositados em salvas de prata conduzidas à mesa de banquete.

– Levei dois anos para completar esta série. Manuela planejava expor na Baleia de Coral. Antes mataria Antenor.

– Você era apaixonado por ela?

– Ele? Tão possível quanto o presidente dos Estados Unidos ser um negro comunista.

Evangelina riu, sarcástica.

– Ele e Manuela. É a coisa mais engraçada que já ouvi. Evandro não gosta de mulher; nem de homem. Morre de medo da Aids. Faz vinte anos que não trepa. Adora punhetinhas. O que pensa que Idalina faz para ele, enquanto toma injeção? E você, bolão? Come alguém? Como faz com essa barriga? A pentelha pestilenta daquela professora te agüenta?

Quimera ficou incomodado com a agressão contínua de Evangelina. Começou a crescer uma raiva que, se explodisse, ele sabia que seria incontrolável. Esta era a mudança no rosto dela. O ódio transparecia, dava vida à pele, fazia os dentes brilharem. Ela tinha dentes ótimos, mas quem teria coragem de beijar esta boca?

— Não sou brocha, cabrona. Nunca fui. Sou um santo que guarda o Santíssimo! Aquele teu homem sim, não funcionava.

— Funcionava! E como. Só eu sei como funcionava.

— Bêbado, drogado, neurótico.

Evangelina soluçava, Quimera não podia saber se de raiva ou ternura. Mesmo chorando era impossível sentir piedade dela, marionete desengonçada, com os peitos saltando.

— Maciel me amou. Por três meses fui a mulher que ele mais quis. Não houve outra. Nem mesmo Manuela, que toda a cidade queria comer.

2

Desde os 15 anos Evangelina vivia apaixonada pelo dr. Maciel. Fez o possível para a mãe levá-la ao ginecologista famoso, tão desejado. Aos 16 anos garantiu que estava grávida do dono do Cine Esmeralda — não ocorreu outra desculpa, na hora, só depois percebeu o absurdo, mas é que sempre encontrava na farmácia o pinóia, pai de Evandro. A mãe, sábia conhecedora da cidade e seus personagens, duvidou: aquele velho não dá no couro há muito tempo, é um babão, não bota o muçu de molho. Nem ia querer um estrupício como você. A jovem que saía da adolescência vendo amigas dispararem nos carros, através de canaviais e laranjais, vivia louca para sentar-se diante de Maciel, abrindo as pernas. Queria sentir o toque de suas mãos, deliciar-se com o médico olhando no fundo dela. Ficava diante do consultório no final do expediente, esperando que saísse, seguia-o até a garagem do Hotel Nove de Julho, onde ele deixava o carro. Todas as tardes sonhava estar com Maciel, perfumado, relógio de ouro, voluptuosíssimo em sua roupa branca, calças de linho com vinco impecável, camisa de tergal, das primeiras, as lojas de Arealva ainda não as vendiam, mas ele tinha, trazidas do Rio de Janeiro por uma de suas amantes. Imaginava-se no hotel que a cidade conhecia como o *rendez-vous* da sociedade, ainda que jamais qualquer mulher tivesse sido flagrada entrando com alguém. *Rendez-vous*. A palavra anacrônica, dita veladamente, repleta de lascívia, despertava em Evangelina instintos ariscos, não era coisa para moça dizer, envolvia prazeres não-condizentes com decência. Havia uma entrada secreta pelos fundos, por dentro da horta exuberante, porém, por mais que se vigiasse, e ali se vigiava tudo, jamais tinham pilhado adúlteros sorrateiramente entrando ou escapando.

Sempre quis ser puta, Evandro, confessava, excitada. Dar para todo mundo e receber. Eu ia administrar bem. Você seria meu *cáften*, elegantíssimo em ternos brancos e sapatos bicolores. Só que ninguém quer me comer. Ninguém! Tenho feito a maior força, os putos se afastam de mim, com nojo. Você não sabe o que é repulsa. Alguém te olhar como se fosse lesma. Foi o que aquele sardento me disse. E aconteceu o que aconteceu. Sentar no banco do jardim e cruzar as pernas. Mostrar tudo e nenhum moleque curioso parar, ficar no banco em frente para observar e correr ao banheiro. Nenhum! Nem você que é meu amigo me ajuda, amigos são para isso, é uma beleza transar entre amigos, há muito carinho e nenhuma cobrança. Te desculpo, sei como você é, o que te impede, mas custava ficar pelado comigo na cama?

Nos tempos de colégio, Evangelina saía no meio da aula e descia ao banheiro dos meninos, ansiosa por descobrir seu nome atrás da porta. Tudo o que via era *Marinalva raspa os pêlos, Vanda deixa pôr nas coxas, O rabo da Verônica é largo*. Então, ela escrevia *Evangelina topa tudo, Evangelina tem boca boa, Evangelina gosta bem grosso*. Esperava que ao menos um curioso se aproximasse. Ela não sabia que inscrições de privada são como telefonemas anônimos, satisfazem quem fala ou escreve, os tímidos, incapazes, gozadores. Uma tarde chovia muito, ela saía do banheiro, e um rapaz loiro, sardento e espinhudo surpreendeu-a com a Bic na mão:

— O que faz no banheiro dos homens?
— Me enganei.
— Sapatona! Bem que o pessoal diz.
— Não sou sapatona. Me enganei!
— Vai te catar, lesma! O banheiro das mulheres é do outro lado do pátio! E essa caneta roxa? Ah! Tinta roxa! Então é isso? Você é que anda escrevendo Evangelina gosta grosso?
— Não escrevo nada, só vim copiar para mostrar às amigas.
— Que nada! Todo mundo anda querendo saber quem é o taradão que escreve sobre a peituda de óculos. Claro, não existe tarado. Não pode existir, é preciso estômago para te querer. O tarado é você.

Ele dominava a situação, Evangelina acuada. Só que ela não sabia que o sardento também descera para escrever coisas, era um rapaz grande e medroso, mijote que se masturbava no balcão do Esmeralda para ver a porra cair na cabeça da platéia, abaixo.

— Para comer uma bruaca assim, só um monstro, um estrupador.

— Burro, é estuprador.
— Ah, vai te catar! Anã corcunda com estômago de avestruz! O colégio vai adorar. Saber que é você. Ninguém vai querer perder esta. Mais engraçado que a Valquíria, a que perdeu a calcinha na valsa do baile de debutantes. Lembra-se, a calcinha caiu e ela tropeçou no meio do salão.
— Não se atreva.
— Vai ser a melhor do ano!
— Não abra a boca. Loiro aguado, maricão. Você sim! Quem te quer com essa pele manchada? Leproso!
— Maricão?
— Todo mundo sabe, gosta da rola grossa, dá o rabo no balcão do Esmeralda.

Evangelina, assustada, falava o que vinha na cabeça. Se o garoto contasse, a coisa espalhasse, ela seria execrada. Um escândalo. Antecipou o ridículo, humilhação. Valquíria teve de se mudar de Arealva, a cidade era impiedosa. A dor cresceu quando pensou em Maciel zombando dela no consultório, um centro de fofocas, as pacientes lindas e nuas, o médico examinando, colocando a mão dentro delas. Curvou-se, comprimindo o peito, como se estivesse sofrendo um infarto, uma dor lancinante na nuca. Sempre vinha quando ficava nervosa, ia entrar no palco. A bexiga soltou, ela sentiu a urina quente pelas pernas. De nada adiantaria desmentir, dizer não, as coisas corriam numa rapidez inigualável, a velocidade da luz era tartaruga diante dos boatos. Os sapatos ficaram encharcados, se o sardento olhasse para baixo estaria perdida, a via-sacra completada. O que diriam ao saber que Evangelina escrevia palavrões no banheiro e mijava nas pernas?

Suando, esperando o sinal do recreio bater, olhando o pátio deserto, ela decidiu sob intensa pressão. Mais tarde, disse a Evandro: podia sentir meu coração numa prensa e tiravam todo o sangue dele, como aquele pato do restaurante de Paris onde você quer ir. Era uma hemorragia interna,

minha barriga inchando, ia estourar, inundar o banheiro de sangue, já havia diante dos meus olhos uma cor vermelha, era uma cortina, e os dentes do sardento iam mordendo a cortina, vi que não iria sobreviver.
— Quer ver o que acabei de escrever?
— É? O que foi, o que foi? Quero, me mostra!
— Vem ver. Uma puta sacanagem.
— Sacanagem? Grossa? Você gosta de sacanagem? Já pensou em chupar orelha com cera, lamber cabelo sujo?
Os olhos do sardento brilharam. Foram até um reservado.
— Pode entrar, está atrás da porta! Fico aqui, não cabem os dois.
O sardento, de costas, Evangelina tirou o sapato de salto fino, 15. Última moda, com solado grosso, mistura de Carmem Miranda com Marilyn Monroe. Tentativa inútil para se fazer gostosa, as moças do Curso Normal eram dispensadas do uniforme. Respirou fundo, seja o que Deus quiser. Puxou todas as forças, somou ódio e medo. Deu com o salto no centro da nuca do sardento, exatamente como vira fazer num filme classe B, preto-e-branco, do Hugo Haas, com Cleo Moore. Rezando para que desse certo, meu anjo da guarda. O garoto caiu para a frente, a porta se abriu, ele deu com a testa no vaso, o sangue espirrou. Evangelina entrou, calma, puxou a cabeça dele para dentro da privada, forçou com o pé e deu descarga. O sardento pareceu acordar, debateu-se leve, respirou e reagiu, ela manteve as mãos apertadas, segurando a cabeça, não sabe por quanto tempo, até que ele se aquietou. Adeus, meu anjo. Saiu. Do salão nobre vinham os sons do ensaio do coral, cantando que caboclo faladô, ô ô ô, que caboclo faladô. Ela foi até a mureta lateral que dava para o terreno da igreja, onde se faziam quermesses, saltou, caminhou abaixada entre as barracas. Com exceção dos pés molhados, não sentia nenhuma inquietação. Aliviada. Não haveria mais humilhação, risos mesquinhos. Quem necessitava

de um garoto sardento? Há pessoas dispensáveis no mundo e não é difícil libertar-se delas. Flutuava. Sou um anjo. Podia olhar a cidade abaixo dela. Anjo. Adeus, meu garotinho, você não vai mais incomodar ninguém. Um anjo do adeus, talvez seja esta a minha missão, além de cantar divi-namente como canto.

Não se descobriu quem matou o sardento, neto de imigrantes lituanos que tinham fugido do comunismo nos tempos da guerra-fria. Naquela tarde ninguém vira nada, as classes tinham tido provas, os inspetores foram distribuídos para vigiar, a fim de que ninguém colasse. Evangelina chegou em casa com febre, foi colocada na cama e chamaram o médico, que diagnosticou vírus. A morte na privada foi assunto por meses e, neste período, ela decidiu que deveria dar um tempo, trancar a matrícula, ir para São Paulo. Era 1979 e ela estava com quase 18 anos.

A cidade tinha um cheiro metálico, penetrante. Hospedou-se num hotel da Rua Guaianases, no centro, e saía pouco do quarto nos primeiros dias. Aos sábados, descia para a rua, coalhada de moleques que jogavam bola. Os edifícios antigos exibiam roupas secando nas janelas como bandeiras coloridas. Sapatarias, chaveiros, lavanderias, despachantes, alfaiates, quitandas, auto-elétricos, bibocas que faziam cópias, botecos, todo o pequeno comércio praticado por gente humilde, nordestinos, coreanos, negros, mineiros. Mulheres gritavam de uma janela para a outra, chamavam os filhos na rua lá embaixo. Depois, nos fins de tarde, passou a circular pela rua, cruzando com travestis ou mulheres perfumadíssimas e apressadas. Seguiu duas delas, vendo-as entrar no Cine Áurea, que exibia programas pornôs. Nos intervalos, *strip-teases* ao vivo. Desde então ela gastava horas no cinema vendo filmes que não a excitavam, a não ser quando os atores lembravam vagamente Maciel. Quando o filme terminava e as luzes se acendiam os homens corriam para as poltronas da frente, para ver os *strips* de rechonchudas com grandes bundas. Evangelina descobriu que estas mulheres trabalhavam em três, quatro lugares ao mesmo tempo. Saíam do Teatro Santana e iam para o Áurea, dali corriam para o Los Angeles, depois para muquifos na Avenida Rio Branco e na madrugada estavam comendo filés alho e óleo ou feijoada no Morais, no Um, Dois, Feijão com Arroz. E se também ela fizesse *strip-tease*? Tinha tanta vontade de se exibir, era como se sentar de pernas cruzadas no jardim. Não teve coragem de tentar.

 Certa manhã de maio, descendo a Avenida São João em direção ao Vale do Anhangabaú, ela deu com uma vitrine e sentiu-se deslizando no gelo. Uma sensação agradável, de prazer. Na vitrine da loja Ao Gaúcho viu o pequeno revólver reluzente. Entrou, comprou, levou caixas de munição, recebeu a advertência de que necessitava tirar porte de arma, preencheu um papel e se foi com a arma dentro da bolsa. Evangelina estava se dando bem em São Paulo, perdida no meio da multidão, ninguém olhando para ninguém. Uma bela cidade para se matar pessoas, o mundo está cheio, me sufoca. Mas eu quero mesmo é voltar para Arealva, quero deixar o mundo amedrontado, quero que vivam em angústia. O pensamento levou-a a flutuar como o anjo.

*A Exposição
dos Corações Murchos*

*E*vandro, o farmacêutico, tinha colocado um CD de Placido Domingo, *Mi Alma Latina.*
— Não posso acreditar! Você, Evangelina, é o Anjo do Adeus? Não, não faz sentido. É imaginação, delírio!
— Tudo o que não faz sentido tem um sentido, disse Evandro, dado a frases.
— Você é inteligente, Evangelina. Não pode sair matando porque os homens te acham feia. Fosse assim, ia sobrar pouca gente no mundo, a humanidade é um horror.
— Olha você...
— Sabe o que penso? O que me consola? Tem de existir neste meu corpo flácido alguma coisa, um poro, um pêlo que um dia enternecerão uma mulher...
— Ah!
— A cidade te admira, Evangelina, você é amada, eles vão ao teatro te ouvir.
— Não mato porque me olham atravessado. Que bobagem! Não dê uma de analista, não é nada disso. Mato pela vontade. Pelo jogo, pelo prazer. Isto você nunca vai sentir. A sedução de ver uma pessoa apavorada. Poder enxergar nela o conhecimento de que chegou ao limite, sua vida acabou. A surpresa ao descobrir que alguns encaram com alegria, querem morrer e não têm coragem.

Não vou contar que conheço este sentimento e que isto nos torna iguais, pensou Pedro Quimera. Pertencemos a um círculo especial, ainda que eu seja iniciante, mal passei pela minha vigília de armas. Talvez seja um destino. A nossa função no mundo, uma responsabilidade. Quem sabe é uma desculpa.
— E estes anos todos viveu matando?
— Nem todos os mortos foram nossos. Alguém, antes, matou, retalhando. Um dia encontramos um cadáver esquartejado e Evandro teve a idéia de colocar o santinho que trazia no bolso, com a imagem do anjo da guarda, tinha ganhado na igreja, de um padre gagá. Era irônico. Nasceu o Anjo do Adeus. Evandro foi genial ao pensar no santinho, ele lê bastante, vê filmes, achou que era uma coisa cinematográfica, um recurso se um dia filmarem nossa vida. Se fizerem um especial na televisão. Porque somos os novos Bonnie e Clyde, Lampião e Maria Bonita, incógnitos, só não roubamos. Somos almas-gêmeas, irmãos. Nos unimos antes de nascermos, em outras vidas. Ele foi legionário romano, fui serva de Messalina, belíssima, tive minha fase de sensualidade, portanto não reclamo, convivo comigo. Saía com minha ama à noite pelas ruelas e bordéis de Roma, passávamos a noite com a soldadesca que cheirava sangue. O prazer era maior quando eles chegavam das guerras e traziam o aroma azedo das batalhas, depois de terem passado milhares de prisioneiros pelo fio da espada. Foi o legionário Evandro que teve a idéia de retalhar os mortos. Claro que achei lugar-comum, não somos assassinos normais, não somos assassinos, mas sim executores, Anjos do Adeus, despachamos as pessoas que necessitam.
— Como saber quem necessita?
Quimera, admirado, descobria-se outro. Embarcava na conversação com naturalidade, Evangelina, transfigurada, tornara-se bonita ao narrar, apaixonante, o rosto iluminado, em êxtase. Ele tinha certeza de que ela flutuava após matar, tornava-se mesmo um anjo a velar sobre Arealva.

— Intuição, cheiro, olhar. As pessoas que estão próximas da morte expelem uma transpiração leve, de delicado floral. Somente gente como nós percebe. É o medo que emana delas, o pavor do desconhecido, a atração. A morte é sedutora. Candidatos à morte vêm a nós, exigem, suplicam, e nada podemos fazer senão encarar a incumbência.
— É a sangueira que me desgosta. Se eu matasse seria tudo limpo.
— O sangue coloca à prova. Diante dele devemos ser fortes. Ele mela, cola, enjoa, enoja, principalmente o cheiro. O que os judeus faziam no Templo? Sacrifícios purificadores pelo sangue. Ele é a minha mortificação, o modo de me mostrar digna, me purificar. Tenho de suportá-lo. Saio molhada da cabeça aos pés, principalmente quando cortamos artérias, o sangue esguicha, o corpo tem uma bombinha poderosa. Quando o sangue se esvai, o coração fica murcho. Assim Evandro e eu chamamos estes mortos. Corações murchos. Tenho de fazer tudo devagar, porque esse aí (apontou para Evandro) fica de longe, desenhando os esboços, para chegar em casa e pintar. Fica dias e dias pintando, furioso. Por isso vem de São Paulo com montes de blocos e telas. Todas as noites, às oito horas, subimos os dois, nesta hora é que ele tem mais energia, e trabalha. Naquele túnel da Focal tem centenas de quadros mostrando as pessoas mortas. Efrahim nos mostrou o túnel, colocamos a porta, o único lugar onde ninguém vai, com medo de fantasmas e milagreiros. Ninguém sabe que Evandro pinta, esta seria a surpresa para Arealva. A grande exposição dos corações murchos, aberta assim que a mãe dele morrer, mas a cascuda não morre, já quis matá-la sem que Evandro soubesse. Não tive coragem, iria ferir meu irmão, ofender o legionário. Depois da exposição, vão nos encontrar na praça, enforcados. Cada dia mais queremos pôr fim a tudo isto.
— Mas e Paris, o sonho?

— Que Paris porra nenhuma! Paris acabou, ninguém mais vai lá pintar. Faz anos que Evandro descobriu e foi um grande choque. Ter que viver nesta cidade. Para sempre! Um homem de 40 anos não abandona suas raízes, não sai do lugar. Estamos presos, plantados, estátuas de bronze, arbustos na praça...

— Cocôs de mosquito no forro amarelo, disse Evandro.

— Esta cidade que nos condenou precisa pagar por ter-nos sacrificado.

— E então mataram Manuela? Não encaixa.

— Não fomos nós.

— Dizem isso, mas mataram o Efrahim.

— O Efrahim foi você. Ouvimos o tiro. Só não te matamos porque achamos que você também é um anjo do adeus, veio se juntar a nós.

Claro que não, pensou Pedro Quimera, se um dia fizer, farei sozinho. Tudo que o homem faz sozinho faz melhor. Não existem parceiros confiáveis.

— Por que Manuela?

— Foi o Efrahim.

— Efrahim???

— Efrahim é desequilibrado. Era. Meio bobalhão, fingiu por muitos anos estar do lado do Padrinho. Convinha, para quem necessitava de droga para distribuir. Aquele Café sempre deu prejuízo, ele não sabia administrar, não herdou do pai a competência. Ulisses Capuano foi um pioneiro. Mas jogava. Ser empresário é um jogo, é preciso ser audacioso, sem escrúpulos, saber blefar, trapacear, conhecer o momento para apostar ou passar. Porém, Ulisses desafiava a sorte. Queria poder total. Todos diziam sim a ele, menos as cartas. E isto o exasperava, o desafiava, queria dominar também as cartas, ter poder sobre o baralho. E assim ia cada vez mais longe, se enterrava. As cartas resistiam, diziam não, elas é que subjugam, o que tornou Ulisses insano. Perdeu tudo nas mãos do Padrinho. Claro que sabíamos que Antenor era filho do Padrinho, mas este segredo valia. Ainda que não soubéssemos como negociá-lo. Manuela, quando descobriu, ficou transtornada porque houve alguma coisa entre ela e o Padrinho. Não sabemos o quê. Houve, porque o Padrinho era obcecado, apaixonado por ela, ciumento, violento, corrosivo. Sem poder se aproximar, ele passou a odiar Antenor desde que ele se casou com Manuela. Não foi difícil para ele, o ódio está em seu sangue, é natural, o que o faz viver, o mantém de pé com esta idade. E ela teria se casado para estar perto do velho. O Padrinho tem muita ternura pelo filho, o único filho, ainda que Efrahim achasse que também era filho dele. Uma babilônia, porque a mãe de Antenor, a cafetina, teve um caso com Capuano. O Padrinho colocou fogo na fábrica por ciúmes. Não foi pela dívida de jogo, o mão-de-vaca. Nunca precisou de dinheiro.

— Efrahim matou Manuela! Inacreditável! Mas viram o Padrinho colocando o corpo atrás do Navio da Baleia.

— Ninguém viu.

— O Engraxate viu.

— Efrahim colocou o corpo ali. Depois veio para a farmácia. O Engraxate estava aqui. Ele deve uma fortuna ao Efrahim, porque entrega a droga mas consome. Então, bolamos que o Engraxate deveria espalhar que o Padrinho colocou o corpo lá. Sabe? Um boato se espalha, é indesmentível, principalmente nesta cidade, com gente como Iramar Alcifes. O Engraxate concordou, depois ficou com medo de Efrahim, tinha certeza de que seria morto para não revelar a verdade. Não tinha escolha. Efrahim escondeu o Engraxate e nos avisou, queria que fizéssemos o serviço. Seria a primeira encomenda, uma nova vertente na carreira do Anjo do Adeus. Uma vez disse ao Evandro que queria ser puta, receber dinheiro para me entregar. Naquele momento, quando aceitamos o serviço do Efrahim, nos sentimos putas, estávamos fazendo por dinheiro. Não tínhamos percebido no Engraxate a vontade de morrer, ao contrário. Era uma experiência nova, inesperada, que nos levou a pensar a noite inteira. Decidimos que era nosso dever. O Engraxate era pessoa desnecessária, um descartável no mundo, há milhões assim[1].

— Pena que a gente não tenha tempo nem munição para eliminar todos os supérfluos do mundo, disse Evandro, excitado outra vez.

— Fomos para a Focal, só não sabíamos que o Efrahim ainda estava lá. Nem você. Ele mandou o Engraxate para dentro do túnel, o combinado, e fomos atrás, só que não resisti e atirei no joelho do Conde, e então ele soube que morreria e quis nos prender lá até ajeitar as coisas, estava tudo confuso, fora de controle. A morte de Manuela deixou a gente numa mixórdia mental. A única pessoa do mundo pela qual Evandro sentiu tesão. Ao entrar no túnel, o Engraxate marcou sua execução, ia descobrir os quadros, saber a verdade, teria um trunfo contra a gente. Decidimos matar também Efrahim, a culpa cairia em Antenor, imaginávamos. Tivemos pena. Pela primeira vez sentimos piedade, sentimento horroroso, significa o fim da carreira. Anjos do adeus não têm sentimentos. Era alguém que conhecíamos, porque os outros eram ninguém para nós. E eu me sentia mal, estava fraca, vomitei muito depois que acabei com o Maciel. Matar...

— Espera, pára aí... Maciel? Estamos falando do Efrahim. Onde entra o Maciel?

— Matei.

— O babaca do médico? Que mal te fez?

— Matar a quem se ama é atingir o supremo, romper tudo, se estraçalhar, ressuscitar. Ele foi o Anjo do Adeus dos meus sentimentos[2]. Quando saímos disso, somos uma nova pessoa, temos nova identidade, precisamos de novo RG, CPF. Até minha cara se transformou.

---

1) Placido cantava, a esta altura, *Moliendo Café*.
2) Evangelina pode matar bem, todavia para fazer frases é lamentável.

– Quer dizer que o Engraxate está morto?
– Com esse calor, vai feder antes que a noite caia.
Evandro percebeu, pela expressão perplexa e pelo silêncio, que Pedro tinha sido atingido. E se encarregou do resto.
– Isto é doloroso para ela, não vai poder contar. Escapou, deve ter sido muito forte. Te conto o resto.

A Mesa Posta Protege o Anjo do Adeus

1

Quando Manuela saiu do Café, Efrahim foi atrás. O leão-de-chácara não viu, estava guardando a chave de um carro no quadro, de costas para a porta. Ao sair do Café, no qual bebia *blood-maries* carregados na vodca, ela se encaminhava para a Farmácia dos Porquês. Isolava-se no depósito de antibióticos, onde sorvia uísque com Pedyalite. E falava, falava, como se o depósito fosse confessionário, divã de terapeuta. Cada dia conversava mais com as paredes de azulejos amarelados. Parece que os azulejos eram mágicos, porque fora dali Manuela vivia calada. Evangelina ofereceu, várias vezes, uma carreirinha, ela recusou, fazia anos que não tomava um comprimido de nada. Tenho que carregar inteira esta dor, dizia.

  Ontem estava mais agitada que de costume. Talvez porque tivesse tomado a decisão. Sem que ela soubesse, deixei, como sempre, o gravador ligado. Tenho todas as fitas, você pode ouvir, separei o que interessa. Só para tomar conhecimento, o condenado tem direito ao último pedido, imaginamos que este seja o seu, ainda que muitas coisas devam permanecer ocultas. (Pedro Quimera não se impressionou, sabia exatamente como se safaria.) Aí está o que ela dizia.

Não há um homem justo, não há um sequer...[1]

A morte do menino. Tenho que suportar esta dor, não quero chegar devendo uma vida inocente...

Foi entre as três da tarde e o pôr-do-sol e agora sei que preciso fazer o sacrifício para a purificação pelo sangue...

Ele estava ali, do meu lado, subi um instante, fui buscar a pinça para tirar o pelinho que me nascia perto do nariz, muito feio...

Se fosse imaginar que ao descer veria o que vi, teria deixado minha cara se encher de barba, como a mulher do circo. Só que subi, sossegada, Evandro estava ao lado do menino...

Demorei um pouco, tive que trocar o OB e não achava a caixa, os empregados mexem em tudo, e, quando desci, não vi a criança...

Evandro roncava, os olhos tapados por uma toalha, e Maciel contemplava a piscina...

Cheguei e ele apontou para a água...

Não vi nada, me recusei a ver...

O menino flutuava, o rosto para baixo...

Me recusei a olhar, não tinha voz para gritar...

Maciel me atirou à piscina: salve teu filho, Evandro matou a pobre criança.

Havia veneno de serpente em seus lábios, sua boca estava cheia de maldição e azedume...[2]

E apanhei o corpo, ele já estava morto, pedi a Maciel que me ajudasse...

Ele virou as costas, gritei, gritei...

Evandro, dopado, não acordou, Maciel fez tchau com as duas mãos e desapareceu...

Fiquei horas dentro da água abraçada ao meu filho...

---

1) São Paulo. Epístola aos Romanos.
2) São Paulo. Epístola aos Romanos.

Assim me encontraram, quase me afoguei também, e só não me matei porque prometi...

O sacrifício pela purificação. Maciel era o cordeiro de Deus...

Mas eu queria reaver as cartas de Heloísa, há anos estavam com ele...

Elas tinham sido a minha segurança, usaria, se me sentisse ameaçada, porque o Padrinho vivia inquieto, cada vez mais, me rondando, rondando, sem jamais esquecer a manhã em que cheguei ao Snooker...

Amaldiçoada manhã véspera de um domingo de Páscoa. Senti, nos olhos dele, no instante em que me viu, que eu estava perdida...

Seus pés são velozes para derramar sangue; há destruição e desgraça em seus caminhos...3

Era a paixão, porém os olhos dele eram os da morte. Eu o derrotei nas mesas de *snooker*, ele, o invencível, nunca ganhou uma. E me amava e me odiava, e me deixava ganhar, e se dilacerava quando perdia, perdia por amor...

Me passou tudo. Tudo em meu nome. Casas, terrenos, concessionárias, aplicações financeiras, o mundo oculto que ele administra. Tudo o que Antenor quer me tirar, impugnar no tribunal...

Por que demorei tanto? Acho que era uma desculpa, reaver aquelas cartas era uma bobagem...

Descobrimos na tarde em que nos fechamos na garagem de barcos. Maciel ainda charmoso, tinha os traços do homem por quem todas as mulheres se apaixonavam...

Era a primeira vez. Quis experimentar, saber como era o homem mais desejado de Arealva. Ele seria o primeiro. Seria porque seria, eu me oferecia, tinha pensado muito... desejado. Na hora H ele se mostrou apressado como um

---

3) São Paulo. Epístola aos Romanos.

adolescente. Teve ejaculação precoce, ficou pedindo desculpas, disse que era muito tesão. Pediu que eu fosse paciente e compreensiva...

O que eu não estava disposta a ser, me deixou na mão, foi uma grande sacanagem, mulher tem que deixar de ser compreensiva, boazinha. Prometeu, não compareceu, azar...

Suplicou para que eu não contasse a ninguém e parecia desamparado, deixei-o com o rosto em meu colo, soluçando...

Entediada, fiquei observando a garagem, precisava de pintura, havia teias de aranha, vidros quebrados nas janelas. Cantei uma canção da Isaura Garcia, proibiram que eu te amasse, proibiram que eu te visse, proibiram que eu andasse e perguntasse a alguém por ti. Dei com um baú de lata, disfarçado, era novo, fiquei curiosa, adoro ver o que há no interior das malas...

Quando meu pai chegava em casa das viagens, eram tantas, rodeávamos a mesa para vê-lo tirar pertences que trazia das cidades: sutiãs, calcinhas, meias de náilon, batons, ruges, água-de-côlonia, leite-de-rosas, talco, pó-de- arroz, água-de-pepino, pulseiras, colares, brincos, correntinhas para os pés. Tive uma correntinha para as pernas aos 12 anos, as meninas me invejavam, os meninos vinham assanhados, era uma delícia, ficavam mexendo no meu tornozelo, a coisa que eu mais gostava era dos meninos mexendo no meu tornozelo, fingindo que admiravam a correntinha de ouro...

Tirei o rosto do Maciel do meu colo, tinha melado minhas coxas com as lágrimas, que ridículo um homem chorar por causa do pau mole...

Por que adorava este homem?... Por que estava disposta a tudo por ele? Tão sofrido, sacana...

E tentei abrir o baú, tinha um cadeado forte. Procurei uma serra de metal entre as ferramentas, a que encontrei era enferrujada, demorei para cortar o fecho. Dei com o gordo pacote de papel encerado, lacrado com fita crepe... o mais curioso: era coisa recente. Maciel sentou-se no chão ao meu lado, rompemos a fita. Encontramos 22 pacotes, muito bemfeitos, envoltos em plásticos. Cada maço continha cinqüenta cartas, com exceção de um, com apenas trinta. Cada envelope numerado à mão. Dirigidas a Antenor, no Rio de Janeiro.

Viu a remetente?, perguntou Maciel.

Heloísa Dumont.

A dona da fábrica de sandálias, a putona velha. Tratei dela uma vez. Me chamou à sua casa, estava com 65 anos e queria um exame ginecológico, apavorada com medo de câncer. Mora dentro de uma UTI, tem empregados para limpar, esterilizar tudo, não entra um pingo de poeira na casa, as paredes são feitas com isolantes especiais, é muito louca, me deu luvas importadas para examiná-la, tem uma boceta bem-feita, viva, rosada, ter dado muito ajudou.

Por que escrevia para Antenor?

Querido filho, diz aqui.

Filho? Que história é essa?

Continuamos a ler, eu espantadíssima. Como os dois conseguiram manter escondida essa relação? E por que Heloísa concordou? Medo do Padrinho, ela dizia. Ele a ameaçava, achava que Antenor não era filho dele, mas sim do pai do Efrahim, uma complicação. Não prejudicar o filho, repetia sempre, sem que o filho soubesse quem era a mãe[4].

Assim descobrimos tudo. Durante horas lemos e só quando estava muito escuro lá fora e começou a chover, aquela chuva que sempre cai em agosto em Arealva, apanhamos as cartas e levamos.

---

[4] Ao que parece, toda a cidade sabe do segredo. Será este o segredo de polichinelo?

Melhor ficarem comigo, disse Maciel.

O que vai fazer?

Nada, guardar, quem sabe a gente possa usar um dia. Vou escaneá-las, gravar em disquetes, um fica comigo, outro com você, um terceiro com alguém de confiança nossa. Temos que nos proteger.

Vai sacanear, Antenor?

Pode ser, ele me sacaneou a vida inteira, matou minha filha, ajudou Valéria a me fazer de corno.

Fazia tempo que tudo estava terminado entre Antenor e eu...

Aquele encantamento dos primeiros tempos, aquele homem sensível que ia todos os dias ao cemitério visitar o túmulo da mãe tinha mudado. Mas que porra de túmulo era esse, se Heloísa era a mãe dele, e todos sabiam que ela estava viva?

Maciel guardou as cartas. Não sei por que não tentou nada antes contra Evandro, deve ter sido a confusão, Maciel estava com os neurônios queimados, de vez em quando alguns se ligavam, ele ficava lúcido...

Maciel queria que eu passasse para seu nome o que o Padrinho tinha me dado. Me pressionou, implorou, ameaçou, ficou perigoso. Dizia que eram coisas que deviam a ele, que ia voltar a ser o Maciel, dançar com todas as mulheres...

Todos se transviaram, todos juntos se corromperam; não há um que faça o bem, não há um sequer...[5]

(O gravador foi desligado.) Essa parte é a que interessa. Depois, disse Evandro, Maciel passou pela farmácia, queria Prozac, tomou, tomou uísque e saiu. Manuela me enfiou no carro, partimos atrás. Ele foi ao Nove de Julho, ficou um tempão na portaria, vimos Antenor subir com ele no

---

[5] São Paulo. Epístola aos Romanos.

elevador, demoraram. Maciel desceu, a cara satisfeita, logo veio Antenor, passou pelo restaurante e saiu pela porta dos fundos, a que dá para o depósito de pneus.

— Maciel está negociando com Antenor. E aposto que Antenor está indo para casa ver se as cartas estão no lugar, vai descobrir tudo. E, se descobre, me mata! Estas cartas eram minha libertação, com elas eu ia negociar com Antenor, era o único jeito dele me deixar ir embora. Agora vai me matar. E não quero morrer, quero cair fora, viver diferente, num lugar qualquer.

— Não tem jeito, não se escapa!

Demos voltas e encontramos Maciel seguindo para a casa do Engraxate. Sabíamos que ele faria isto, ia tentar um pouco de droga, vivia no desespero. Claro que o Engraxate recusou, porém Manuela comprou uma dose, Maciel se acalmou, o Engraxate se foi.

— Quero as cartas, disse ela.
— Não estão comigo, estão com Efrahim.
— Com Efrahim?
— Troquei, ele me forneceu um monte de brilho, mas tenho outro disquete, está escondido nas caixas do Engraxate.

Levei um susto, eu que estou acostumado. Manuela ergueu a arma e atirou no peito de Maciel. Um tiro só, seco, direto, que pontaria! Ele caiu, as costas apoiadas em uma parede, a cabeça pendeu. Morreu, sem ter percebido como. Nessa hora chegou o Efrahim, devia estar buscando mercadoria para negociar no Café, estava puto com o Engraxate, tinha de fazer entregas nessa noite e não tinha aparecido. Viu Maciel, advinhou, não era nenhum bobo, viu o revólver nas mãos de Manuela. Ela em transe, quase a carregamos para o carro do dono do Café, eu me encarrego, disse, não sei o que fazer com o corpo do Maciel, vou tirar Manuela desta. E você reviste a casa, apanhe os disquetes, a agenda de nomes, dê a entender que foi um ladrão pé-de-chinelo, vá para a farmácia, apareço lá. Apareceu no meio da tempestade com o corpo de Manuela e disse:

— Ela era o que o Padrinho mais queria. Acabou.

Estava chapadão sem ter tomado nada, Efrahim nunca foi de drogas ou de álcool. Feliz. Um peso enorme tinha saído de suas costas. Ao mesmo tempo mostrava-se apavorado. Era uma coisa grande demais para ele. Fez sem planejar, fez o que tinha que fazer, antes tivesse nos contratado, o Anjo do Adeus aceita encomendas.

Nessa hora começou a chuva do cacete, olhei para a praça, vi o Navio da Baleia e me veio a idéia, mandei o Efrahim dar a volta, ninguém iria ver o que se passava, o toró era violentíssimo, ele jogou o corpo atrás do arbusto. Tive pena de Manuela, mas nem tanta, não sou de me preocupar com estas coisas. Tive dó de Evangelina, ela chorava e dizia:

— Efrahim fez o que tinha que fazer, eu também tenho, e esta é a hora. Sabe onde está Maciel?

— Na casa do Engraxate, dopadão[6].

Fomos até lá, viu o doutor encostado na parede, ainda chovia, ela atirou e o esfaqueou. Com a mesma faca do Anjo do Adeus, ela vive no porta-luvas. Carregamos o corpo para trás das touceiras de erva-cidreira, levaria dias para ser encontrado. Pela primeira vez na vida Evangelina não teve coragem de retalhar o cadáver. Afinal, Maciel foi a única pessoa que amou Evangelina.

— Tem uma coisa que não bate, o registro não funciona na minha cabeça. Você desmaiou ao ver Manuela morta.

— Tensão. Adorava aquela mulher, ela vivia como um zumbi dentro desta cidade. Sou humano, sensível, as coisas me tocam.

— Me conta, já que vou morrer. Há alguma coisa entre você e Evangelina, não dá para disfarçar.

---

6) Ninguém diz coisa com coisa!

– Somos irmãos, parceiros, cúmplices, nos adoramos, somos anjos, entre nós não pode haver senão fidelidade, anjos não se tocam, e como anjos temos a proteção de outros anjos. Venha ver a mesa.

Levou Pedro Quimera a uma sala de jantar, acendeu as luzes, havia uma mesa posta para catorze pessoas, sete de cada lado. Tudo preparado como se estivessem para servir o jantar dentro de um minuto.

– O que significa?, perguntou Quimera.

– Ao verem a mesa posta, todos os anjos se ajoelham a nos dar segurança. É hora sagrada. Oram por nós diante de Deus e nada nos acontece. Faz onze anos que todas as noites, às oito horas, subimos para renovar o banquete. Por isso nunca nos apanharam. O Anjo do Adeus tem sua proteção. Agora te conto sobre Evangelina e Maciel.

2

Em maio, anos atrás, não me pergunte data, Evangelina comprou uma roupa para a apresentação do Coral em Casa Branca, na semana dedicada ao escritor Ganymédes José. A loja cheia, todos se preparavam para o dia das mães. Ela demorou a receber o pacote e, ao chegar em casa, verificou que não era o seu vestido. Na caixa, uma blusa Yoji Yamamoto, finíssima, com um cartão. De Maciel para Manuela. Começou a procurar o doutor, deu com ele num banco do Bosque das Amendoeiras, uma reserva na periferia da cidade plantada por imigrantes japoneses no começo do século. Lugar fresco, rescendendo a mato úmido.

– Esta caixa é sua.

– E a sua está em casa.

Ela se admirou, não imaginava que ele tivesse casa. Evangelina foi levada[7] para um conjunto de apartamentos da Cohab, junto à rodovia. Dois cômodos modestos, limpos. Num canto, livros de medicina empilhados, revistas antigas, fotografias de pacientes com seus filhos e dedicatórias.

— No dia das mães eu recebia centenas de presentes, elas ficavam agradecidas.

— O senhor é gente fina, dr. Maciel.

— Não vem com essa, mocinha. Não me venha com piedade, gosto de ser assim.

— Gosta? Pois me parece uma barra.

— Barra é conviver com essa gente. Descobri como era ser outro e caí fora. Só tem uma pessoa que me entende, me aceita. Manuela. Por isso esse vestido.

— Yamamoto. Dos mais caros.

— Cheque sem fundo.

— Se quiser, posso cobrir, você me paga quando puder.

— Não me conhece. Não vou pagar nunca.

— Talvez um dia... me dê uma esperança... mínima, só para que eu não me sinta sacaneada.

— Seria sacanagem prometer pagar. Quer me dar o dinheiro, dá. Aceito, não tenho orgulho.

— Vou à loja e compro o cheque. O dinheiro não te dou.

— Vai jogar dinheiro fora; quando aceitaram o cheque, sabiam. Quem não sabe? Dei uma cantada na gerente... Negócio comigo vai para fundo perdido.

— As coisas contigo são estranhas, as pessoas gostam de você, apesar de tudo.

— Aquela gerente teve dois filhos, quando não podia ter. Tratei dela, eu era bom, bom paca. É que eu gostava, um ginecologista deve gostar de bocetinhas, cuidar bem delas. Muita gente me trata com piedade e me aproveito, claro. Por que não?

---

7) Foram de ônibus, ela toda orgulhosa.

— E se a gerente tiver de pagar? E se a loja decide recuperar o vestido de Manuela? O senhor não ia gostar, afinal foi carinhoso.

— O teu problema, mocinha, é que você vive agora os problemas de depois de amanhã. Já machucaram tanto Manuela. Ela se habituou. Ao menos na hora em que receber ficará feliz. Além do mais, nenhuma loja teria coragem de tirar um vestido dela. Preferem perder um pouco de dinheiro a perder a cliente!

Uma conversa-mole, nada batia com nada quando se tratava de Maciel, não dizia coisa com coisa.

— Só que... que... um presente... no dia das mães? Vai machucá-la. Faz pouco que o filho morreu, ela voltou da viagem. Dizem que tentou se matar. Ela ainda está em estado de choque, o senhor foi envolvido... sei, sou amiga do Evandro da farmácia...

— Te conheço... me envolveram, menina, me envolveram. Aquele advogado, o Bradío, é roleiro, faz o que Antenor manda. Quem acredita em mim?

— Eu.

— E de que adianta? Eu arranjei aquele filho para ela! Ia matar? Pensa que matar é assim? É difícil, traz tanto tormento...

— Ficou tudo no ar, ninguém sabe direito o que aconteceu!

— Antenor sentia-se mal com a presença do menino e sofria. Vamos dar um desconto. O garotinho era mongolóide. Doía e Antenor se envergonhava. O rico Antenor, o belo Antenor, o poderoso Antenor, o marido de Manuela, a mulher mais gostosa, pai de um mongolóide.

— Ela teve gravidez complicada, foi se internar em São Paulo.

— Gravidez coisa nenhuma. Manuela é estéril. Aquele filho foi arranjado. Quando desapareceu, Manuela se escondeu em Areia, na Paraíba. O filho era de Lindorley. Juro, quando segui a gravidez da faxineira, estava tudo normal. Examinei a criança, não havia problemas. Apareceu aos seis meses. Antenor ficou maluco, menos pelo amor ao bebê do que pela repercussão na sua imagem. Não existe ninguém mais vaidoso que ele. A decisão foi calculada. Ele me convidou para aquela tarde, ficamos bebericando, Manuela subiu, ele agarrou a criança, atirou na água, me apontou um revólver. Nunca tive coragem para armas, me caguei, fiquei olhando o menino se debater, se afogar, me veio uma coisa estranha. Não podia me mover, falar, gritar, nada, e me lembrei de Anna Karenina sendo morta dentro do carro, assassinada por Antenor, ou imagino que tenha sido ele, e senti que dentro da minha cabeça os tecidos se rasgavam, vi Manuela chegando, apontei para a piscina, ela se atirou, me afastei. Antenor tinha batido três ou quatro carreiras reforçadas, quase morreu de overdose, foi salvo pelos médicos que chegaram para examinar a criança. Depois é o que todo mundo sabe, porque foi informado assim, Bradío tentou me entrutar, Manuela me defendeu, garantiu que foi acidente, até hoje não sei por quê. Ela deve ter sofrido amnésia, tudo indicava ter sido eu o assassino. Nunca matei, poderia ter enriquecido na clínica, fazendo abortos. Não houve mulher rica nesta cidade que não tenha me procurado, acabavam fazendo com a Lindorley, por isso ela levou o tiro nas pernas, de um pai emputecido.

  Evangelina apaixonada sabia que tinha pouca chance. Ela é uma pessoa maravilhosa, mas de que adianta? Feia, desengonçada! O que todo mundo procura é a embalagem, tudo precisa ter belo *design* para ser consumido. Não, não me venha dizer que ela se tornou o Anjo do Adeus por problemas de rejeição, porque a sociedade a marginalizou. Ela nunca foi marginal, é a melhor cantora da região, do Brasil, podia ter feito carreira, decidiu ficar aqui, encolhida. Ela é assim, gosta da sua casca, do que a protege, não fosse assim teria de enfrentar inveja, competição, brigas feias, para quê? Para ser famosa? Não, ela adora cantar e pode fazer isto sozinha, não precisa de público, do nome em revistas, não precisa de programas de televisão. Canta para ela! Olhe como as coisas são, o Maciel se aproximou e se insinuou e terminaram envolvidos e aqui, sim, começa o rancor de Evangelina. Porque ela se entregou, sem acreditar que transava com o homem mais desejado, era um sonho. Ela se sentia invejada, ainda que ninguém mais invejasse, porque Maciel estava desfigurado, restos do homem que foi. Porém, na cabeça dela, o que valia era a fantasia, o que ela tinha criado. Maciel foi o primeiro e certamente o último. O que aconteceu ontem era necessário para que ela recuperasse o amor próprio, se afirmasse de novo como mulher, gente, saísse do abismo e da depressão. Matar Maciel foi compensação. A primeira dívida que ela cobrou. Durou meses o caso entre eles, até o dia em que ela perguntou. E não deveria ter perguntado, há coisas que devemos aceitar sem procurar a razão, viver e deixar correr. Não, a gente insiste, quer conhecer, precisa ir fundo! Somos iguais, rotineiros, previsíveis. Ela pediu tanto a Maciel, e tudo o que queria era um daqueles lugares-comuns entre apaixonados. Perguntava:

— Por que você gosta de mim? — insistia febril. — O que viu em mim? O que foi, por que eu entre tantas mulheres?

No fundo, só queria uma resposta que desse segurança, a afirmasse como mulher, a diferenciasse.

Evangelina gritou: não, não conte, não repita nunca aquilo que somente você e eu sabemos. Não se atreva, ou te mato. Transtornada, ensandecida, ela urrava, porém Evandro continuou, e parecia ter prazer nisto. E Maciel disse, ouça o que disse:

— Você! Sabe por que te escolhi? Para ter certeza. Era a única chance de provar. Sempre foi muito fácil ser homem com mulheres lindas e perfumadas que me rodearam. Mas um dia me veio uma dúvida...

Não! Pare, pare! Não conte nada, não faça isto para mim, meu anjo irmão!, gritava Evangelina, querendo unhar o rosto de Evandro.

– Precisava provar que sou homem em qualquer situação. Provei. Respondeu Maciel. Ter conseguido me deitar com você, ter transado tantas vezes, porque apenas transamos, não foi amor, foi experiência. Um teste, a prova de que podia comer até a mulher mais feia, o bicho mais desengonçado e sem-graça do mundo, um monstrengo. Nem teus peitos são gostosos, cheiram a peido de velha. Se me deitei com você, posso me deitar com qualquer uma.

Evangelina atirou na testa de Evandro. Eu disse, disse, te avisei, ninguém, ninguém podia saber disto, eu ia morrer com esta provação. Não morro porque já estou morta. E você também, seu repórter de merda.

Pedro Quimera atirou primeiro.

Um tiro só. Havia uma última bala no revólver de Efrahim. Limpou as impressões digitais e colocou a arma nas mãos de Evandro, como via fazer no cinema. Uma bela escola. Saiu, o mormaço abafava tudo, a noite de domingo tinha começado. Andando pelas ruas, ouvia a música de abertura do *Fantástico* em cada casa. Em todas as casas do Brasil.

O Padrinho Deseja Que o Filho Morra Aidético

1

O Padrinho passou pela Farmácia dos Porquês, encontrou-a fechada. Primeira vez que acontecia, ele bateu na porta do sobrado de Idalina, a seringueira. Ela não acordou, tinha tomado dose tripla de calmantes, a morte de Manuela a deixara nervosa. O Padrinho seguiu até a casa do Engraxate Noturno, os policiais tinham lacrado tudo, havia dois guardas da Corporação Municipal vigiando. O cachorro morto continuava no mesmo lugar, não se ocuparam do pobre animal. Posso enterrá-lo?, perguntou, e um dos vigilantes disse que não. Por que a maldade?, indagou o Padrinho. Uma nota de cem mudou a firme opinião do homem. O cachorro começava a feder, foi colocado no porta-malas da Vemaguete. O Padrinho rondou pela cidade. Inquieto, tomado por um grande vazio, raivoso porque a noite de domingo, absolutamente normal, o envolvia, nem parece que Manuela estava morta.

Pessoas chegavam aos pontos de ônibus, iam passear nos *shopping centers*, havia no ar mil perfumes baratos. Na porta do Noite do Cristal, uma pequena multidão esperando o Café abrir. Efrahim não aparecia, da casa dele não respondiam. A Vemaguete tomou o rumo do Jardim das Hortênsias, a aglomeração tinha se acabado, ninguém pudera ver o corpo de Manuela. Apenas um bando de repórteres fazia plantão, à espera do quê? Alguns reliam as edições extras, o Padrinho comprou alguns exemplares de um pretinho sentado na sarjeta:

SOCIALITE MORTA
MISTERIOSAMENTE

MÉDICO TERMINA COM
AZEITONAS NO CORPO
E NÃO FOI EM COQUETEL

AREALVA ABALADA:
QUEM ASSASSINOU
A BELA DA TARDE?

DONO DO NOITE DO CRISTAL DESAPARECIDO
DESAPARECEU TAMBÉM O POPULAR
ENGRAXATE NOTURNO, PERSONAGEM
PITORESCO DE NOSSAS RUAS

POLÍCIA INCOMPETENTE SEM PISTAS

Fotos de Manuela ilustravam exageradamente as folhas. O Padrinho voltou ao Snooker, não viu Lindorley, ela costumava dormir num sofá dentro do salão. Ele foi ao escritório, ligou a 30 polegadas na TV Espanhola, as corridas estavam no meio. Um toureiro espetava bandeirolas coloridas num touro que sangrava. O Padrinho observou com tédio algumas *faenas* de muleta, esperava a *suerte* de matar. A estocada foi perfeita, o touro caiu com as pernas para cima, estrebuchou. O Padrinho apanhou uma tesoura e recortou dos jornais as fotos de Manuela. Com paciência, retirou as molduras de todas as fotos de boxeadores que estavam pelas paredes. E colocou Manuela no lugar, auxiliado por fita crepe. Terminou e ficou contemplando o mural.

Todo o resto atirou ao cesto de lixo, abrindo um litro de álcool. Nenhuma é verdadeira, pensava, todas foram montagens feitas em Ribeirão Preto, muito malfeitas, ainda não existia computador naquele tempo. Jamais lutei boxe na vida, nunca entrei num ringue, não sou bobo de oferecer minha cara, eu só queria ser herói para meu menino, queria que ele levasse as fotos embora. Heloísa insistiu, tínhamos de tirá-lo de Arealva, esta cidade iria jogar na cara dele, sempre, que era filho de uma puta e de um bandido, todos me acham bandido, não se aproximam de mim, a não ser quando estão na lona e precisam de dinheiro, levam meu dinheiro e me xingam. Só que montamos um esquema errado com a irmã dela, naquela pensão, a cabrona gastou todo o dinheiro que mandamos, e tratou o menino miseravelmente, tive de matá-la quando descobri.

Procurou o isqueiro pelas gavetas.

Antenor tinha de me tirar Manuela. Eu a descobri, dividi com ela a paixão pelos tacos. Ela era feliz à tarde, me ajudando a depenar otários, distraía a atenção de todo mundo, jogadores ficavam fascinados, éramos uma dupla invencível. Queria comê-la a todo custo, ela se esquivava num dia, e me excitava no outro, tentava, se abria e se fechava, nunca vi um jogo destes. Não tinha medo de mim, nenhum, eu é que tinha medo dela. Medo de que fosse embora. Assim como vim me vou, repetia. E Antenor se apaixonou por ela, porque era impossível não se apaixonar, aconteceu comigo e eu achava que tinha chances, apesar de muito mais velho. Ela precisava de alguém velho e forte. Mas surgiu Antenor e eles se ligaram. Conhecia meu filho, não duraria um mês, ele ia comê-la e soltá-la, e então eu a protegeria. Mas não! Se apaixonaram. Ele a tomou de mim! A última paixão de minha vida. O meu tempo esgotado, ela me traria a sobre-vida. Mas não, ele tirou! Meu filho me levou a possibilidade de continuar vivo! Que pague, sofra. Não sei por que matou Manuela, não devia ter feito, apunhalou o pai. Vou vê-lo se destroçar numa cadeia até o fim da vida, já estou soltando pistas, ele vai ter que explicar muitas coisas sem conseguir. Comprei o Ruy Banguela, o Bradío, estou procurando testemunhas, tenho meus jornais, o safado do Luisão me deve tanto dinheiro, há repórteres que comem em minhas mãos, até aquele gordinho, o Quimera, vai entrar na minha, tão bostela. Vou acabar com Antenor, jogá-lo no fundo de uma cela, para que apodreça entre assassinos, aidéticos, tuberculosos, quero que o enrabem, que morra numa rebelião do presídio. Vou levar Heloísa para ver o filho apodrecendo, ele vai conhecer a mãe num encontro glorioso. Ninguém vai ajudá-lo, se um juiz absolvê-lo, mato o juiz...

    O escritório estava escuro, ele se aproximou da janela, do sobrado em frente vinham os sons da musiquinha do *Fantástico*, um casal transava nas sombras do estacionamento. O Padrinho abriu a janela, atirou um pesado cinzeiro de cerâmica na cabeça do homem e se escondeu na penumbra. O homem caiu, a mulher gritou e se inclinou para o corpo, ainda com a saia arregaçada até a cintura. O Padrinho tentou acender, o isqueiro negou fogo, estava sem fluido, ele buscou um fósforo, encontrou uma caixinha do Noite do Cristal, atirou o palito aceso ao cesto de papéis embebido em álcool[1].

    Desceu, apanhou a Vemaguete e foi para a casa de Evandro. Havia luzes acesas. Empurrou o portão, viu a porta entreaberta, foi entrando, deu com os dois corpos. Evandro morto. Evangelina gemeu ao ouvir o barulho. Abriu os olhos com dificuldade.

— Padrinho?
— Que massacre! O que rolou aqui?

---

    1) O álcool era pura água, o frasco tinha ficado aberto muito tempo, Lindorley estava caduca, não cuidava dos materiais de limpeza, o que provocava brigas com o Padrinho, unha-de-fome. O fósforo se apagou. O Padrinho teve mais sorte na casa de Evandro.

– O repórter, o Quimera. Matou Evandro e quis me matar. Vai atrás dele. Vai te pegar...
– O gordinho? Matando? Conta outra!
– Ele... Agora está indo para algum lugar, quer falar com uma mulher... Mariúsa...
– Mariúsa... Foi atrás de Mariúsa?
– Me salva, Padrinho, não quero morrer, me salva. Preciso fazer a exposição do Anjo do Adeus[2]. As pinturas do Evandro...
– Exposição... que merda de exposição é essa?
– Rápido, Padrinho, me salva!
– E por que haveria de salvá-la, peitudinha? Vai me dar um trabalhão tirar você daqui, explicar para o hospital, não sou bem um cara acima de qualquer suspeita. Fique aí, vou dar um telefonema anônimo. É isso! Vou dizer que sou o Anjo do Adeus. Já tenho experiência, fui.
– Foi? Quando?[3]

O Padrinho deu as costas, caminhou até a cozinha, tirou um pote de iogurte da geladeira e percorreu a casa, assombrado com os quadros. Passava os dedos sobre os lábios, o que era seu hábito quando alguma idéia surgia. Apanhou as telas menores e começou a levá-las para a Vemaguete. Trouxe o cachorro fedendo e deixou no quintal. Encheu o banco de trás e o porta malas, mais tarde viria com a Veraneio. Sentou-se, observando Evangelina em agonia.

– Cante agora! Cante que te salvo! Cante *Que Gélida Manina*. Ou *Una Furtiva Lagrima*. Cante!

E o canto tomou a sala, frágil, a voz um fio. O Padrinho puxou o corpo de Evandro até o fundo do quintal, o chão era coalhado de seixos redondos, formando um jardim japonês despojado, com plantas anãs. Encostou a cabeça

---

[2] No desespero, as pessoas procuram qualquer motivo para justificar a vida.

[3] Teria sido? Quando? Fica este mistério para o autor e os leitores.

do farmacêutico num espelho de água e buscou Evangelina, deu uma bolinadinha nos peitos. Em seguida trouxe os quadros sanguinolentos e montou um arranjo. Colocou o cachorro sobre os peitos de Evangelina. Vai dar belas fotos, a imprensa devia me agradecer, a televisão pode se esbaldar. Temos que pensar na mídia quando fazemos as coisas. Só falta completar. Procurou pela casa até encontrar álcool, tíner, um galão de gasolina[4]. Espalhou tudo, principalmente sobre as madeiras, roupas de capa, toalhas e foi riscando fósforos.

Com a Vemaguete cheia de quadros, saiu pela cidade em busca de um lugar que fosse ponto de passagem, porém que estivesse deserto. A praça onde Manuela fora encontrada e onde Edevair tinha se posto fogo estava vazia, ali não havia movimento no domingo à noite. A Farmácia dos Porquês fechada. O Padrinho retirou os quadros, encostando-os na parede da Catedral. Certamente Evandro colocaria numa certa ordem, haveria uma seqüência cronológica de gente assassinada. Ali, onde o padre Gaetano tinha amaldiçoado Arealva, a cidade contemplaria as obras do Anjo do Adeus. Ai de Ti, Cidade Sanguinária, estampariam os jornais. Ouviu sirenes dos carros de bombeiros e sorriu, sabia o que era. Agora tinha ainda um serviço a fazer. Entrou na Vemaguete e foi para a rodovia.

Às quatro da manhã nada restava do antigo posto de gasolina, casa e ateliê de Evandro. Era uma construção velha, de madeiras ressecadas. As chamas devoraram tudo como línguas de crianças lambendo sorvetes de abacaxi, em tarde de verão.

O incêndio ocupou uma pequena foto, mas as imagens de Evangelina e Evandro mortos entre os quadros da série do Anjo do Adeus estarreceram Arealva, ainda sob o

---

[4] Evandro tinha sempre um galão para a eventualidade de cremar um cadáver.

impacto do dia anterior. E a cidade se lembraria deste final de semana como o das Penta Mortes[5], como definiu Iramar Alcifes no seu programa vespertino de segunda-feira, meia hora depois do enterro de Manuela.

---

5) Nunca foi encontrado o corpo do Engraxate Noturno no túnel da Focal. Ou seriam seis mortes.

E se a Sena de Pedro Quimera For Premiada?

Oito da manhã, Pedro Quimera desceu do ônibus no meio da rodovia para Bauru. Transpirava, a camiseta empapada. A televisão tinha anunciado tempestades ocasionais. À sua frente, o letreiro amarelo, Mansão Floral: três quilômetros. Se o senhor tivesse pedido, eles viriam buscar, disse o motorista. Ao atravessar o asfalto, o piche cedeu, amolecido, Pedro teve medo de ficar grudado enquanto um caminhão passava por cima dele. Um pesadelo recorrente em sua vida desde os 12 anos de idade. Uma jamanta com material sanitário o atropelava, ele era enterrado entre bacias esmaltadas, a garganta cortada, o sangue empapando tudo. E as pessoas riam. Nada mais ridículo do que morrer entre privadas, ainda que não usadas.

Caminhou devagar, cansava, sentia nojo por suar tanto. Demorou uma hora para chegar ao terreno rodeado por alambrados verdes, tomados por trepadeiras. Lugar silencioso, ajardinado, cortado por um riacho. O portão do fundo, Efrahim avisou. Sentia-se dentro de um filme seriado. Encontrou o primeiro portão, a chave obtida na caixa do Noite do Cristal não funcionou. Deve haver outro. Continuou, era um terreno extenso. O segundo portão, por onde escoava o lixo, ao menos estava cheio de sacos plásticos fedorentos, carniça do resto de regimes e dietas, também não se abriu. Efrahim devia ter pregado uma boa peça, era gozação. Num canto, no ângulo do alambrado, havia uma portinhola coberta por vetegação. Para anões ou cachorros, pensou Quimera. Fosse o que fosse, ela se abriu.

    Descansou à sombra, tirou leve cochilo, dormia fácil. Acordou com o motor de um cortador de grama. Desceu em direção ao edifício rodeado por varandas e pergolados cheios de trepadeiras. Cruzou com enfermeiros e cumprimentou-os. Devia entrar e sair muita gente, estavam habituados a rostos estranhos, imaginou Quimera. Não viu, pelas costas, que os dois o olharam suspeitosos. Pedro desceu até o saguão principal. Cheio, pessoas para todos os lados, vestidas com moletons. Pareciam felizes por estar emagrecendo. Quem seria Mariúsa? Onde estaria? Um nome destes não era comum, alguém a conheceria. Por que complicar?[1] Foi à recepção. A recepcionista era rosada, típica *the girl in the next door*.

    – Mariúsa? E o senhor, quem é?
    – Tio dela. Não avisou que eu viria?

    Ela consultou o computador. Quimera não percebeu que ao ler a informação no vídeo ela ergueu os olhos, acenou para alguém às costas dele.

    – Apartamento 23231, ala C. Esta é a ala A. O edifício tem a forma de um H. Quer que alguém o acompanhe?

    – Não, vou olhando, este lugar é encantador.

    Atravessou corredores, nas salas de musculação pessoas de idade malhavam, conversavam, bebiam sucos em copos finos e longos, tudo com som ambiente, música clássica relaxante, *O Moldavia*, de Smetana. Ele sentia o rio fluindo, o ritmo aumentando. Ficar aqui por um tempo, tirando as banhas, Yvonne não o reconheceria. Aliás, não

---

    1) Na verdade, abreviamos a odisséia de Pedro por dentro do SPA para não aborrecer o leitor. Ele demorou horas, andando, perguntando, até se decidir pela recepção. Intuia que não deveria passar pela portaria. Tinha razão.

vou mais procurá-la, não volto a Arealva, vou caminhar pelas estradas, descobrir o Brasil, *on the road*, Jorge, o brasileiro.

Bateu à porta do 23231. A soma dá 11, um número forte, auspicioso. Auspicioso. Cada palavra que este lugar me traz! Bateu mais forte, experimentou, a porta se abriu. O quarto na penumbra, havia uma mulher presa a um leito por largas correias de couro.

— Mariúsa?

Ela não respondeu, apenas o olhou, apavorada.

— Você é Mariúsa? Sou amigo. Amigo de Manuela.

— Manuela? E o que faz aqui? Ele também te internou?

— Ele?

— O Padrinho. Antenor. Efrahim. Maciel. A corja.

— Nenhum deles. Sou repórter, estou me arriscando, preciso de uma boa reportagem. Para acabar com aquela gente.

— Como entrou? Ninguém entra aqui se não for gente do Padrinho. Você é um deles. O que querem, desta vez?

— Efrahim me deu a chave para entrar.

— O Conde? Não melhora a situação.

— Está morto.

— Morto? Foi o Antenor?

— Não, uma mulher chamada Evangelina.

— A peituda do coral? E por quê?

A voz era forte, metálica.

— Ele sabia alguma coisa que ela não queria que contasse.

— Parece coisa de novela das sete. Por mim, que morram todos. Me enfiaram nesta merda! Por que não me tira daqui?

Pedro Quimera se deu conta de que a situação era absurda, pois estava encarando com naturalidade o fato de ela estar amarrada, nem se indagara por quê. E se fosse louca de pedra? Não parecia. Porém, loucos não parecem loucos, parecessem não seriam, o bom louco dissimula, aparenta normalidade. Pedro procurou uma forma de desatar os nós, os tirantes estavam presos por pequenos cadeados.

— Não sei desfazer isto.

— Então, sai! Vai à polícia, traga seus amigos, me tire daqui.

— Depois de me contar sobre Manuela. O seu nome e o seu telefone estavam no bolso do dr. Maciel.

— Faz seis anos que não sei do Maciel, por que meu telefone estaria no bolso dele? E acha que tenho telefone aqui?

— Assassinaram o Maciel.

— Também ele? Quem é você? Redator de notas de falecimentos? Quem mais mataram, dê logo a lista...

— Não sei, ainda estão investigando, foi ontem.

Ele preferiu não dizer que tinha sido Manuela. E Evangelina.

— Só sei que quando cheguei lá encontrei o Padrinho. Ele revistou o sujeito, tirou um papel com seu nome.

— Tirou nada. O Padrinho é cheio de trutas. Maneiro como ele só. Queria que você soubesse meu nome.

— Mas por quê?

— Porque odeia Antenor.

— Odeia o filho? Não é a primeira vez que ouço falar disso. Muito estranho. Por que haveria de odiar o filho?

— Por causa de Manuela.

— Não entendo as jogadas dele.

— O Padrinho é desse jeito, é a vida dele, não existe outro modo, outro jeito de ser. Ele é igual tubarão. Você pode dizer que o tubarão é ruim? Não, ele foi criado desse modo, faz o que faz porque tem que fazer para sobreviver. O Padrinho é como tubarão... Não me disse seu nome.

— Pedro. Pedro Quimera.

Ela começou a rir. Via-se que queria conversar.

— Desculpe... é engraçado! E Manuela?

— Foi assassinada.

– Assassinada? Maldito, maldito, ele terminou o trabalho.
– Ele?
– O Padrinho. O Padrinho, quem mais? Ele ia matá-la um dia! Pobre menina, nas mãos daqueles dois. Desgraçado dia em que bateu em Arealva. Culpa da tempestade, caiu de repente, ela não tinha onde se abrigar. Precisava entrar naquele Snooker, tinha que passar bem em frente?

Manuela deixou a rodoviária, maleta na mão, e subiu pela Rua do Ao Comércio Elegante. Não imaginara que a cidade fosse tão quente, esperava que as águas, o Tietê e os lagos amenizassem o clima. Suava nos pés, metidos em sapatos vermelhos. Ao desembarcar em Arealva, não deixara nada para trás. A casa tomada por um agiota, o pai desaparecido, a mãe comida pela osteoporose, entrevada no leito, diminuindo de tamanho, até ser enterrada com quarenta centímetros. Foi suficiente um caixão de criança.

Arealva tinha sido o lugar mais distante ao qual o dinheiro permitiu chegar. A rua do centro velho era desolada, tinham arrancado todas as árvores. Na calçada estreita os postes de concreto ocupavam quase todo o espaço[2]. Donos de lojas e rapazes chegavam até a porta para vê-la passar na minissaia justa. Ela adorava a cócega aguda que os olhares provocavam, significava que iam continuar pensando nela. Como o sujeito da poltrona ao lado, no ônibus, que tentara se encostar a noite inteira e tinha se masturbado, coberto por um paletó de casemira que cheirava a orégano. Ao descer, na rodoviária, o tipo veio atrás sussurrando, putinha, putinha. Estava habituada, tinha sido sempre assim. O que não sabiam é que jamais homem algum tinha encostado a mão nela. Manuela nunca cedia, ainda que fizesse tudo para excitar, ver os homens se comportarem como porcos no chiqueiro, fungando. Ridículo homem fungando com tesão.

---

2) Sucessivos prefeitos tinham alargado todas as ruas de Arealva para dar espaço aos carros. Acabaram as árvores, venderam os paralelepípedos históricos, ganharam gordas comissões com o asfaltamento.

A chuva veio rapidamente, o céu se fechou, fez-se noite às onze da manhã, o vendaval revirou toldos, pingos grossos tornaram-se granizos e Manuela, inteiramente molhada por dois minutos de chuva, viu a porta, a escada, o *néon* Taco de Cristal: Snooker. Sentiu-se atraída, entrou para se abrigar e, como a chuva penetrasse no portal, ela começou a subir. Sentiu um cheiro estranho. Sessenta e cinco degraus, ela tinha a mania de contar degraus, até chegar ao enorme salão na penumbra, onde a faxineira passava um pano sujo no chão. No fundo, divisou um homem alto, sentado junto à janela. Manuela contou as mesas, mais de quarenta. Depositou no chão de tábuas largas a maleta repleta de postais enviados pelo pai. Ouviu (rádio ou um som do próprio Snooker?) *Susana*, com o The Art Company, a música mais tocada na danceteria de Macedônia. Começou a dançar lentamente, de olhos fechados. E à medida que o ritmo aumentava, ela se empolgava, dançar era o de que mais gostava. Antes do final, a música recomeçou, alguém tinha recolocado. Manuela não abriu os olhos, sentindo o vestido de renda do Ceará grudado ao corpo. Com este vestido a mãe tinha se casado e pedira para que ela guardasse, as duas tinham o mesmo corpo. Ela vivia assustada, indagando se teria também a doença. Diante de qualquer dor se entupia de aspirinas e cibalenas, fontóis, coméis, dorflexes, não havia dia em que não passasse pelas farmácias assuntando prateleiras. A música terminou, ela continuou a se remexer, ouviu palmas e resmungos, abriu os olhos, deu com o velho espigado e atraente, muito alto e rijo, sobrancelhas brancas. O homem sorria e aplaudia, era um sorriso escasso, a boca mal se entreabria, todavia os olhos brilhavam e Manuela sentiu-se incomodada e satisfeita por estar com o vestido tão grudado ao corpo. Era isso que o homem contemplava, e ela gostou, não sabe por que, gostou. Os resmungos vinham da faxineira de pé, mão na cintura.

Pensas que aqui é o quê, sirigaita? Vai dando o fora.
O que é isso Lindorley? Que educação! Deixa a moça. Chove um toró de arrebentar!
Choveu, me molhei, a porta estava aberta, entrei. Já vou.
Precisa ir?
Nem preciso nem não preciso. Não tenho para onde ir nem para onde voltar.

Goteiras manchavam o feltro verde de uma mesa de bilhar. Manuela sentiu o cheiro de coisas mofadas misturado ao de produtos de limpeza. O homem, com olhos de rato, argutos, exalava um perfume estranho, indefinível, que despertava sua fantasia.

Sou o Padrinho.
E eu, Manuela.
De quê?
Para quê?
Vem de onde?
Por quê?
Para saber.
Para quê?
Essa te entorta, velho safado, já estás com idéias, resmungou a faxineira.
O senhor é o dono? Quer jogar uma partida?
Senhor, não. Padrinho. Sabe jogar?
O senhor sabe?
Menina, sou o 316.
316?
Foram as partidas que ganhei, seguidas. Um recorde. Registrado pelo *Guinness*. Vem, te mostro o livro.
Livro? Nem sei ler direito[3]. Me dê um taco.
Quantos pontos quer na frente?
Quantos quer você?!

---

[3] Estranha referência a um semi-analfabetismo de Manuela. Ninguém comentou o fato até agora.

Jogaram o dia inteiro, parando para comer sanduíches de pernil com molho de cebolas, trazidos pela faxineira malhumorada que atirava a bandeja sobre a mesa e se recolhia, resmungando. O Padrinho comia com cuidado, não deixando que o molho suculento escorresse pelos cantos da boca. Tinha gestos estudados. Jogaram no dia seguinte, depois de Manuela ter dormido catorze horas seguidas. Jogaram no terceiro dia e o Padrinho não venceu uma só. Tranqüilo, estudava Manuela, deixava que ela ganhasse, a faxineira não se conformava. E o teu título?, perguntava, acabou-se o 316? Tem coisa nisso! Tem coisa e vejo aquele brilho nos teus olhos e não gosto nada! Podia-se ver, o Padrinho estava sôfrego, sem querer admitir, se apaixonara desde o momento em que ela entrara. Ele não ganharia nenhuma, o taco não obedecia. Vencê-la, talvez pudesse levá-la embora. Apostavam dinheiro, e depois de uma semana, Manuela tinha uma bolada ainda que notasse que havia alguma coisa anormal, todavia por que não se aproveitar? Avisou que iria para um hotel, uma pensão, e ele disse não, o depósito vai ser o seu apartamento, vou mandar mudar tudo.

Manuela desaparecia quando o salão se abria às cinco da tarde, recolhia-se. O Padrinho fizera Lindorley arrumar o depósito, comprara lençóis de cetim, travesseiros de penas e um tapete de barbante, branco. Nesta altura, corria na cidade, ou ao menos em parte da cidade, que havia no Taco de Cristal uma mulher misteriosa e belíssima que o Padrinho escondia e que era sua filha bastarda, tinha chegado de Lichenstein[4].

À tarde os dois se empenhavam em disputas agressivas e o Padrinho percebeu que era impossível vencê-la, fazia tudo e não conseguia. De nada adiantavam décadas de

---

4) O povo do interior adora criar fantasias. De onde teria saído este Lichenstein, um país tão desconhecido?

manha e esperteza e conhecimento pleno do que era possível fazer com cada bola, tacada. Manuela destruía seu jogo naquelas tardes quentes em que as venezianas do Snooker ficavam cerradas e o mormaço penetrava através das estreitas aberturas que coavam a luz. Manuela suava e o Padrinho se aproximava, fingindo dar a volta na mesa, porém desesperado de desejo, querendo tocá-la e com medo que ela reagisse. Não conseguia entendê-la, ela não falava, não dizia de onde viera, por que viera, o que pretendia. Devia estar com 18 ou 20 anos, era indefinível[5]. Percebia que ela provocava sutilmente, sem dar abertura. Em outros tempos, ele teria agarrado Manuela, atirando-a sobre o feltro verde e gasto. No entanto, agora era contido pela frieza, por olhos que repudiavam e atraíam, deixando-o confuso. Talvez estivesse velho demais para estas coisas. Passaram-se dois meses, o Padrinho entregue àquelas tardes, propondo, se quiser, não abro mais o salão, ficamos a jogar, até a morte, até cairmos de cansaço, nos esgotarmos, não preciso deste salão, não preciso de mais nada, apenas de você. Insistia, ficava iluminado quando falava em morte.

 Uma tarde ela permaneceu no Taco depois das cinco, vendo rapazes que chegavam. O Snooker era ponto, ficou na moda, ajudado por Iramar Alcifes, que denunciou: ali havia mais bolas que as bolas de marfim. Adolescentes sabiam que o Padrinho tinha coisa guardada no depósito em que Manuela dormia: boletas de artâmio, maconha, cocaína. Só mais tarde, bem recentemente, circularam o *crack* e o ciclopégio. Nesse dia, o filho de Cyro, dos moinhos de trigo, jogou com Manuela durante hora e meia e Manuela achou-o uma gracinha. Jogavam e se encostavam, sorriam e piscavam, beberam muito e ele a agarrou, levantou a saia de Manuela até a cintura, tão rapidamente que o Padrinho não teve tempo, imobilizado pelo ódio e pelo desejo. As pernas de

---

[5] A idade de Manuela sempre foi objeto de discussões na cidade.

Manuela eram mais belas que encaçapar a bola sete de olhos vendados, disse. Ele se excitou ao ver o menino abrindo a braguilha, queria vê-la possuída à sua frente e bastou piscar para ouvir um grito, o rapaz caiu, a cabeça rachada. Manuela com o taco sangrento na mão. O que ele pensa que é, é o menino mais rico da cidade, era, agora se foi, como pôde fazer isso? Pergunte para ele, por que quis fazer isso, quem deu confiança? Ficaram numa conversa louca, maluca, o Padrinho aturdido, olha que para esse velho se aturdir é preciso ver o diabo de bem com Deus. Levaram o corpo para o depósito, ele obrigou a faxineira a limpar o sangue, esperaram a noite, levaram o menino no carro dele para a estrada, jogaram à beira de um canavial, abandonaram o carro longe, sem toca-fitas, bancos rasgados, calotas de magnésio. O Padrinho telefonou para Luisão, tem uma boa reportagem, corra, passei pela rodovia, lá está o corpo do filho do Cyro, foi assaltado, avise à polícia e me deixe fora disso.

(E como você sabe destas coisas, perguntou Pedro Quimera, e Mariúsa respondeu que Lindorley estava lá, não se desgrudava do Padrinho, louca pelo velho. Era dele e dela o filho, a criança que foi levada, anos mais tarde, para Antenor e Manuela adotarem, porque os dois eram estéreis, e Manuela tinha garantido que abandonaria Antenor se não tivesse um filho, nem que fosse adotivo, queria adoção completa, que a mãe entregasse o bebê e desaparecesse. Lindorley, apesar do ciúme, simpatizava com Manuela depois que ela rejeitou a investida do Padrinho. Quer dizer que finalmente ele investiu?)

Naquela noite, ao regressarem da estrada, ele achou que Manuela seria agradecida e propôs ficar com ela. Não, não, não, nunca com você. Por que tem que estragar tudo? A partir daquele momento, o Padrinho ficou impotente, acabou para ele, e isto o levou à agonia. Não conseguia nada, fosse com quem fosse. Tomou ervas, foi a macumbeiros, freqüentou o Santo Daime, comprou vitaminas americanas, quis implantar silicone. Os médicos garantiram que era psicológico, devia ir a um analista! Não é coisa para homem, gritava, e se drogou pela primeira vez, rondando pelo Snooker, espiando Manuela a jogar sozinha. Desde aquela noite ela recusou a parceria dele, se quiser que eu vá embora vou, vou para qualquer parte, é fácil partir quando não se tem para onde ir, quando não se veio de parte alguma.

Então, Antenor chegou. Tinha ficado seis meses no Nordeste, resolvendo um negócio de terras, pretendia cultivar cajus em Arealva, onde o solo é bom, a fim de aproveitar o mercado europeu, excelente para sucos e castanhas. Encontrou Manuela e passava as tardes no Snooker como se estivesse de tocaia, bebendo Margaritas com tequila mexicana e gelo picado fino, a única pessoa de Arealva a saber preparar a bebida. No dia das mães de 1983, ele estava saindo, encontrou-a na porta.

Quer ir ao cemitério?
Fazer o quê?
Visitar o túmulo de minha mãe.

Passaram a visitar o túmulo todos os dias. O cemitério deserto, o sol murchava as flores, andavam entre campas abandonadas. Manuela se emocionava com o quarentão que se ajoelhava diante do jazigo da mãe, bonita morena, com enormes brincos dourados, na fotografia colorida em cima da lápide. Nunca tinha visto fotos coloridas em sepulturas, achou boa idéia. Quando percebeu, estava apaixonada por Antenor. Nada mais bonito e comovente que um homem que visita o túmulo da mãe, disse. Muitas vezes dentro do cemitério percebia à distância, escondida entre ciprestes e bunganvílias, uma mulher de óculos escuros a observá-los. Contou para Antenor, ele também tinha notado. Logo ela desapareceu. Quem poderia vigiá-los? A menos que fosse um enviado pelo Padrinho, ele se mostrava reticente, enciumado, desde que Manuela começou a sair com Antenor.

Foi este quem a retirou do depósito e a hospedou no Hotel Nove de Julho, na suíte onde Juscelino tinha dormido duas noites após a inauguração de Brasília. Em sete meses estavam casados e Manuela convidou o Padrinho, ele não foi, bebeu durante uma semana, bateu em quatro fregueses do Snooker, colocou o Taco de Cristal à venda, anunciou que abandonaria Arealva. Ficou. Contentava-se em rondar, nunca se viu paixão assim. Manuela explicou a Antenor que havia uma condição: ela continuaria a jogar sozinha todas as tardes. Herdara o jogo do pai. Passara a infância dentro de salões, o pai, profissional, vivia do taco, de cidade em cidade, e tinha ensinado à filha os segredos. Nenhuma lição de vida, conselho, modo de agir, exemplo, nada dessas coisas que pais costumam dar aos filhos. Apenas a boa resolução de grandes jogadas.

E onde está ele?, perguntou Antenor.

Numa prisão. Ele foi ao México, emigrou ilegalmente para o Texas, viveu para lá e para cá, sempre a ganhar, se encheu de dólares, me mandou um postal de cada lugar, estão dentro da mala. O último veio do Tennessee, vai ver foi preso em seguida. Promete que vamos para os Estados Unidos buscar meu pai!

Prometia. Porque Manuela era diferente. Além do mais, ficara curioso com este pai, devia ser um sacana honesto, pilantra dos bons, e os pilantras tornam a vida divertida.

— No que Manuela era diferente? Perguntou Pedro.

— Ela ia à farmácia do Evandro, os *jeans* rasgados nas coxas, visões da pele. Um tesão.

— Pernas incríveis. Era o jeito dela, de se oferecer, e se mostrar fechada, desafiadora, não sei se me entende.

— Passou pela minha frente mil vezes, eu não existia. Ficava louco de raiva, não sei o que chamava a atenção dela.

— Havia em Manuela uma coisa forte que atraía. O jeito da boca, as mudanças dos olhos, ora castanhos, ora pretos, desamparados ou hostis. A gente tinha vontade de decifrá-la, saber o que pensava, como agradá-la. Antenor costumava presenteá-la com uma jóia todos os dias 17, foi o dia em que se conheceram. Certa vez, já estavam casados, Antenor viajando, ela recebeu enorme buquê de flores. E a jóia, cadê? Flor é para cemitério. Não teve dúvidas, jogou no lixo. Quando ele voltou, se descobriu. As flores tinham os caules atados com um colar de safiras, saiu uma briga enorme.

— E o filho na piscina. O que aconteceu?

— Ela queria o filho. Queria porque queria, e nada. Virou obsessão. Obsessão, não é bonita esta palavra? Obsessão. Fizeram exames, os dois estéreis. Antenor não admitia, macho não é estéril, a culpa é dela. Começou um pouco por aí. Então, o Maciel ofereceu um bebê. Ela aceitou. Depois eu vi, coisa tramada pelo Padrinho, bem-armada, ele procurava machucar o filho, Antenor tinha tirado Manuela dele, é o que ele imaginava, o velho nunca bateu bem, sempre solitário no Snooker.

— O que houve entre ela e o velho? É esquisita a história?

— Nada, nada! A mim ela contava tudo. Nunca teve nada. Sei lá também se houve. Não ponho a mão no fogo nem por São João Crisóstomo.

— E Maciel? Como entrou?

— Pela droga, pelo dinheiro. Para se levantar de novo. Conheceu o doutor? Muito orgulhoso, nunca vi igual. Vaidoso. Viver duro era humilhante e a história da filha assassinada no estacionamento arrasou com ele. Pode ter sido Antenor, o Padrinho, um ladrãozinho pé-de-chinelo, o próprio Maciel, tem quem diga que foi a mulher dele, Valéria, ao apanhá-lo tentando transar com a filha. Valéria desapareceu do mapa. Será verdade? Maciel adorava Anna Karenina, preparava um esquema para torná-la *miss*. Só que entre ele e o mundo estava Arealva. É a cidade, Pedro. Ela destrói! Fuja de Arealva. Não existem os ossos da baleia.

Quimera achou que Mariúsa estava desordenada, talvez os anos passados na Mansão Floral a tivessem alterado. Mostrava-se caótica, deviam tê-la enchido com todo tipo de medicamento.
— Maciel e o Padrinho tramaram tudo?
— Manuela passou meses fora de Arealva. Ao voltar, anunciou que, numa clínica húngara[6], conseguira engravidar. Apareceu o filho que a Lindorley jurava ser dela com o Padrinho. Efrahim foi o intermediário, ligado ao Maciel. Efrahim dedicava-se a adoções, estava envolvido com italianos e alemães. Meses depois veio a revelação, o garoto era mongolóide. Manuela atormentou-se, mudou completamente, como se um aneurisma tivesse estourado dentro de sua cabeça. Passava horas em silêncio contemplando o menino. Emudeceu. Despedaçada por uma dor enorme. Eu podia sentir, vivia ao seu lado, a dor a rodeava como o clarão de uma santa[7]. Ela tinha amor, dedicação, apostou na recuperação do menino, esqueceu o resto, não deixava Antenor tocá-la, não transaram por dois anos[8]. Ele, doidão. Ela, cada dia mais isolada, ia até a Farmácia dos Porquês, passava horas lá, não me deixava acompanhá-la. Corria na cidade que tomava de tudo, Prozac, Ecstasy, a sua bunda era peneira, picada de heroína. Mentira! Nunca precisou de nada para suportar, ela se castigava.

Ofegante, Mariúsa fez uma pausa. A impressão é que estava com tudo sufocado na garganta, pronto para explodir.
— Até a tarde da piscina. Costumava sentar-se ao sol com o garotinho que não melhorava, apesar de terem contratado médicos de fora, você sabe, a medicina em Arealva

---

6) Não combina com o relato de Maciel. Mas que relato combina com o outro? O fato é que Manuela sumiu da cidade.

7) Até que Mariúsa tem frases curiosas, faz a sua poesia.

8) Então, transavam? O livro está acabando e ainda não se descobriu a verdade sobre Manuela e o sexo. Todos se contradizem.

é merda, só dá comerciante. Ficava ali até o pôr-do-sol, os médicos tinham recomendado água, ar, exercícios. Naquele tempo o condomínio estava sendo terminado, Antenor foi o primeiro a mudar-se para lá, lugar sossegadão, depois é que lotou, deu a loucura, todo mundo apavorado, querendo segurança, fugindo da cidade. Aquele bairro é uma fortaleza, uma solidão enorme, um saco, você se mexe e tem segurança atrás. Antenor dormia, devia ser cinco da tarde, um feriadão, ou domingo, sei lá, ele tinha enchido a cara de caipirinhas de rum, bebia todas. O garotinho ali, com aquela cabeça enorme, os olhos grandes. Quieto no chiqueirinho, observado por Manuela. Fazia semanas que ela ficava absorta, fixada no menino. Antenor acordou e olhou para a mulher, ela de maiô inteiro, justo, as coxas molhadas por água mineral gasosa, um tratamento de pele que tinham recomendado, ela se cuidava. Fui saindo de fino, olhei para trás. Ele se atirou sobre ela, numa luta ou briga ou agarra-agarra, e arrancou a roupa. Manuela pulou na água e jogou o maiô para fora, continuaram dentro da piscina, eu não devia olhar, mas quem resiste? Coisas da vida. Divertido ver os outros fazerem. Saíram da água rolando pelo gramado e ela a gritar não, não, eu disse nunca mais, nunca mais, cuidado com o menino. E ele: você quis, tirou até a roupa, sua vaca! Ofendia Manuela, batia nela, acusava-a de ter tido um filho doente, apesar de a culpa não ser dela, ele pirou tanto que achava que tinham tido mesmo um filho, não era adotado. O Antenor é pestilento, vem da mãe dele, as putas eram doentes, iam com todo mundo, não tinham higiene, sou enfermeira, sei disso. Decidi que era hora de me retirar, ir embora de vez daquela casa, mas adorava Manuela, sentia-me bem ao lado dela. Nenhum tempo foi mais feliz que aquelas tardes no Snooker, ela me ensinando a jogar. Nos divertíamos, era um horário em que o mongolóide estava no hospital e o Padrinho servia Frascati gelado, ele a tratava bem, a única pessoa com quem nunca foi fihodaputa. As melhores tardes de minha vida estão neste salão, ela dizia e era feliz e infeliz. Não sabia por que não ia embora da cidade, com o garotinho, para longe de tudo, havia alguma coisa que a atraía, a prendia. Vivia sozinha, era difícil para ela fazer amizade entre as mulheres. Talvez por ser diferente, ninguém gosta de gente diferente. A paixão por Antenor tinha terminado. Fúria que passou, e se esgotou. Estranha paixão, porque nunca se entregou a ele, tenho certeza, juro. Ela dizia e eu acreditava, nunca mentiu. Te mato, te mato, fica comigo, ao menos uma vez, pelo nosso filho, gritava Antenor, o sol batia na minha cara e vi ele ajoelhado sobre ela, o copo quebrado na mão, ameaçando retalhar seu rosto. Só que mulher esperta sabe das coisas, ela deu um pontapé no saco, Antenor caiu, já estava chumbadão, ela agarrou o copo e cortou o pescoço dele, fiquei paralisada. E se tivesse apanhado a jugular? Manuela se ergueu, foi até o chiqueirinho e agarrou o menino, abraçou-o, começando a dançar. Gostava muito de dançar, já te contei? Dançava no Getúlio Vargas, sambava melhor que os pretos, dançava no Regatas até as nove da manhã, teve época em que os bailes atravessavam a noite, se animavam na hora do café. O som tocava *Yes Sir, I Can Boogie*, música de danceteria, me lembro bem, como esquecer? Era lindo, Manuela dançando ao sol com o menino, toda abraçada, queria ter uma máquina fotográfica, me esqueci do Antenor caído, não me interessava. E tive uma sensação curiosa, como se eu estivesse fora do meu corpo, olhando para mim mesma, dentro de um torpor agradável. Maciel usava muito esta palavra. Torpor. É bom viver nele, dizia. Então, ela se atirou à piscina, abraçada ao garotinho, como ele se chamava, qual era o nome? De onde estava podia vê-la dançando dentro da água, mas não via o menino, ela estava de costas, e corri. Manuela estava parada, no raso da piscina, inclinada, com o menino inteiro dentro da água, aquela música infernal, hoje acho infernal, *I can boogie, I can boogie*. Percebi que chorava, e ela se afastou, o menino ficou boiando, flutuava sem se mover, entendi e gritei, gritei.

Uma cena bonita, pensou Pedro Quimera. Talvez eu pudesse escrever uma história para cinema, começaria assim, o corpo de um morto boiando na piscina, a câmera colocada no fundo da água[9].

– E então ela disse te encontro depois, meu filho! Saiu da piscina, saí do torpor, Manuela virou-se, seu rosto era o de Medusa, me socou, caí. Enlouqueceu completamente, pensei, estourou tudo na cabeça dela. Só pensava em salvar o menino e Manuela lutando comigo, deixe, deixe, é melhor assim, melhor para ele, melhor para nós, não vou ter forças a vida inteira para vê-lo dessa maneira, que seja agora enquanto suporto, seja agora, agora. Chorava, ria, me cuspia, e Antenor sangrando. Manuela me soltou e sentou-se na cadeira de vime, olhando o corpinho que boiava, me atirei na água, tarde demais, tarde! Nada a fazer! Consegui tirá-lo, deixei na borda, chamei Maciel. Única coisa que me ocorreu.

– Chamou como? Não vivia pela cidade, sem saber onde?

– Ainda usava um consultório clandestino, tinham cassado sua licença, tratava dos pobres. Cuidou de Manuela, depois de olhar o menino e ver que nada havia a fazer. Chamei a ambulância e veio também o Bradío, sei lá como ficou sabendo, não havia empregados nesse dia, era feriadão, domingo. Antenor passou uma hora no hospital, não tinha sido muito ferido, era um arranhão, encontrou Manuela catatônica. Foi quando fizeram aquela viagem enorme para a ilha de Bali. Ele trouxe centenas de maiôs e pareôs coloridíssimos, nunca se viu coisa igual, vendeu tudo, foi um sucesso. Bradío acusou Maciel, tudo fumaça nos olhos para confundir. A polícia, instruída, deu como

---

9) Será que Pedro se esqueceu, ele que gosta de cinema, que este início é de Billy Wilder em *Crepúsculo dos Deuses* (*Sunset Boulevard*), 1950?

acidente. Antenor e o Padrinho, para proteger Manuela, me internaram aqui. Eu tinha ficado completamente alucinada, ameaçando botar a boca no mundo, sofri, sofri, como ninguém pode imaginar, nunca esqueço o menino boiando, coisa mais horrível se afogar. Será que sofreu muito, será? Sorte não terem me matado. De qualquer modo, tudo se acabou entre Manuela e Antenor, viveram de aparências, ele segurou as pontas, só pensava na carreira política. Se candidatou? Em público eram uma coisa, na vida íntima nunca mais se falaram. Além do mais, ele não cumpriu a promessa de levá-la ao Tennessee[10] para ajudá-la a procurar o pai, se é que o pai existia.

— E a mulher do cemitério?
— Manuela só sabia que era morena, de brincos muito grandes, parecida com a fotografia sobre o túmulo.
— Como sabe tanto?
— Lindorley é minha irmã, fui enfermeira do Maciel por muitos anos. Eu cuidava do mongolóide, tratei do menino como se fosse filho dela e meu.
— Gostava assim do garoto? Sabia, desde o começo, que era doente?
— Sabia! Sabia!
— E ficou nisso tudo por Manuela? Será possível uma mulher que enfeitice tanto?
— A verdade, quer saber? Quer?

Mariúsa mostrava-se fora de si, babando, sem poder se mover, desesperada.

— Está mais do que na hora? Repórter? Pois vai ter uma bela história! Me tira, vamos contar no teu jornal para Arealva conhecer. Não tenho nada a perder. Podem me matar, mas vão saber, também carreguei esta dor.
— O que é tão sensacional?
— O Padrinho pode te matar.

---

10) O autor esteve na Prisão Estadual do Tennessee, não encontrou nenhuma referência à passagem de um prisioneiro brasileiro.

Pedro alisou o bolso, à procura do revólver de Efrahim, lembrou-se de que tinha deixado ao lado de Evandro, sua confiança desapareceu. Mesmo assim balbuciou.
— Conta, porra!
Mariúsa não confiou muito naquela certeza.
— Aquele era meu filho!
— Teu?
— Por que pensa que sofri tanto? Por que me enfiaram aqui? Por que o menino era meu com Maciel. Meu! Não de Lindorley. Era meu! Maciel pensou que podia substituir Anna Karenina. Tivemos o filho, nunca imaginamos que ia dar no que deu.
— Como teu? Bando de malucos!
Além de uma reportagem, vou escrever a próxima novela das sete, pensou Quimera. E ninguém vai acreditar, vão me criticar pelo melodrama.
— Maciel soube desde que o menino nasceu. Quando me contou, já vinha com o plano de entregá-lo à Manuela. Decidimos que era melhor ser criado por alguém que pudesse tratar dele. Para mim, entregá-lo a Manuela foi como ver Moisés descoberto pela filha do faraó. Aceitei entrar no negócio, eu ia poder me mudar do Brasil, 200 mil dólares, 200 mil por um belo recém-nascido! Me entende? Me entende? Me leva daqui, quero botar a boca no mundo! Olha! Vou contar o que ninguém sabe, este sim, o grande segredo de Arealva. Vai sacudir a cidade, muito mais que a morte de Manuela. Sabe por que ela não podia ter filhos? Sabe? Faz idéia? Não faz, não pode fazer. Manuela era homem. Um homem tão maravilhoso que só podia ser mulher. Lindíssima, delicada. Foi por isso que Antenor se apaixonou. Ele não deixou que ela se operasse, era assim que gostava, homem-mulher, mulher-homem. Antenor era absolutamente maluco por ela. Obcecado. Somente ele, Evangelina, Maciel, o farmacêutico, e eu sabíamos.

Entretidos, não tinham percebido que o Padrinho e três enfermeiros truculentos[11] entraram no apartamento.

---

11) Não eram enfermeiros, só se vestiam de.

Pedro Quimera foi imobilizado, Mariúsa teve a boca tapada, um enfermeiro aplicou uma injeção no pescoço, ela apagou. Desamarraram a mulher, amordaçaram e colocaram Quimera na cama, ele se debateu, porém os homens eram fortes. Passaram correias, fecharam cadeados.

— Não tenho nada contra você e por isso te deixo aqui. É um lugar bom, boa comida, você vai sair magro, se conseguir sair. Não é vantagem? Não paga nada. Uma dieta de graça.

Sem se tocar com o que o Padrinho dizia, Pedro queria saber.

— Por quê? Por que me plantou a pista de Mariúsa?

— Porque se ela tivesse cumprido o combinado vocês sairiam daqui e correriam para o jornal. Luisão ia estourar na manchete: *Solucionado o Mistério da Piscina do Jardim Hortênsia*. Nunca ninguém engoliu o acidente. Tudo o que a gente precisava era de uma justificativa para alguém vir até Mariúsa, arrancar a história dela. Depois ela sumiria com uma puta grana.

— Ou talvez sumisse. Sem grana nenhuma.

— Eu não podia simplesmente dizer: conheço uma mulher que vai contar a verdade. Não acreditariam. Quando Manuela morreu, imaginei que haveria investigação, alguém da imprensa viria até mim ou Antenor. Todo mundo sempre achou que foi Manuela quem matou, eu precisava limpar a barra dela. Minha homenagem. Só eu me mexi para limpar a memória dessa mulher. Quando deixei Antenor em casa, ontem, depois de atravessar o lago, corri aqui, fiz a combinação com essa enfermeira bostela. Para que ela contasse como Maciel, num ato de amor, jogou o meu neto na piscina, matando-o. A cidade conhecia a paixão do Maciel por ela, engoliria.

— E Morimoto? O legista vai contar. Manuela homem. Que prato para o Iramar. E Portella vai adorar saber.

— Digamos Mori morto.

– Mas o senhor fez tudo para implicar Antenor. O teu filho. Não dá para entender.

– Minha filha! Antenor era mulher! Isso é que Maciel descobriu nas cartas. Isso é o que escondemos todos estes anos. Isso me enlouquecia! Quando estrangulou Manuela, acabou comigo e com ele. Ou devo dizer ela?

– Não foi ele. Foi o Efrahim.

– Efrahim? Não mata nem barata naquele Café.

– Matou para te atingir. O último ato da vida dele[12]. Eu sei, o Evandro sabe, a Evangelina, o Engraxate Noturno.

O Padrinho teve um momento de indecisão. E gritou.

– O Evandro e a peituda estão mortos. O Engraxate! Ainda podemos pegar o Engraxate! Preciso saber. E o Efrahim? O bostela desapareceu, está com medo.

– Efrahim vai confessar...

– Vou esquartejá-lo. Em mil pedaços. Como um frango à passarinho. Ele e a filha, esteja onde ela estiver.

– Em pedaços? Pensa que é o Anjo do Adeus?

– Eu? Sou eu. Claro que sou!

– O que vai fazer com Mariúsa?

– Ela não vai contar nada a ninguém. Existem verdades que não podem ser conhecidas. Ela ajudou a levar o menino doente para meu filho. Destruiu a vida de meu filho. Acabou com ele!

– Mas você odeia Antenor!

– Amo.

Os quatro carregaram Mariúsa e ele ouviu a porta ser trancada pelo lado de fora. Passado o choque inicial, Pedro Quimera ficou contente por não terem revistado seus bolsos, levando o jogo da Sena. E conferiu mentalmente os números mais uma vez.

---

12) Sempre é bom uma frase imponente no final.

Bibliografia

A BÍBLIA DE JERUSALÉM, Edições Paulinas, 1981.
DICTIONNAIRE DU CINEMA, de Jacques Lourcelles, Editions Robert Laffont, Paris, 1992, páginas 1479-1480.
DROGAS E JOGO EM AREALVA, de Alderabã Pontes, Prêmio Imprensa 1994, edição de *O Expresso*, 1995. Livro que provocou inveja em Pedro Quimera.
A HISTÓRIA DA FOCAL (ASPECTOS DA ECONOMIA DOS IMIGRANTES EM AREALVA), de Laert Elzio Barros e Rodolfo Telarolli, edições Unesp-Arealva, 1988.
SOCIOLOGIA DA NOVA BURGUESIA INTERIORANA DE SÃO PAULO, de Armando Torres. Edição do Autor, São Paulo, 1985.

Jornais e revistas

CARAS, coleção completa 1994-1995.
O CRUZEIRO, junho e agosto de 1956.
ECONOMIA AO ALCANCE DE TODOS, revista nº 85, ano 8, janeiro de 1994, páginas 45 e seguintes: *As Cidades Mais Desenvolvidas do Interior.*
O ESTADO DE S. PAULO, janeiro de 1932, agosto e outubro de 1944, 1956, 1957, 1990, 1991 e 1993 completos.
O EXPRESSO, coleção completa desde a fundação.
FOLHA DE S. PAULO, coleções de 1936, 1941, 1967, 1995.
ISTOÉ, janeiro e fevereiro de 1995.
A LISTA, coleção completa.
MANCHETE, toda a coleção desde a fundação.
VEJA, janeiro, fevereiro e março de 1995.

Entrevistas

Adriano Portella (cortesia Golfin Air: dois vôos diários para Miami), Candido de Assumpção (líder do Movimento Libertador Negro de Arealva, relativa a documentação sobre tentativas de compra da Baleia de Coral). Christina Priscila Portella. Dorneles Moura e Draílton Susten (maquinistas de trens de frutas que tiveram visões dentro da Focal), Idalina Alves (conhecida como Idalina, a seringueira), Hans das Enchentes, Iramar Alcifes, dr. Ivo Pitanguy, juiz de direito (pediu omissão do nome), Lindorley Santana (no asilo de mendicidade), Mathew Silver (diretor da Penitenciária Estadual do Tennessee; ao menos, me disse que era o diretor), Rita Capuano.

Fitas e tapes

Programas de Iramar Alcifes, entregues sob intimação judicial. Programas de televisão de emissoras paulistanas, por especial gentileza. Gravações das palestras do líder da Ciência Fautória. *Tapes* gravados no apartamento 316 do Hotel Nove de Julho (foi necessário pagar US$ 3.000,00 ao gerente). Fitas que Evandro, o farmacêutico, gravou com Manuela no depósito de antibióticos. Estavam em poder de Idalina, a seringueira. Ela cobrou para ouvir duas horas de fitas. No final, perguntou: "Gostaria que eu te masturbasse um pouquinho?" Concordei, ela se revelou grande artesã. Depoimentos dos crentes que, no domingo de manhã, viram Antenor, o Padrinho e Pedro Quimera no quintal do Engraxate. Pediram a omissão dos nomes por motivos religiosos. Depoimentos de todos os cantores do Coral Gilda Parisi, profundamente traumatizados. O coral se desfez.

Documentos do Museu Lev Gadelha.

Cópia da agenda do Engraxate Noturno.

Leitura das cartas de Heloísa ao filho. Forneceram a maior parte das informações sobre as atividades do Padrinho.

Laudos do Instituto Médico Legal e processos sobre as mortes de Anna Karenina, Edevair Castelli Lopes, Evandro, o farmacêutico, Evangelina, a cantora, Efrahim Capuano, Luisão, Maciel, o Padrinho e Yvonne.

Anotações de Pedro Quimera em um caderno espiral, feitas na Mansão Floral, de onde fugiu.

Arquivos da Câmara Municipal de Arealva relativos à alteração do nome da cidade.

Fotos do arquivo de Ruy Banguela.

Instituto de Meteorologia confirmou o minitornado do sábado e as chuvas intermitentes do domingo.

Não há registro sobre a internação de Pedro Quimera na Mansão Floral.

Aliás, fui recebido com má vontade na instituição.

Este livro custou para ser concluído, uma vez que as pesquisas foram feitas sem patrocínio e o autor, muitas vezes, interrompeu a escritura para realizar free-lances como jornalista, corretor de imóveis, vendedor de equipamentos de informática para uma empresa rival da de Antenor (este recusou-se a dar emprego ao escritor, o que certamente influiu na criação francamente negativa da personalidade do personagem), assessor de imprensa e pintor de geladeiras durante a recessão do segundo semestre de 1995, trabalhos que possibilitaram montar o capital necessário. A editora acha por bem ressaltar que, apesar de o autor ter sido instado a mover um processo contra a União para receber aposentadoria, por ter sido perseguido durante os anos de ditadura militar, ele se recusou, cheio de integridade. Acentuou que, na verdade, o único prejuízo que teve naqueles anos foi ter perdido uma dose de uísque. Ele se encontrava na mesa de um bar quando a Polícia Federal adentrou o recinto em busca de um suspeito de terrorismo. Todos correram e quando o autor voltou, viu um policial terminando o seu uísque, um scotch *puro malte. A despeito de seus protestos, a casa cobrou da mesma maneira. Em dinheiro de hoje equivaleria a R$ 15,00. Se o atual governo achar por bem ressarcir, é tudo o que o autor reclama. Ele ainda possui a nota fiscal.**

---

* Esta editora, eximindo-se de responsabilidades, acha por bem salientar que desconfia desta nota, supondo-a fria, uma vez que o alegado bar só foi aberto dois anos após a data de consumo do uísque.

Dorian Jorge Freire vive hoje em Mossoró e passa a maior parte do tempo sentado na varanda de sua casa na Praça da Redenção, em papos sossegados com sua musa Maria Candida e com amigos que o visitam como o livreiro Gonzaga, o rabino Auerbach, o pastor Gioia, o produtor de shows Arley Pereira, o psicanalista e sexólogo Roberto Freyre, o senador em recesso João Ribeiro, o jornalista exilado Loyola Brandão. Dorian pretende escrever *Fisiologia do Amor nas Mulheres-Homens*, baseado na documentação que tem sobre Manuela e sobre Roberta Close. Tem também prontos os esboços de *História Secreta da Corrupção em Arealva* e *Aspectos Místicos de George Bernanos*. Agradecimentos deste autor a Dorian pela abertura de seu arquivo, com fotos, notas, documentos, além de cópias das contundentes e corajosas reportagens que fez contra o Padrinho, Antenor, Adriano Portella e Bradío. Foi ele quem localizou o corpo do legista Morimoto enterrado na Focal. Ameaçado de morte, tendo sofrido agressões, relutou mas aceitou o conselho de sua família para que regressasse a Mossoró, tornando-se uma das glórias da cidade.

Impresso nas oficinas da
Gráfica Palas Athena